有爱的青春陪伴者

夏雨倾心

浪南花
著

贵州出版集团
贵州人民出版社

图书在版编目（ＣＩＰ）数据

夏雨忽至 / 浪南花著. —贵阳：贵州人民出版社，
2023.10
ISBN 978-7-221-17733-9

Ⅰ. ①夏… Ⅱ. ①浪… Ⅲ. ①长篇小说－中国－当代
Ⅳ. ①I247.5

中国国家版本馆CIP数据核字(2023)第135922号

夏雨忽至
XIA YU HU ZHI

浪南花/ 著

出 版 人：朱文迅
责任编辑：欧杨雅兰
特约编辑：周丽萍
装帧设计：颜小曼　毛仙瑶
封面绘制：挤　挤

出版发行：贵州出版集团　贵州人民出版社
地　　址：贵阳市观山湖区长岭北路贵阳国际会议展览中心D区D1栋
印　　刷：长沙鸿发印务实业有限公司
版　　次：2023年10月第1版
印　　次：2023年10月第1次印刷
开　　本：880毫米×1230毫米　1/32
印　　张：9
字　　数：220千字
书　　号：ISBN 978-7-221-17733-9
定　　价：39.80元

贵州人民出版社微信

目 录
contents

001 Chapter 01
奇怪的梦

017 Chapter 02
少女心事

035 Chapter 03
心动瞬间

052 Chapter 04
气氛升温

075 Chapter 05
意外变故

093 Chapter 06
划清界限

目 录
contents

109　Chapter 07
　　　新的开始

133　Chapter 08
　　　尘埃落定

152　Chapter 09
　　　甜蜜恋曲

169　Chapter 10
　　　衔花入梦

185　Extra 01
　　　秦湾湾篇
　　　你我本无缘，全靠我花钱

242　Extra 02
　　　徐珠琳篇
　　　一个人的恋爱

280　Postscript
　　　一个梦

Chapter 01
奇怪的梦

1

赵霓做了一个长长的梦。

梦里，她放弃了原嘉铭，转头去和另一个男生开开心心地聊天。

这个男生虽然看起来正常，气质温柔，但是其实有点可怕。刚跟她交往时温柔体贴整日对她嘘寒问暖，可没过几天就露出了真实面目。

他易妒善怒，控制欲还很强，整日疑神疑鬼，赵霓错接他的一通电话，他就会逼问她是不是在跟哪个男生聊天，还多次在她不知情的情况下看她的手机。

她自然受不了他这疯子一样的行为，提了不做朋友，却被他拒绝，还紧紧地箍住她的肩膀不让她离开，掐得她的肩膀都有了淤青。

她为了生命安全只能虚与委蛇，答应了他继续做朋友。

两人纠缠了快半年，最后还是原嘉铭出面帮她解决了这男生。

赵霓摆脱了那个男生，以为自己没被他折腾死应该就能活到百岁的。

可是不知怎么回事，她突然得了可怕的胃病，二十一岁的时候就撒手人寰。

死之前，她一直住在医院里。父母整日以泪洗面，也不像以往一样管着她，她想干吗就干吗。可是最后她却什么都做不了了。

她没有力气了，连睁眼的力气都没了。

最后睡过去之前，原嘉铭来看她了，带着她高中时她最喜欢的娃娃。她迷迷糊糊地记得那个玩偶在那天吵架后就被她扔掉了，不知道他从哪里找到的。

她盯着他看，伸出手说："还给我。"

原嘉铭将娃娃递给她，说："一直是你的，我只是帮你保管而已。"他扣住娃娃身体的指节用力得发白。

赵霓抬眼看他，发现他剪短了头发，穿着以前不可能会穿的厚重大棉衣，眉眼依旧俊朗，眼神却没以前那般尖锐颓丧了。

赵霓没什么力气，抓着娃娃，弱着嗓子说："哥哥，我好累，想睡觉了。"

她很久没有喊他"哥哥"了，以前不愿意喊，现在是不适合喊。

原嘉铭仍然黑邃的双眸盯着她，微张唇瓣。他说："好，晚安。"

她看了一眼窗外，明明还是白天，她也跟着说："晚安。"

晚安。

——是十八岁的赵霓最喜欢跟原嘉铭玩的文字游戏。

赵霓做梦做得胸闷气短，像是真要死过去一般——

她呼吸停滞住，力气一点点从体内消失，意识也逐渐涣散，整个人都飘浮了起来，轻飘飘的，一点重量都没有。

把飘着的她抓下来的人是她妈。

陈若玫一把掀开她的被子，空调的冷气瞬间袭来，拱走在她脑中的瞌睡虫。

陈若玫以为赵霓会像往常那样暴躁地将被子往回扯盖住脑袋，却发现她没有——

赵霓猛地睁开眼睛，往日应该恍惚的眸子里此刻盛满恐惧和劫后余生般的惊慌。

陈若玫摸了摸她的额头，问她怎么了。

赵霓猛地从床上弹起来，环顾四周，看清她不是在医院，才意识到只是在做梦后，她渐渐平静下来。

"做噩梦了？"陈若玫问。

"嗯，梦见我死了。"

她的声音里带着点鼻音。

赵霓想到刚才那梦便想要哭鼻子。

"死丫头，说什么呢！赶快起来吃早饭，今天不用读书吗？"陈若玫拍了拍她的脑袋催促。

"还不如待在梦里死掉算了。"赵霓调皮地顶嘴。她瘫倒在床上，抓着被子准备再睡。

陈若玫又一把掀开被子，然后眼睛一瞪，是要发火的征兆。

赵霓只得灰溜溜地爬起来，穿上拖鞋准备出去刷牙，却又被陈若玫拦住。

陈若玫看了一眼赵霓的睡衣，推她回去："我说了几遍，现在在家要穿内衣！"

赵霓低头看了一眼自己的胸。她反应过来，要在家里穿内衣是因为原嘉铭几个月前住她家里来了。

而且就住她隔壁屋。

"知道了，知道了……"赵霓不耐烦地说，脸却热得很快，耳根也立刻涨起红色。

早上做的那个梦其实挺真实的。

她现在就是跟在原嘉铭的身后追着他跑，还总是被他不待见。

可她知道，她绝对不会像梦里那样不理原嘉铭，而跟别的男生做朋友，何况结果还那么可怕……

啧，光是想想就起了一身鸡皮疙瘩。

她抖了抖，乖乖穿上内衣。在厕所里刷牙的时候，她盯着镜子里满嘴白沫的自己发呆，又莫名开始神游。

她回忆起那个梦，古怪又荒唐，但那些场景和带给她的感受又真实得让人感到害怕。

她回过神是因为原嘉铭进来了。

他耷拉着脑袋，额头前的碎发长到盖住眉毛，甚至有继续往下遮住睫毛的趋势，眼珠眉毛和头发都是黑黢黢的。

他掀起眼皮看她，眼底有疑惑，像在问"你来我这边的厕所做什么"。

赵霓是故意来的，想要看看能不能凑巧撞见刚起床的他。

今天运气还不错。

她想要对他笑，但她又想起前天她和他吵架的事。

她故意低下头不去看他的眼睛，反倒瞧见他放在身侧的手。

手的皮肤很白，指甲也剪得干净整齐。

可她没心思欣赏太久，她在想……明明已经是冬天，他却只穿着一件薄薄的卫衣，他真的不怕冷吗？

原嘉铭见她在刷牙并且没有要出去的意思，便自己出去了。

赵霓透过镜子看到他一晃而过的侧脸——

他蹙眉抿唇，像是不耐烦受不了她，却还是忍住了不跟她计较，让了厕所给她用。

但原嘉铭平时不这样的。

他恶劣不堪，从不肯让她。就算在陈若玫面前，他也是摆着一张臭脸，不多说话。

今日肯让她可能是因为两人那日的吵架？

赵霓不大清楚，但她享受着他的忍让。

赵霓一直觉得，原嘉铭像一只生人勿近的凶巴巴的狗。他是一只脾气暴躁的狗，总是一副睡不醒的样子，气质凶恶，总是用狠又冷的眼神看你，生气时龇牙咧嘴吓得你一句话都不敢多说。

2

赵霓刷完牙想起在梦里原嘉铭拿出来的那只布娃娃。

那只布娃娃被她扔了。

就在前天跟他吵完架后，它被赵霓从二楼的窗户直接砸到楼下的沥青路面上。

她当时并不心疼，现在结合着梦里的景象，她又后悔极了。

她还是舍不得，那是他送给她的生日礼物。

她不知道能不能在楼下的垃圾桶里找到，尽管概率很小，但她还是想要去试试。

她洗了把脸，匆匆想要下楼，却被陈若玫拦住，横着眉毛问她去哪儿。

"我布娃娃前几天不小心掉到楼下了，我去看看还在不在。"赵霓张口随口说道。

"前几天掉的怎么可能还在？赶紧去吃饭，上课要迟到了。"陈若玫赶着她去吃饭。

早饭吃了一半，原嘉铭就从房间里出来了。

原嘉铭穿着黑色套头卫衣、灰色长裤，脚上是一双黑白的帆布鞋，鞋头有些脏。

陈若玫见他今天起得这般早，觉得反常，扬着声音很是和善地问他："小原起了？来吃早饭吧。"

赵霓看了陈若玫一眼，觉得妈妈装出来的殷勤实在是太假。

原嘉铭弯了一下嘴角，低声说："不用了阿姨，我出去了。"声音很哑，一副没睡醒的样子。

赵霓盯着他的脸看——他眉头轻蹙，嘴角抿着，很不爽的表情，一看就是没睡饱又被迫起床。

之前的原嘉铭都是等到她中午放学回来后才慢腾腾地出房间门，今天真的有些奇怪。

赵霓又觉得他真的像狗，狗就是这样，睡不好就会龇牙咧嘴。

原嘉铭一走出去关上门。

陈若玫就问赵霓："他今天怎么起这么早？"

"我哪里知道。"赵霓摇头。

"是不是要去做什么坏事情了？"陈若玫小声地问。

陈若玫一直都对原嘉铭没什么好印象，那些嘘寒问暖都是她秉着自己的身份装出来的。

因为应该没有长辈会喜欢一个陌生男孩住在自己家里，何况这个男孩初中毕业后就没再读书了。而且这男孩整天也没正事做，只是窝在房间里不知道在捣鼓什么，三餐也只吃两餐，精神也很差的模样。

陈若玫的前半生都是在乡下度过的，之后为了赵霓的学业才来到大城市里。

即使在大城市度过了几十年，可她待人处事的方法依旧是在乡下农村的那套。她在农村里见过不少像原嘉铭这样的孩子，二十不到的年纪，整日游手好闲，成绩不好，在长辈面前没什么话，背后却能把整个天都掀翻了。

即使赵伟华和她解释了原嘉铭是因为家里条件不好才自愿从高中退学，陈若玫却依旧觉得他是个无所事事的小混混。

如果硬要说原嘉铭的特别之处，应该就是他长得的确比其他小孩都精神一些。但对他们这些"小混混"来说，有一个好看的皮囊更是他们耀武扬威的资本。

自此，陈若玫便戴着一副有色眼镜在看原嘉铭。

赵霓不高兴了，喊道："妈！你别老是这样揣度别人。"

陈若玫："那没办法，他这几个月几乎都待在房间里，今天突然这么早出门，能做什么好事啊？就应该赶紧让他搬出去，免得带坏了你。唉……你爸，人也不着家，反倒还往我们家里带了一个混混，真以为我们母女俩会什么防身的功夫吗？"

"他不是混混。"赵霓用汤匙敲了敲碗底。

"你是不是缺心眼？以后除了必要的时候，少跟他接触，省得被他带坏。他不读书的，你别学他。"

陈若玫推了推她的脑门。

赵霆见说不过她，也不再辩解，闷着头把碗底的粥喝完了。

中午放学经过后门那家网吧的时候，赵霆看到原嘉铭了。

他蹲在网吧门口边上发呆，周围还围着几个人。他们穿得都很少，气质桀骜，但原嘉铭是最显眼的那个。

他其实没做什么，只是单单蹲在那里，那张脸就让人无法忽略。

赵霆的身边经过好几个女孩，小声又激动地讨论着原嘉铭。

"帅哥！蹲着的那个。"

"真的帅啊！"

"以后常来这里逛逛，好养眼。"

"你上去要个微信？"

"不行，你怎么不去？"

…………

赵霆看了那两个女孩几眼，心里吐槽，要是被原嘉铭知道她们在议论他，肯定要给她们翻几个白眼，能凶哭她们的那种。

赵霆觉得原嘉铭应该没有看到她。

她还没跟他打招呼，他就站起来转身进了黑黢黢的网吧。

穿着校服不方便跟进去，她站在原地等了一会儿，见他许久没出来便失望地离开了。

网吧里。

刘其源踢了踢一直坐在窗边的原嘉铭，惹得原嘉铭扭头看他。

原嘉铭浓眉紧簇，一股不耐烦的气息几乎要扑到刘其源的脸上了。

"你坐这儿干吗？"刘其源退后一步，有点怵。

原嘉铭并没有理她，又转头看了一眼窗边，见女孩已经消失不见后，才收回眼神，慢腾腾地说了一句："你很闲？"

"你来垣州三个月了住在哪里？你爸朋友家里？"刘其源问他。

刘其源和原嘉铭从小就认识，两人小学和初中都是同学，也都在初中毕业后没再上学了。刘其源来了垣州打了几年工后，又贷款在二中学校门口开了一间网吧，原嘉铭就留在老家。初中毕业后的那个暑假两人还经常约着出去玩，后来刘其源打工忙很少回家了，两人就渐渐没了联系。

昨天刘其源听说原嘉铭也来垣州了，还来了快三个月了，就怒气冲冲地联系了原嘉铭，先是骂了原嘉铭一顿为什么都没有来找他，又让原嘉铭来网吧找自己，想着兄弟二人要联络联络感情。

原嘉铭答非所问："马上就要搬了。"

他又说："你给我介绍个地方住。"

"住那里不是挺好的吗？还不用付房租，你知道在垣州房价多高吗？"刘其源劝他。

原嘉铭只说："你帮我尽快找个房子。"

"怎么了？你爸朋友为难你了？"刘其源忍不住多问两句。

当然，只换来了原嘉铭的一个白眼和一句没有情绪起伏的"不关你的事"。

网吧里的网管来喊刘其源，说是有事找他。

刘其源离开后，原嘉铭继续望向无人的窗口，赵霓已经走了，连背影都消失不见。

他回想起刘其源问他为什么要搬走。

原因有很多。

寄人篱下始终不妥，一开始拗不过自己的父亲便来了赵家先住着，来了以后发现赵叔叔竟总是不在家，家里只有陈若玫和赵霓。

他本来想要着尽快搬走的，但又像刘其源说的，垣州出租屋的价格也不便宜，他回不去也没地方住，也只能在赵家里降低自己的存在感，尽量不出门，总是窝在房间里写写代码赚点外快。

最近赚的钱差不多够了，正好准备找地方住，刘其源就给他打电话了。

想着刘其源在垣州待得久，他就答应着来了。

可刚才刘其源问他，他在赵家是不是被为难时，他的脑子里就出现了赵霓的身影。

是的，他被赵霓为难了。

这个年纪女孩的心思很容易便能看出来。

见到他时，她眼里的光亮和雀跃他都能发现。之前也遇见过不少这样的情况，但她是特殊的，他住在她家，总归是不方便直接拒绝的。

他试过表露出自己的态度——不喜欢，不接受，不回应。

可赵霓就是假装看不见，总是在为难他。

3

他前几天和赵霓吵了一架，因为他不肯给她签名。

他也不知道现在的小女孩脑子里都在想什么——

前几日她突然敲响了他的门，拿着一张纸让他签自己的名字。虽然不知道她要做什么，但签个名又不会少块肉。

按照他对她这段时间的观察，他给她签了，她就会安静离开。如果不给她签，估计会被她缠上好一会儿。是的，赵霓并不是那种被拒绝了就会感到难过而逃跑的女孩。

所以按着往常"多一事不如少一事"的做事理念，他应该是会签的。但很奇怪，当他看着她红扑扑的脸蛋和希冀的眼神时，他莫名觉得心烦意乱，像是隐隐能够预知到未来事情的走向将会超乎他的预知，于是他拒绝了。

他说："不签。"

赵霓果然不肯放过他，软着声音说："签一下吧……我不是做坏事。"

他抬眼看她："签了做什么？"

赵霓眨了眨眼睛，就是不肯说实话："没做什么，我就是想看看你签名是什么样的。"脸颊泛红，眼珠子水灵灵的，一看就是在打什么坏主意。

原嘉铭懒得再跟她兜圈子，他最擅长的就是不给别人面子。他坐在桌前，抬起沉沉的眸子看她，虽然是仰视，却不肯抬一点下巴，于是看向赵霓的眼神便冷冽且无情。

"我不会签的，省点力气吧。"说完就又低下头了，他戴上自己的头戴式耳机，一副与世隔绝的模样，不肯再分一点眼神给赵霓。

因为耳机便宜，隔音效果并不是很好，于是他还是能很清楚地听见赵霓的声音，先是恳求，然后是碎碎念，最后就是愤懑的骂声。

而他装作什么都听不见，岿然不动。

赵霓最后对着他说了句："你别后悔。"

说完，她就离开了，还把门摔得很响。

原嘉铭摘下耳机，耳边似乎还萦绕着她刚才恼羞成怒的声音。

他烦躁地蹙眉，一手去按自己的眉间，一手打开网页导航，继续寻找合适的租房信息。

他们"吵了"两天，虽然赵霓两天没和他说话了，但他总是时不时感受到她炙热的眼神。但他一看她，她就又拙劣地躲开他的视线，似乎以为自己的演技很好。

他也好几次用余光瞥见她似动未动的唇，像是要跟他说话，又碍于面子，不肯先下台阶。

本以为吵架了，少了她吵闹的声音，他会变得安逸。但很明显，赵霓这种刻意压抑着的状态让他也很是担忧，总觉得堆积的那些话或者是情绪最后会像火山一样突然爆发。

原嘉铭也不知道自己为什么会惹上这么个大麻烦。

甩不掉，逃不开。

他寄希望于刘其源，希望这个不靠谱的哥们能在关键时刻帮帮他。

赵霓回家路过她家楼下的草丛，想着前几日被自己丢下楼的娃娃，还是觉得舍不得。她在周围绕了许久，快把那些绿色的草看出花了。

十分钟后，她还是遗憾地上楼了。

陈若玫已经做好饭在楼上等她了。

吃饭的时候，赵霓看了一眼原嘉铭紧闭的房门，想起他那日无情冷漠的拒绝，又气又恨地咬咬牙。

陈若玫盯着她，问她吃个饭怎么这么生气。

赵霓："我这几天身体感觉不怎么舒服。"

陈若玫摸她的额头："因为早上做的那个梦？"

突然提起昨晚的那个梦，赵霓的鸡皮疙瘩又起来了，她问妈妈："我们家有人得过胃癌吗？"

陈若玫让她别胡说："呸呸呸，我跟你爸都健康得很，也不知道你是在咒谁。"

"那外婆呢？"赵霓再问。

这次陈若玫便直接在她脑袋上拍了一下："你这小孩怎么回事？你外婆可健康了！"

赵霓吐吐舌头，迟疑片刻还是问了："外公呢？"

陈若玫脸色一变，低声说："我不知道。"

赵霓知道碰了母亲的逆鳞，识趣地没再多说了。

他们家没什么家规，什么都可以说，唯一需要注意的就是这位"外公"。

他在陈若玫很小的时候离开了自己的妻子和女儿，留下一句"去外地打拼赚钱"，就将自己的妻子留在家中照顾自己年迈的父亲母亲。

几年之后，苦苦等待的妻女终于等来了他，却发现他又带了一个女人和孩子回来。

不过好在外婆的性子并不软弱，和他大闹一番之后，拿了赔偿金带着自己的女儿离开了那个家。

之后，男人偶尔也来找过她们母女，但都被她们赶了出去。

陈若玫随母亲，骨头更是硬，几十年过去了，她却没喊过那男人一声父亲。

赵霓是小辈，也不知道具体情况，只是听父亲说过，陈若玫和外婆已经好几年没和那个男人联系了。

甚至不知他是死是活。

闯祸之后，赵霓笑嘻嘻地呸了三声，殷勤地往妈妈碗里夹菜。

陈若玫瞪她一眼，让她好好吃饭。

哄好母亲之后，赵霓回过神，告诉自己那只是个有点逼真的梦而已。

那梦实在是荒唐，她怎么可能莫名其妙不理原嘉铭去和那个变态男生在一起。

而且十八岁的她身体健康，不可能在二十一岁得什么可怕的胃病。

晚上原嘉铭回得晚，本以为母女二人都应该睡熟了，却在准备去浴室洗澡的时候，碰见了从房间里出来的赵霓。

她头发有点凌乱，眼睛眯着没有完全睁开，踩着猪头拖鞋，皱着眉看他一眼后，晃晃悠悠地朝他的厕所走过去。

原嘉铭觉得脑袋疼，在她准备踏进去的时候，他一把拉住门把手——赵霓差点被门撞到，直挺挺地站立在原地，像是没反应过来的机器人。

她瞪他，眸子里是震惊和难以置信的神情，仿佛在谴责他怎么能这么对她。

原嘉铭："你房间不是有厕所？"

赵霓抓了抓自己的头发，随口撒谎道："堵住了。我妈说明天让人来修。"

原嘉铭眉头紧锁，盯着她看了几秒，松开把手："快点。"

赵霓动了动嘴角，推着他站远了一些，顶着他疑惑且不耐烦的视线，一点都不心虚地说："我上厕所。"

原嘉铭看她一眼，直接又退回自己的房间，顺便把门关上。

五分钟后，原嘉铭听到敲门声。

他去开门，赵霓站在他门口，头发已经梳得整齐，脸色红润，眼睛很亮。

她说："我好了。"

原嘉铭刚想说些什么，瞥了她一眼之后，就又不说话了。

他侧过身让她，然后毫不犹豫地将厕所的门关上——但通过越来越窄的视野，原嘉铭还是看见赵霓眼里的笑意慢慢冻住。

他其实真的很会拒绝人。这是这几年锻炼出来的，面对任何女生，他都能面不改色地中断那些想交流的信息，一点都不给面子地后退远离。

他最近在空闲的时候总是在反思，想赵霓为什么会像是不懂他的意思。

最后他得出结论了——

也许是因为他在她面前表现得不够干脆决绝，才会让她有那种隐隐约约的错觉，所以最近他有意地冷落和针对她。

他知道陈若玫每天都在盼着他走，他也渴望离开。

可赵霓似乎不是这么想的。

赵霓在门口郁闷了一会儿才回到房里。

时间已经不早了，其实她刚才是被噩梦吓醒的，依旧是那个梦。

梦里她被变态男纠缠，她挣扎了许久，在几乎窒息的那几秒，才堪堪醒过来。

正好听见门外的动静，知道是原嘉铭回来了，她才装作出来上厕所，火急火燎地出门见他一面。

可是原嘉铭真的很可恶。

泼了她一盆又一盆的冷水。

她在睡前骂了他几遍，之后却又做了个关于他的梦。

Chapter 02
少女心事

1

赵霓梦见第一天见他的场景。

就在几个月前，那时候她爸赵伟华还在家，某天晚上突然说要带个朋友的儿子来家里借宿一段时间。

陈若玫自然不答应，谁能好端端将自己的家免费借给外人住，而且她也不认识赵伟华的这位朋友。

赵伟华便跟母女俩介绍了一下情况。

原家父亲年轻时和赵伟华是拜把子的兄弟，原嘉铭是他看着长大的。

现在原嘉铭想来垣州发展，他作为长辈，自然应该帮原嘉铭一把。家里空着的房间也是落灰，不如借人家住一段时间。而且，他之后要出去工作，家里有个男人正好可以保护她们娘俩。

赵伟华还让赵霓多向原嘉铭学习学习。

陈若玫听到这话，声音都拔高了："你怎么当爸爸的？别人家长让自家孩子向考上北大清华的孩子学习，你让女儿学习一个没上高中的小混混？"

赵伟华也不高兴了："哪有你这么说话的？都说了他是自愿不去上高中的，而且他初中的时候去参加高中的数学竞赛，还拿了奖呢！"

他又对赵霓说："你之后数学不会可以问问他，听他爸说，他数学很好。而且，我听说他电脑也很厉害。"

陈若玫："很会玩游戏？这也能拿出来说？"

赵霓适时插嘴："妈……爸爸说的应该是写代码做程序之类的吧。"

赵伟华点头："对对对！就是写代码，他是自学的啊，没花过一分钱去学这个！他现在就是在做计算机这块，来垣州是为了更好的发展。年轻人要打拼，我这个当叔叔的，肯定要帮他一把！"

见丈夫已经一副做好决定的样子，陈若玫再大的意见也只能都咽进肚子了。

原嘉铭第一天来赵家的时候，是跟赵伟华一起来的。

他一身黑，甚至没带什么行李，只有一个不大的背包。那时候天气已经很冷了，他却穿得极少——上身套了一件很薄的冲锋卫衣，带帽子的；下身是一条黑色裤子，踩着一双平平无奇的帆布鞋。脸上甚至还戴着一个黑色的口罩，只露出一双同样黑黢黢的眼睛。

虽然他用黑色将自己包裹得严实，露出的皮肤却很白。他的手腕和手，还有脖颈和没被遮住的半张脸，都透着不是很健康的白色。

赵霓在见他的第一眼时，觉得他干干净净的，很好看。

之后，他规规矩矩地坐在赵家并不是很大的沙发上，有礼貌地摘下口罩，露出英俊的脸庞，拘谨地对着他们全家笑了笑。唇红齿白，气质清冷又俊朗。

赵霓就此踏进了她的"跟在他后面跑"之路。

陈若玫做了一顿大餐，四人坐在餐桌前，原嘉铭话少安静，性子还冷，只有在赵伟华问他话的时候会吭声，期间都是低头默默吃饭。

赵霓坐在他对面，边吃饭边小心翼翼地偷瞄他，殊不知原嘉铭将她的关注尽收眼底。

这一顿饭吃得还算和谐，原嘉铭虽然话不多，但在礼节这方面做得还算不错。

吃完晚饭之后，他还帮着陈若玫收拾餐桌。

赵伟华去厨房里拿开瓶器。赵霓被差遣去帮赵伟华拿在酒柜最上方的一瓶红酒。

她个子不高，挺直腰板，也只堪堪到一米六，自然拿不到最顶端的红酒，于是她拉了一个板凳，踩在脚下。

正要伸手去拿的时候，她听见身后的声音——

"我来吧。"

原嘉铭就在她身后。

她微微一愣，回头看他。

她现在比他高一点，俯视着他，却没有一点因在高处而生出的掌握感，反倒有一种局促感。

原嘉铭看她，重复一遍："我来拿吧。"

四个字让她回神。

赵霓跳下椅子，晃了一下身体，小臂被他抓住。

虽然穿着不薄的衣服，但赵霓却似乎能清晰地感觉到他手掌的存在，温暖有力。

等她站稳后，原嘉铭松开她。

她面红耳赤地站在一边，心脏变得很有存在感，在她胸腔中"扑通扑通"地跳着。

站在相同的高度上，她才发现他的的确确比她高了不少。她需要在板凳上才能勉强够到的地方，他伸个手就能碰到了。

她站在一边看原嘉铭。

他穿的衣服少，伸出右手去拿顶处的东西，整件衣服都被往上拉，露出一小截腰间的皮肤。

她脸一红，像是被烫到一般移开眼神，却还是在短短几秒之内，看清了他腰腹的线条。

但她确认了一件事儿，他是值得信任的朋友。

赵伟华正好从厨房里出来。

原嘉铭拿了红酒递给她，并没有多看她一眼。

可赵霓就像是被当场抓住一样，她热得几乎受不了，拉开拉链透透气，正好被陈若玫抓住，拍了拍她的手，又把拉链拉到最顶端。

"天气这么冷，感冒怎么办？"陈若玫这话刚说完，就又皱着眉问她，"这脸怎么这么红？不会是发烧了吧？"

赵霓讪讪地摆手，说不出自己是因为什么而失态。

赵伟华和原嘉铭听见陈若玫的声音，齐齐抬眼看她。

赵霓和原嘉铭的眼神碰上。

他平淡的毫无情绪的眼神让她呼吸一滞，她慌乱地躲开，对她爸说："屋里太热了。"

赵伟华："热吗？别真给冻感冒了。"

赵霓应了两声，将衣服拉好。再看向原嘉铭的时候，发现他低着头，只露出一个同样冰冷的侧脸。

侧脸线条精致得像艺术品，却了无生气，像个死物。

他垂眸看着高脚杯中的红酒，像在研究，又像是在出神。

赵霓盯着他看，猛然有一种被击中的感觉，心脏酥酥麻麻，呼吸也有点凌乱。她想自己大概有点莫名其妙了，对这个今天第一次见面的男生。

之后，她对他很是殷勤，敲门给他送洗护用品，又主动向她介绍家里的构造，但他的反应都淡淡，只会语气疏离地对她说"谢谢"。她以为是他性格内向，相处久了两人就会熟稔合拍，却没想到他是天性冷淡，不喜欢和人接触，甚至也没什么朋友，整日只是躲在房间里，高傲又冷漠。

她在和他的相处中，也逐渐了解到他真正的面貌。他冷淡、固执、刻薄……硬得像块石头，冷得像块冰。

但她还是觉得他最像狗。不开心的时候会用危险眼神盯着你看，像狗一样提前发出不满的信号。经常睡不饱，头发乱糟糟，脾气又差。对所有人都是一副不屑殷勤讨好的模样，尤其是对她。

这一个月相处下来，赵霓算是认清了一件事实——

原嘉铭真的一点都不肯让她，没把她当作比他小了两岁的妹妹，也没把她当作应该受到疼惜的女孩。

她那一开始羞涩、含苞待放的心意，也在他一次次冷漠的捶打中变得坚韧。花在狂风暴雨后却变得更加坚强。

倒不是她真有什么偏要迎难上的勇气，因为她在与他相处的过程中其实也没吃过什么亏，反倒也是将自己的真实面貌一点点暴露了出来——

她有着一般女生都有的脆弱敏感心理，却又喜欢将自己伪装得强大。

她用娇横来武装自己。

在他冷脸对她的时候，她也会气得与他大吵。

于是大多时候两人都水火不容，一人气得面红耳赤，一人冷冷地生闷气一个眼神都不肯分给她。

但即使两人每天经常拌嘴吵架，但赵霓却还是喜欢对他好。

总不能因为小狗凶就把狗丢了吧？

她思考过原嘉铭到底是哪里吸引她——

答案可能是他干净的、值得人信任的气质。也可能……正是因为他的臭脾气。

她的体内可能有什么战斗属性，或者上辈子是个驯兽师。

她也摸不清。只是她想过，如果原嘉铭是只温柔的、对她百依百顺的绵羊，她肯定不会这么对他好。

或许会觉得他无趣。

简而言之，她好像喜欢有他这么一个脾气有点臭的朋友，不谄媚，很坦荡。

2

梦醒之后，她迷迷糊糊地起床，陈若玫随口问她："他最近在忙什么？今天也很早就出门了。"

陈若玫口中的"他"指的是原嘉铭。

赵霓听此一下变得清醒，疑惑反问："他出去了？"

"嗯，天刚亮就出门了，最近不知在忙些什么。"

赵霓不再说话，若有所思。

原嘉铭这几日实在是不大对劲，她察觉到他在悄悄改变，或者是正在筹备着什么新的计划。

但很明显，他并不打算将他的计划告诉她，而她也因为他这隐秘计划而隐隐感到不安。

赵霓上午放学后，秦湾湾来班上找她。

秦湾湾和赵霓是初中同学，两人是同桌，玩得很好，高中也考上了同一个学校，虽然不在同一个班级，但两人几乎每天都见面。两人在不同班级，每次见面都需要穿梭半个教学楼，却一点也不觉得累。

赵霓找原嘉铭要签名也是因为秦湾湾。

秦湾湾家里富裕，父母在市中心有好几个店面。前段时间，他们将一间店面租给了个算命先生。秦湾湾的父母是生意人，自然很是重视气运和风水，趁势和算命先生交了个朋友。

前段时间他们请算命先生去了他们家里一趟，重新设计了家中的格局摆放。

秦湾湾虽然在一边听得云里雾里，但还是觉得那算命先生很有几把刷子。

她在心底也有些想要问的事，却也不敢直接找那看起来严肃认真的算命大师，于是她趁她爸妈不在的时候，问了一直跟在算命先生身后的小徒弟。

说是小徒弟，但似乎是跟她们差不多大的模样，像模像样地穿着褂子，安静得像块木头，只知道拿着块罗盘跟在他师父后面。

她问他算不算缘分方面的。

小徒弟看了一眼不远处的师父，抿嘴说算的。

秦湾湾当即加了他的联系方式。

联系了之后，小徒弟告诉她，需要将二人的名字都写在纸上发给他，而且需要是本人亲笔写的。

秦湾湾不疑有他，偷偷跑去将她们班班长的签名撕了一块下来给他。

又发了五百的红包给小徒弟，小徒弟才发了一长串分析过来。秦湾湾看不大懂，但"琴瑟和鸣""天生缘分"这类清晰易懂的词她还是看得明白的。

而且小徒弟在最后还发了一句总结的话：秦湾湾和杨俊文的匹配指数是百分之九十五。

秦湾湾当即便心花怒放，说了好几句谢谢后，又想起最近辗转烦恼的好闺蜜，贴心地问小徒弟能不能再算一个。

小徒弟回复：可。

秦湾湾通知了赵霓，甚至帮她垫付了那五百，就等着她拿来原嘉铭的签名了。

秦湾湾一见面就问她："签名呢？"

赵霓耸肩："拿不到啊！"

秦湾湾皱眉："那怎么办，不算了？"

赵霓想起这几日原嘉铭对她摆的臭脸，恨得咬牙："不算了！我和他肯定八字不合。"

秦湾湾见她一副怒气冲冲的模样，没敢再说话了。

两个人一起离开的时候还碰到了她们的初中同学尉杰。

三人在初中时就坐在前后左右。这一碰面，话匣子又打开了，在学校门口聊了半天不肯分开。

原嘉铭一大早出门去找刘其源了。本以为刘其源一早打他电话是找到房子了，来了网吧才知道他是被刘其源骗来做苦力。

刘其源笑得殷勤，但狗腿的模样却极其恼人。

"昨天那帮兔崽子在我这里吃吃喝喝通宵一晚上，上课铃声一响，东西都不收拾，背着书包屁滚尿流去上学了。"刘其源看原嘉铭脸色不好，慌忙解释道。

原嘉铭看他："叫我来打扫卫生的？"

他看向地上的一片狼藉——一地的瓜子皮，还有几个被踩瘪的易拉罐子，不知名的液体也淌了一地板。

刘其源从不远处拿来扫把，边说着边劳动："不是让你打扫，你不是急着要找房子吗？哥们儿我今天陪你去看看，只是……我得把这里打扫干净。"话里话外的意思并不难懂。

原嘉铭看了刘其源几秒，认命一般，垂眸拿过墙边的扫把，帮着刘其源一起打扫。

原嘉铭很明显是没睡饱，虽然不说话，但处于一种极易被点燃的状态。

刘其源没敢惹原嘉铭，安静地做完卫生后，他让原嘉铭在包间里休息一会儿，他去买个早餐。

原嘉铭点点头，眯着眼睛窝在质量低劣的帆布单人沙发上。

九点半，刘其源提着早餐回来的时候，发现原嘉铭在沙发上睡得很熟。原嘉铭呼吸均匀，额前的头发随着浅浅的呼吸节奏而微微颤动着，着实是很养眼。

刘其源觉得那张便宜沙发似乎都因为原嘉铭睡在上面而看起来高级昂贵了。

他没叫醒原嘉铭，因为他有过前车之鉴——初中的时候，他在和别人打闹的时候偶尔会把正在趴在桌上补觉的原嘉铭弄醒，他记得自己当时的下场很是悲惨。

原嘉铭再醒来已经是中午了。

快十二点，网吧对面的学校刚打放学铃声不久，学生浩浩荡荡地从校门口涌出，有几个不大安分的学生直接从网吧侧门窜了进来。

刘其源捏着他们的耳朵赶他们出去，嘴上斥责："未成年给我滚蛋。"

他是不做他们生意的，这是他的规矩。

原嘉铭从沙发上起来，揉了揉眼睛，因为休息得不错，此刻的他比起早上柔和了许多。

他看向刘其源："走吧？"他迫不及待想要去找房子。

刘其源话多，絮絮叨叨地和原嘉铭说着他这几年是怎么创业的，吃了多少苦才撑起这一间小小的网吧。

两人走出网吧，刘其源看向马路对面的学校，嘴上不停："其实，我把位置选在学校后门也有一部分的原因是这里可以看到好多漂亮养眼的女孩。"说完，他挑了挑眉毛，示意原嘉铭看向对面。

"那两个都不错呢，那个短发的好漂亮啊，长头发的看起来也很清纯有活力。"

早就习惯原嘉铭不接腔了，刘其源继续自顾自地抒发自己的感想："你说其实我们跟他们也差不多大哈，有的人还是被爸妈捧在手心里的花。有些人已经出来打工，接受社会的毒打了。"

"嗯。"原嘉铭闷闷应了一声。

难得能得到原少爷的回应，刘其源感到意外。他扭头看原嘉铭，发现原嘉铭在看刚才他说的那两个女生，眼神定定，思绪都陷进去的模样。

那两个女生正在和一个男生打闹，嘻嘻哈哈的声音隔着一条马路都能传到他们耳边。

原嘉铭以往是不会这样的，不会这样看着女生。

像是发现了什么新大陆，刘其源贱兮兮地问："你喜欢长头发那款的还是短头发那款的？"

原嘉铭收回眼神，垂眸缓了一会儿才像是想起刘其源的问题，以往都懒得回答的，此刻却像是中了邪一样，他说："短的。"

刘其源瞪大了眼睛，嘴边是揶揄的笑："天啊，没想到。"

聊了好一会儿的三人终于分开，朝着不同的方向离开。

尉杰摸着自己的后脖颈，发现迎面走来两人，个子高的长得很精致表情却冷漠，个子稍矮的那人痞里痞气的。

和他们擦肩而过的时候，尉杰被个子高的那人撞了下。

他一愣，回头看那人，却发现那人根本没停下，脸色臭臭的，很不好惹，似乎只是不小心撞到了而已。于是他也不把这当回事，又抬脚离开了。

三十秒后，刘其源笑得直不起腰，他问原嘉铭为什么无端撞人。

原嘉铭看他，皱着眉淡淡问："我怎么了？"

他死不承认。

…………

为什么撞他？原嘉铭觉得那人的笑有些碍眼而已。

原嘉铭回得依旧很晚。

赵霓想着一整天都没见着他面，强撑到十二点，才等到他回来。

两人对视一眼，原嘉铭似乎没想到她居然还醒着。

难得地，他主动和她说话了，说的还不是些冷冰冰的数落话。

他在昏暗的客厅中看她，眼神落在她过肩的长发上："我今天看到你了。"

赵霓一愣："啊？"

"在你学校后门。"原嘉铭垂眸，往前走。

和她擦肩而过的时候，他说："看见你把手伸到男同学的脖子后面。"

话说完，他也正好走进房里。

等不及赵霓反应，他便关了门。

"砰"的一声——

赵霓僵在原地，猛地有一种自己被冤枉还被封住嘴不让反驳的感觉。

3

赵霓反应过来后，气冲冲走过去要开原嘉铭的门，却发现他在里面将门反锁。

于是她只能隔着一道门申冤，又担心陈若玫被她的动静吵醒，她只能压着声音解释："我们那只是玩而已。

"我们都那么玩的，秦湾湾也那样捉弄过他啊，我也被那么捉弄过。

"我们三个人是好朋友，所以才那样的。"

原嘉铭始终沉默，一点反应都不肯给她。

赵霓想再说些什么却一个字都吐不出来了，因为她不知自己该解释些什么——

其实是一件根本不需要解释的事，她却因为他莫名的冷脸而变得慌张，慌张地想要撇清关系。

可她思考过后却发现她并不需要解释，朋友之间的正常互动并不需要什么解释。

还有……原嘉铭为什么突然这样？

她在门口想了一会儿，捕捉到一个可能的答案之后，她对着门缝小声问："你生气了？"语气轻盈，兴奋得像是捉住了原嘉铭的什么把柄。

得不到回应，她也不泄气，反倒是将声音放得更低，对着紧闭的房门问："你不是紧张我吧？"

原嘉铭还是没出声，赵霓却在手机上收到了他的信息。

他说：别在我门口站着。

赵霓：你是不是紧张我啊？

原嘉铭：有病？

赵霓：……你才有病！

原嘉铭没再回她。

想着明天还要早起上学，赵霓只能带着愤懑遗憾地爬回床上休息了。

之后的几天，赵霓都没见到原嘉铭的身影，她怀疑他是故意躲着她，否则他们怎么可能好几天都没碰上过一面。陈若玫也不信原嘉铭是转性去干正事了，只是腹诽着他肯定在做什么坏事。

而这里的刘其源则是不知为何原嘉铭要这么着急找房子，像是那家人赶着他搬出去一般。

原嘉铭这几日的行程是天刚蒙蒙亮就来网吧找刘其源，臭着脸在网吧的包间里睡上四五个小时之后，再拉着他帮忙找房子。

他们这几天都在看房子，奈何垣州消费水平过高，原嘉铭承担不起。

他们每天兴致勃勃地出去，都是败兴地回来。

虽然原嘉铭不说，但刘其源能感觉到他十分泄气，有时候也会出声安慰他："没事啦，就再住几天，真不知道你在急什么。"

这时，原嘉铭只会淡淡地瞥刘其源一眼，然后冷冷出声："再找找。"

没过几天后，有一位贵人出现了。

刘其源在这里摸爬滚打几年，虽然大部分朋友都和他差不多处境，但朋友圈里也有几个出身金贵的高级人士。

徐珠琳就是他朋友圈中的顶级好友。

两人并不熟，徐珠琳加上刘其源的微信也只是为了监督自己上高二的弟弟。

刘其源和徐珠琳只见过一面，那天徐珠琳踩着高跟鞋来网吧里找她偷偷过来上网的弟弟。

刘其源并不是第一次面对这样的场面了，之前也有过几个家长拿着棍棒来网吧找自己的孩子。

徐珠琳气质出众，一看就是有涵养的有钱人，肯定不会撕破脸，所以刘其源并不慌张，甚至好声好气地上去问她找谁。

她并没有立刻告诉他她来找谁，而是环顾四周一圈，盯着刘其源，朱唇轻启："大家都是生意人，我不为难你。我给你一笔钱，你别做我弟生意，我能给你的可比他在这里上网花的多很多。"

刘其源第一次遇到家长有这种要求，稍微斟酌了一下，笑嘻嘻地答应："好的姐姐。"

之后他就加了徐珠琳的微信，她真给他转了一笔不少的钱，但也提醒他："记得别做我弟生意。"

自此，刘其源一见到徐崇浩就捏着他的后脖颈赶他出去。徐崇浩从没被这样区别对待过，气冲冲地问刘其源为什么这么对他。

刘其源实话实说："Sorry，你姐给的实在是太多了。"

徐崇浩气得面红耳赤，颇有傲性地离开了。

原嘉铭这几天白天在网吧睡觉，找完房子回来就在网吧里工作，窝在最昏暗的角落写写代码。

徐珠琳这天来接自己弟弟放学却得知他又去了网吧，以为刘其源这人收了钱却不肯做事，她正要过来找刘其源麻烦。

进了网吧，转了一圈却找不到徐崇浩。她往角落走过去，见到和徐崇浩背影相似的原嘉铭，伸手直接盖到他脑袋上，刚要骂他没出息的时候，手下的脑袋动了动，转过头看她。

不是徐崇浩，比徐崇浩帅多了，只是那双眼睛透露出来的情绪委实有些可怕。

冰冷，愠怒。

徐珠琳一愣，精致的妆容都遮盖不住自己的慌张，似乎被他震慑到了，她的身体都僵了，也忘了收回手。

打破局面的是刘其源，他一个箭步冲过来，拉开徐珠琳的手，先是惊恐万分地看了一眼原嘉铭，见原嘉铭面色不悦，又抬眼看向徐珠琳："怎么了，姐。"

徐珠琳这才反应过来，讪讪地收回手，向原嘉铭道歉："不好意思，我还以为你是我弟。"

原嘉铭没说话，极其冷淡地扭过头，戴上耳机，将两人的对话都隔绝在自己的世界之外。

"哎哟……姐，你弟不在这里。"

"那去哪里了？"徐珠琳问，虽然是在跟刘其源说话，但眼神还是落在原嘉铭身上，因为他的外形而忍不住多看了两眼。

刘其源一愣："我怎么知道，反正不在我这里，他都被拉进我们店的黑名单了。"

徐珠琳沉吟，见原嘉铭一言不发，忍不住看了一眼他的电脑屏幕，密密麻麻的字母看得她眼花。

不经意地，她随口问刘其源："他在做什么？"

刘其源："写代码啦。具体我也不懂，糊口饭吃的手段。"

徐珠琳哼了一声，话锋又转回来："那那小子去哪里了？他同学说他在网吧。"

刘其源擦汗："你还有他同学的眼线啊？反正不在我这里，可能在离这里几条街的另外一个网吧，你去那里抓吧。"

徐珠琳走之前又看了一眼坐在角落的原嘉铭。

刘其源嗅到些不同寻常的味道，熟练地露出狗腿的微笑："姐，怎么，那小子入了姐的青眼了？"

徐珠琳挑起眉毛："胡说什么！"

刘其源又笑："哎，别不好意思，在女孩堆里，他可抢手了。姐姐妹妹都喜欢他，我承认他长得是还不错啦。"

徐珠琳扯个微笑出来，等着他继续说。

想起最近原嘉铭的状况，他又很有心机地补充了一句："他是长得帅，但日子过得苦，这几天都没地方住，几乎把我这小网吧当家了。"

徐珠琳是生意人，一下就听出他话中的意思，下意识地冷下脸："怎么，你看我像是那种扶贫的慈善家？"

话说得难听，刘其源差点下不来台，后知后觉到自己闯了大祸，急忙道歉："姐，我不是那意思，您别误会我。我那朋友也不是那种人，是我嘴贱了。"

徐珠琳表情回暖，没说什么，踩着高跟鞋又"嗒嗒嗒"地离开了。

刘其源本以为徐珠琳不会联系他了，却在不久后收到了徐珠琳的消息。

她问：你朋友还接写代码的活吗？我们公司需要外包一些业务。

刘其源一愣，问了一下大致的需求和薪酬。

片刻之后，他转头拍醒在沙发上补觉的原嘉铭："兄弟！别睡了，贵人来了！"

徐珠琳是能够像及时雨一样解决原嘉铭的问题的人，但原嘉铭似乎并不肯接受这一份好意。

他在听清楚事情原委之后，又拿过刘其源的手机看了一眼徐珠琳的活儿。

他摆手："我不干。"

刘其源："为什么不干？"

原嘉铭："她是骗子，这些活根本就不值这么多钱。"

刘其源微怔，然后猛地拍他："哇，那是因为人家看上了你啊！"

原嘉铭拍开他的手说他有病。

刘其源："艳福不浅，别矫情了，我给你接下，你和她这是正当交易，你别想七想八。你不是急着要钱吗，这不正好解了你燃眉之急。"

原嘉铭直接不说话了，只是安静地盯着刘其源看。他在用最有用的方式表达自己的不满。

刘其源被盯得有些慌了，怯怯地又问了一遍："你确定不接？"

原嘉铭把抱枕砸到他身上，并骂了一句。

他其实不爱说脏话，生气的时候大多都是沉默。

但偶尔也会像现在这样，吐出几个脏字来表达自己的不满。

骂人当然比沉默累。

但似乎只有说出来，他们才知道自己真的在生气。

4

因为原嘉铭十分抵触，刘其源再怎么想答应徐珠琳，最后也只能拒绝。

刘其源：姐姐，他最近手头上有自己的事要忙，没办法接。

徐珠琳：薪酬有我的高？

刘其源：……但，凡事有个先来后到不是？

徐珠琳：那你把他微信给我，我留个联系方式。

刘其源头都大了。

他扭头询问原嘉铭意思，见他又躺回原来的位置，像是在补眠。

原嘉铭闭着眼睛，悠悠地说："别给。"

刘其源早就猜到是这样的答案。

他真情实感地为原嘉铭感到遗憾，却还是不敢忤逆原嘉铭的意思，只能努力将话说得圆滑好听：姐，他这个人很怪，不喜欢交朋友……

徐珠琳疑惑，刘其源长吁短叹，又扭头看了一眼在沙发上睡得安静的原嘉铭，低声嘟囔："长得帅又怎么样，奈何是个不开窍的。"

Chapter 03
心动瞬间

1

而这边，赵霓家里出了点事。

赵伟华一大早给陈若玫打了电话，说他在去上班的路上被一辆电动车撞了，伤了腰，现在在医院里无法动弹，医生说需要个陪护。

陈若玫急得在原地团团转："那我现在就过去？那赵霓怎么办啊？"

赵伟华："那么大孩子什么怎么办，吃喝拉撒都没办法自己处理吗？留点钱给她，让她自己过几天。"

陈若玫气急："有这么说自己孩子吗？"

赵伟华在另外一头呻吟哀叫。

于是，陈若玫女士终究还是为了老公抛下了女儿。

赵霓放学回家后，家里空无一人，陈若玫在桌上留了张字条和几百块钱，让她照顾好自己。

赵霓担心赵伟华的伤势，打了电话过去："爸现在怎么样了？"

陈若玫："还行，能吃能喝能拉的。"

赵霓听见赵伟华在一旁中气十足的抗议声，这才放心下来，问了她妈要待几天后便打算挂电话。

陈若玫却拦住，压低了声音："我不在家，你注意一点。"

　　赵霓疑惑："什么意思？"

　　陈若玫将话说得清楚："我不在家里，只有你跟小原在家里。男女有别，你得知道注意一下，别傻乎乎的什么都不懂。"

　　赵霓第一反应是羞恼，之后又觉得她妈离谱，但也不打算反驳她了，随便应了两声后就打算挂了电话。

　　陈若玫在挂电话前对她的最后一句警告——

　　"记得穿内衣。"

　　赵霓红着脸敷衍："……我知道。"

　　说内心毫无波澜是假话，赵霓挂了电话后，陷入一阵害羞的幻想中。

　　但过了没多久，她便从脸红中脱离——

　　原嘉铭定不会像她想象中那般浪漫，他们的关系也很难发生任何实质性的变化，甚至……她这几天可能都见不到他的面。

　　燥热的脸已经降下温来，她起身去洗漱。

　　十五分钟后，赵霓打开浴室的门，站在垫子上擦拭自己的头发。

　　玄关处突然传来动静，赵霓停住动作，看到大门的把手动了动，心跳倏然加快，门被打开。

　　原嘉铭回来了。

　　外面风大温度还低，他的头发被风吹得凌乱，脸却不像往常那样煞白，反倒微微透着粉色。

　　似乎没想到一抬眼便能看见赵霓，他站在门口怔了片刻。

　　门开着，风吹进来，直直地扑到赵霓的脸上，她被冻得龇牙咧嘴，大叫着："关门啊！"

如梦初醒一样，原嘉铭反应过来，回头关了门。

关好门之后，他在鞋柜边上换鞋子。

赵霓眯眼看他，发现他今晚有点怪——

动作出奇地慢，不像往常那般凌厉，做什么事都像是带着风。

他换好鞋，赵霓还站在原地擦头发。

他快速走回自己的房间，似乎并不打算和她说话。

原嘉铭和她擦肩而过的时候，瞥了她一眼，正好看见她发尾的一滴水珠从发梢坠下，落在灰色的垫子上，留下深色的痕迹。

他微微顿了顿，脚步也慢了一下，像是想要观察清楚，或者只是走不动路了……

他不知道。

就是这么停顿一下，让他被赵霓捉住了。

她眼疾手快地拉住他的手腕。

他的手腕是瘦削的，被风吹得很是冰凉。

原嘉铭停住脚步，等着赵霓松开他，可是赵霓竟执拗地不肯松手。那一圈被她抓住的皮肤变得湿润温热。

赵霓在他身后开口，声音有些哑："我妈这几天不在。"

原嘉铭点头，轻轻应了一声，并没有多问。

赵霓还是不肯松手，手指甚至在他的手腕内部微微蹭了蹭。

原嘉铭深呼吸，在她看不见的地方皱起眉。

几秒之后，她又问："你这几天在忙什么？"

赵霓见原嘉铭一直不肯回头，心里又气又急，没见过这么没礼貌的人，却还是希望他看她一眼。

像是听到了她的心声，原嘉铭终于扭头看她。

不过在转头的那一刻，他也将她的手甩开了。

赵霓心脏一跳，看向他的时候，意外发现他的眼睛很亮，但不是清明的那种明亮，是雾蒙蒙的，像是覆着一层水汽。

他盯着她看，眼神依旧深沉。

赵霓被他盯得心里发毛，又问了一遍："你这几天早出晚归干吗呢？"

原嘉铭极慢地眨了一下眼睛，眼神又悠悠地落回到她的脸上，他哑声说："没做什么。"

赵霓早知道他不肯同她说实话，心里虽然不快，也并不感到失落什么，却还是哀怨地皱起眉头看他："你不说也没事，左右我也管不了你。只是你整天都不着家，你爸问起来怎么办，我要跟叔叔说实话吗？"

原嘉铭感到头疼，他不喜欢赵霓故意搬出无关人士来镇压他的这种行为。

尤其是在此刻，在他头脑不够清醒的时候——

今晚刘其源不知发了什么疯，兴头上来了，硬要拉着他喝酒，他没喝多少，但似乎还是有些醉了。

他深谙自己此刻的状态很差，所以并不打算和赵霓浪费太多时间。

他很讨厌这种时刻，恍惚混乱随时可能失控的时刻。

他伸手摸了摸自己的脸，企图用冰凉的手来让自己清醒一点，但很明显，这并不起什么作用。

他依旧觉得太阳穴那处突突地跳动着，他似乎有些抓不住自己游离模糊的思绪了。

他的注意力在一些不应该停留的地方，比如赵霓白皙的脸、红嫩的唇，还有挂着几滴水珠的纤细脖颈……

他闭上眼睛，声音都有些颤："明天再说。"

说完，他就想转身回房间。

可是赵霓不放过他，她一个箭步冲到他面前，将两人的距离拉近，瞪大眼睛问他："为什么要明天说？"

真头疼。

原嘉铭重重呼吸："因为我现在不想说。"

赵霓："为什么现在不想说？"

原嘉铭不说话了，他盯着她看了许久，直到周围的气氛都变得古怪，赵霓后知后觉到有些发毛。

他终于说话。

"所以，你为什么不穿内衣？"他问她。

原嘉铭的眼神像是只是单纯的好奇，或者……只是单纯要让她难堪而已。

2

眼前的女孩快速捂住自己的前胸，低头不去看他。

原嘉铭话说出口才知道自己闯祸了，思绪混乱的大脑在发现赵霓涨红的脸颊时变得更加烦躁郁闷。

他想解释，但是在准备开口的一刹那，他又闭了嘴。

如果这样冒犯的话能让赵霓讨厌他的话，那便也算是事半功倍了。他不需要给赵霓留下良好的形象。

他们只是对方生命中的一位过客，牵扯过多、交涉过深都会让对方的路都变得难走。

他不想她喜欢他，不喜欢她黏着他，也不喜欢她缠着他。他要她讨厌他，远离他，忘记他。

于是他一言不发地越过赵霓，进了自己的房间，毫不留情地关门。

他故意让自己忘了最重要的那件事。

他不去提起，不敢深思，只想用"喝多了说胡话"来掩饰自己当时的想法。

他为什么会说出那种话呢？

他不知道，也不肯去多想。

赵霓红着脸在门口踟蹰了半天，还是没去敲原嘉铭的门。她处于一种混乱的状态，刚才原嘉铭对她说的那句话给了她很大的冲击。

她没想过会从他嘴里说出那样顽劣又暧昧的话。可他就是说了，将两人本就有些混乱的关系搅得更乱。

她不信他不知道她的心思。

她一边害羞，一边又觉得愠怒。

她思考着他为什么这么说——是故意想要羞辱她吗？还是别的？

她苦恼了许久才迷迷糊糊地陷入睡梦，但她没睡好，只眯了几个小时便被尿憋醒，迷迷糊糊地起床，竟然又下意识地打开门，来到原嘉铭的专属厕所。她伸手打算转动把手的时候，却发现里面被锁住了，她稍稍清醒些，这时，门被从里面打开。

一阵汹涌的水汽扑面而来，赵霓不自觉地眯上眼睛，再睁开时，原嘉铭就站在这片白茫茫的雾气中。

他刚洗了头，湿漉漉的发尾正在往下滴水，浓重的水汽将他的面庞遮掩得朦朦胧胧，眸子湿润甚至在闪着光芒。

赵霓竟觉得此刻的他看起来十分温和柔软，和平时他凶狠冷漠的模样很不一样。

两人无声对视，原嘉铭也是一愣。

先反应过来的是原嘉铭，他收回看她的眼神，身子往旁边一侧，似乎是想要绕过她离开厕所。

但堵在门口的赵霓在这一秒却十分清醒，她眼疾手快地伸手抓住了他的手腕。

他的手腕冰凉，皮肤还是湿漉漉的。

原嘉铭脚步一顿，扭头看她，眼神已经恢复凌厉。但他并不说话，只是在用眼神询问她。

赵霓心脏紧了一下，却也没有松开手，她毫不畏惧地看向他的眸子，问："你这几天到底在做什么？"

又是一样的问题，可这次原嘉铭却没有那么耐心了。

他转身，大大方方地看向她，冷漠出声："这对你来说很重要吗？"

被他这样看着，赵霓突然有些呼吸不上来，委屈的情绪一下爆发，眼眶也莫名发热。

"重要吗？"他又问了一遍，语气依旧冰冷。

他逼着她说出答案，想要让她坦诚，为什么要对他好？

但赵霓已经能够预知到他得到她的答案后会做什么了，他会毫不留情地将它扔到地上狠狠践踏。

她不愿意，所以她松了手。这是她给自己留下的唯一体面。

她盯着他，咬牙切齿地说："其实并不重要，我只是随口问问而已。"

她面上装作云淡风轻，情绪却在狠狠抗议。

原嘉铭垂眸看向自己的手腕，并没有说话。

两人都在沉默，飘浮在二人之间的水汽已经被风吹散。

此时，赵霓能够看清原嘉铭脸上的表情，方才他脸上的柔和仿佛只是她的错觉，她那些混沌迷离的思绪也消弭干净，狂跳的心脏慢慢坠入谷底。

她扭头不再看他，推了厕所的门就要进去。

可就在她反手即将关上门的一瞬间，她听到身后原嘉铭的声音。

他说："我一点都不重要。"

他的语气温柔，苦口婆心的模样像是在劝她。

可这样的话落在赵霓的耳中，却让她异常烦闷。她知道他是什么意思，他不是在劝她，分明是在推开她。

她看都没看他一眼，反手"砰"的一声将门关上。

当自己在这么个逼仄密闭安静的空间时，她才体会到一股无以复加的无力和悲伤，最后她也不记得自己有没有上厕所了，浑浑噩噩地又回到自己的房间，在床上想了许久才迷迷糊糊地睡着。

第二天是需要上学的，赵霓给自己定的闹钟准时响起。她昨晚睡得少，脑袋也有些钝，一打开房门就撞上看起来也像是刚起床的原嘉铭。

他眼睛里带着血丝，也一副没睡好的样子。

两人对视。

一瞬间，赵霓急忙撇开自己的眼神。

这是第一次她先挪开目光，以往总喜欢盯着他看，看到他烦躁地露出不悦的神色才讪讪收回。

原嘉铭微怔，站在原地看着她僵硬地错开他的目光，再僵硬地抬脚移动到客厅。

昨晚的那些话好像是奏效了，但他并不像想象中那般轻松愉悦，甚至觉得胸口窒闷，心情也十分低郁。

赵霓不像往常那般磨蹭，以前总是要被陈若玫催着出门。今天她却手脚麻利地收拾好自己，没十分钟就出门了，走的时候还将门甩得大声，好像是怕原嘉铭不知道她出门了一样。

原嘉铭在厕所里探出个头，看到客厅空无一人后，他皱了皱眉，继续刷牙。

五分钟后，他在客厅的桌上看到赵霓的校卡。

赵霓她们学校门口管得很严，没佩戴校卡是没办法进学校的。

之前赵霓就不知忘带了多少次校卡，每次陈若玫都边骂边急忙地拿着校卡追上去。

今天陈若玫不在，她果然又忘记带了。

原嘉铭看着那枚校卡皱了皱眉。

楼下，赵霓已经站在原地踟蹰不知几分钟了。

她刚下楼就想起了自己没带校卡，可刚才她故意将门甩得大声，现在倒也不好意思再灰溜溜地回去拿校卡了。

她现在见到原嘉铭便觉得难受，于是她在自家楼下斟酌了好一会儿。

一边是厚着脸皮再上去拿校卡，一边是被门口的纠察队员抓着记名字，正当她苦恼着做不出选择的时候，她心心念念的校卡从天而降。

不对，是从二楼她家客厅的窗户落到她眼前的草坪上。

她着急抬眼去看，只看到原嘉铭往回收的手。

天气很冷，他却依旧露出手腕和一小截手臂。

二楼窗口处裸露的手腕一闪而过，赵霓的脸又一下子热起来。

很难去想象他刚才就在二楼看着她在楼下着急的模样。

赵霓羞耻极了，因为又被讨厌的原嘉铭看到了自己犯蠢的时刻。

原嘉铭出门前又看了一眼楼下，刚才站在那里急得转圈的女孩已经不在了。

他下意识地弯了弯嘴角，意识到自己嘴角的微笑之后，他一愣，顷刻又瘪下嘴角。

他和赵霓这种尴尬的关系一直持续了好几天。

她看见他就低头，端着架子不肯先开口。

而他虽然嘴上说是求之不得，难得这几日清净不少，却又在看到她躲避他的那瞬间觉得不得劲。

哪里都不得劲。

他压抑下心中那起伏不定的心思，准备加快自己脱离赵家的脚步。

还没到晚上七点，出去买晚饭的刘其源骂骂咧咧地走进网吧。

原嘉铭从电脑屏幕上抬眼，问他怎么了。

"这破天气预报，一点都不准，明明说是整日晴，但是你看看这外面，雨下这么大，又突然说什么台风拐弯了，直直冲我们这里来，我出去半小时，被淋了个措手不及。"

原嘉铭看了一眼窗外，刚才注意力都在电脑上，竟没发现外面已经下了这么大的雨。

暴雨打在玻璃窗上，在透明的平原上汇成一条条河流。

刘其源将自己的胳膊伸到他面前："看看我全身啊，就为了给你买个晚饭，都成落汤鸡了。"

原嘉铭往后退了退，然后伸手夺过刘其源手里的盒饭，冷冰冰地说了句："谢谢。"

刘其源气得说不出话，却也知道他就是这副德行，只是一屁股坐到他身边，继续抱怨外面的雨势有多大。

"听说得下一整天，你今晚不然别回去了，在我这里凑合一晚。"

原嘉铭看了一眼脏乱的周围："你也说得出口？"

刘其源深呼吸一口气："好啊，那你还是回去吧！真搞不懂，整天说不喜欢待在那个家里，说让你住这里，你又死都不同意。怎么，那个家里是有什么你舍不得的吗？"

原嘉铭冷冰冰地"剜"刘其源一眼，意思是让他闭上嘴，扭过头才后知后觉到自己的脸有些发热，脑海里也出现了赵霓红扑扑的脸蛋。

吃过晚饭后，两人继续互不打扰地工作。

晚上十点，学校打了下课的钟声，刘其源出去透口气，他站在门口，看着乌泱泱的学生涌出来。

雨势依旧很大，有些学生有父母接送，快速钻进豪车中，干干净净地扬长而去。有些学生的父母是开电动车来接送的，虽然没那么舒服，不过也有雨衣蔽体，倒也有个归宿。

但剩下的那些学生便惨了，他们没有父母接送，甚至也没带伞，站在学校门口窄小的屋檐下，一筹莫展地抬头望天，似乎在祈求着天上的雨能停一停。

不过老天爷肯定是没听见他们的祈祷的，甚至变本加厉地加大雨势，让这部分学生的脸色更加难看。

刘其源叹了口气，走进网吧，对着正在工作的原嘉铭随口感叹道："这雨真麻烦。"

原嘉铭摘下耳机，瞥他一眼后，问："什么意思？"

"你自己不来看看？"

原嘉铭没抬起屁股，只是看着他。

刘其源自然先败下阵来："你说，这雨这么大，有些没伞又没父母来接送的学生该怎么办哟？"

原嘉铭眸子一闪，像是想到什么，突然出神，但也只是顿了几秒，他便又重新戴上耳机。

刘其源对着他"喊"了一声，对他这副冷漠的样子很是鄙夷，但也拿他没办法，转了身去包间里打扫卫生。

几分钟后，原嘉铭突然出现在刘其源身后，刘其源回头问他："你要帮我扫地吗？"

"我问，你的雨伞放哪里了？"

"你要出门？"

"我回家。"

"这才几点啊！"刘其源看了一眼手表，十点刚过一刻。原嘉铭平时都是要在他这里待到凌晨才肯回去的，今天不知是吃错了什么药，看起来甚至有些着急。

原嘉铭没回答他，又问："雨伞呢？"

"在柜台下面。你要走了？"

"嗯。"

"为什么这么早？"

"下大雨了。"原嘉铭往外走。

"你在家里有被子忘收了？"刘其源朗声问。

原嘉铭没理他，拿起柜台下的伞，就往外走。

原嘉铭推开网吧的大门，一下就消失在雨幕中。

3

雨很大，就算打开雨伞，他肩膀也被飘进来的雨淋湿，但他毫不在意，脚步依旧很急。

还没走近，他便一眼看到正在窄小屋檐下避雨的赵霓她低着头不知在看什么。她的校服已经被雨水染湿，一片深一片浅的，头发也被空气中的湿气浸湿，一绺一绺的，看起来很是狼狈。

她眉头皱着，眼底也都是焦虑，时不时将手伸出去，试探着雨势的大小，但最后都讪讪收了回来。

原嘉铭就这样隔着雨幕，偷偷看着她，犹豫着要不要上前。

刚才听了刘其源的话，他一下便想起赵霓今早出门没带伞。过去她常常这样粗心大意，陈若玫在家的时候会嘱咐她带上伞，就算是碰见今天这样天气预报失准的状态，陈若玫也会专门跑来学校接赵霓回去。

可如今陈若玫不在家，赵霓没带伞。

其实他没有什么其他的选择，就算两人昨天闹得不愉快，正在冷战，但他也只能带着伞来找赵霓，然后送她回家。

除了他，赵霓已经没有可以求助的人了。

他是这么想的。

所以他来了。

当他还在原地思忖着自己要不要上前的时候，四处张望的赵霓发现了他的存在。

两人隔着一条街对视上。她在逼仄狭窄的避雨檐下，他撑着伞，站在对面的街道边。

原嘉铭没再犹豫，朝她走过去。

赵霓则是怔怔的，像是根本没反应过来一样，僵在原地看着他慢慢靠近，甚至忘了呼吸。直到他将那把不大的伞撑在她头顶的时候，她才像是被人打开了开关，深深地吸了一口气。

原嘉铭垂眸看她，问："没带伞？"

赵霓不知怎么回答。废话，带了伞还能淋得这般狼狈吗？

狂烈的风夹着冰凉的雨一起袭向两人，将原嘉铭的外套衣角鼓得胡乱飘动。他的拉链有节奏地一下一下地打在赵霓的校服上，几乎和赵霓的心跳同频。

她抬眼看他，反问："你怎么来了？"

原嘉铭随口扯谎："办好事准备要回去了，正好看见你。"他说这话的时候并没有在看她，只是将眼神落在很远的地方，像是在关注着其他地方，可握着伞柄的手却悄悄收紧。

"哦。"赵霓这样回答，她想了想，然后将自己的身体完全挤进他的伞里，抬眼看他的下巴，"那走吧。"她的语气平淡，没带什么情绪，一点都不像平时的她。

原嘉铭有些不习惯，胸口甚至有些窒闷，却也一言不发地点头，然后抬脚往前走了。

原嘉铭比赵霓高，步子自然也比她大，不过他还算体贴，注意着两人的差距，刻意将自己的步伐减小，尽量和赵霓同步。

于是两人还算和谐地同步前进，但这雨越下越大，伞的作用也越变越小，何况两人之间还隔着一段不短的距离。赵霓一直在注意着两人的距离，大概是五厘米，但是一起往前走的时候，可能会缩小点，要是发现两人距离过近，她会立刻往边上靠一靠。

两人一路上都没说什么话，赵霓东张西望，瞥见自己左肩湿透的一大片，又忍不住看原嘉铭的情况。

他比她更加严重，深灰色的外套彻底变成黑色。

她还注意到这伞是往她这里偏的，原嘉铭半个身体是露在伞外的，所以才会这般狼狈。

但她不想接受他这样多余的善意，这只会让她觉得更加难堪。

他既然这么讨厌她，为什么还要这样假惺惺地对她好？

她侧头看向他的脸，发现他正皱着眉，臭脸的模样让她更是郁闷。

于是她将他偏过来的伞往他那个方向推了推。

原嘉铭的脚步突然顿住，但也只是一瞬，他就恢复正常，然后就像是故意要和她较劲一样，又将伞歪了过去。

赵霓又推了过去，原嘉铭再偏回去，两人来回这样几次后，赵霓伸手想要夺过他手上的这把伞，却发现并拿不动。

他像是有防备一样，将伞抓得紧，垂眸看她一眼后，他的眼底浮起淡淡的笑意。

赵霓捕捉到了他的笑，觉得他是嘲笑她，于是不认输一样抓着伞柄："给我。"

原嘉铭没理她，抬头想要往前走，却没想到，下一秒，赵霓居然捏住了他的手。

他吓得心脏一颤，手也下意识地松开。

接着，赵霓就松开了他的手，然后快速将这伞夺走。

他看向她，发现她脸上是得意的姿态，像是征服了他一样。她瞥他一眼，然后将伞举得高高，毫不偏颇地立在中间。

……结果就是两人的肩膀都湿透了。

原嘉铭不知道她这样逞强的意义是什么，仅仅是为了和他作对吗？

下一秒，他看向自己刚才被她偷袭的手背，那里此刻突然升起些奇怪的感觉，酥酥麻麻，像是被电过一样。

两人走了一会儿，赵霓就有些撑不住了。原嘉铭比她高许多，为了照顾到他的视线，她需要将胳膊抬得很高，甚至她还正在刻意保持着伞中立的位置，巨大的雨势也给了她不少压力，于是她这伞越拿越颤，好几次都差点脱手。

可她不肯认输，咬了牙也要硬撑。

原嘉铭虽然不说，但也将这些都看在眼里。在她晃动第四次的时候，他深吸一口气，伸手将伞从她手中抢过，然后趁她还没反应过来的时候，一把将她靠外的身体扯了进来，然后再顺手揽住她的肩头，不让她再胡乱动。

"别动了，这样我们就都不会被淋到。"

赵霓僵住，机器人一样机械地迈腿往前走，大脑却一片空白，稍微缓过来后，她看向放在她肩上他的手。

他轻轻扣着她的肩膀，手背上落了雨水。

她左肩湿透的衣服被他压得更紧，贴着她的皮肉，冰冰凉凉，她却莫名感受到一点温暖。应该是他的温度，或者是她的错觉，她不知道，只知道走回去的这一路，她的身体都处于冰火两重天中。

雨很大，可她却莫名觉得燥热。

两人沉默了许久，赵霓也胡思乱想了许久，但直到他们都走到小区楼下了，她却依旧没想出个所以然来。

到了可以收伞的地方，原嘉铭松开放在她肩上的手，往旁边靠了靠，低头开始收伞。

将伞收好后，他率先往前走，赵霓愣了一下才反应过来，赶紧跟上。

他走得依旧不快，赵霓也慢悠悠地跟在他身后。

看着他的背影，赵霓突然知道自己刚才一路都在想什么了。

她想，希望这个雨可以下得更久一点，或者，这条路可以更长一点。

到家之后，两人虽然都没有主动开口说话，但他们互不打扰地在同一个空间中做着自己的事。气氛有些诡异，但比昨日和谐多了。

已经是深夜，雨还没停下，风呼呼地往屋内窜。赵霓洗过热水澡后躺在床上准备入睡，可刚才雨中的情景却在脑中挥之不去，深呼吸了好几次后，才稍微平复下自己的心情，慢慢睡着了。

那头的原嘉铭还没睡着。

他本是在工作的，可思绪突然出走，他盯着电脑屏幕开始发呆，过了不知多久，他看向自己的左手，平平无奇，但似乎又与从前不一样。他收紧拳头，也不知自己今天为什么会做出那样的事，估计是被执拗的赵霓气昏头了。

但好在，并没有发生什么他无法掌控的结果。

赵霓虽然没有反抗，但也没误会什么，她只是很乖地听话了，并没有像过去那样露出红扑扑的害羞的神色。

可为什么他有些失望呢？

意识到自己在想些什么后，他立刻收起自己的手，逼迫着自己将注意力放到电脑屏幕上。

Chapter 04
气氛升温

1

第二日，原嘉铭起得比平时晚一些，本以为家里只会剩他一人，可他一走出房门就发现赵霓在餐桌前坐着。

她慢悠悠地吃着早饭，甚至还边吃边对着手机笑呵呵。听到身后的动静后，她扭头看他一眼，之后还招呼他来桌前吃饭。

她似乎已经忘了几日之前两人红脸粗脖子吵架的事了。

原嘉铭自然也不好再揪着这件事不放，他垂眸先去了趟厕所，出来之后，赵霓竟然还在客厅里。

他看了一眼时间，已经比平时上课时间晚了一个小时了，忍不住问了一句："你今天不上课吗？"

赵霓关上手机："我们这两天校运会，不用上课，可以晚点去学校，也没有早读。"

原嘉铭想起昨日的狂风暴雨："这几天天气不是不好吗？"

"那是昨天，你看看外面的太阳，灿烂明媚。"赵霓指了指窗外。

原嘉铭顺着她的手指看过去，天空是很干净的蓝色，阳光也很明媚。

的确是个好天气。

他没再说话，坐下吃了两口早饭后，赵霓起身："虽然可以晚到，但是不能不去学校。我走了。"

等赵霓离开之后，原嘉铭收拾收拾也出门去找刘其源了。

一进门，刘其源就说今天有正事要原嘉铭去做。

原嘉铭问："又是打扫卫生？"

"不是！不过的确跟那些学生有关，是学校领导亲自来联系我的。"

原嘉铭看向他，问："对面的学校？"

"对啊。学校领导昨天来找我，说是想要找我租十台显示屏。学校最近准备要办一个什么计算机竞赛，但是电脑显示屏不够用了，就想让我租十台给他们。"

原嘉铭问："你答应了？"

"怎么可能！我怎么可能会是租给他们！我当然是免费借给学校，我虽然不是什么优秀企业家，但还是能为了祖国未来的花朵尽一份自己的力的。"刘其源说这话时，脸上是骄傲自豪的神情，眼睛都在闪着光。

"嗯，挺好的。"原嘉铭称赞道，"那和我有什么关系？"

"十台。我一个人估计得搬好几趟，你跟我一起去吧。"

"不能让学生来搬吗？"

"本来老师是这么说的，但是我拒绝了，我说，学生就是应该学习，这些粗活累活还是让我们这些人来做吧，不要浪费他们的时间了。"

"你倒是体贴。"原嘉铭点评道，语气并不客气。

"送佛送到西嘛，你说之后学校里要是出了什么计算机人才，用了我的显示屏，我也算是积了一件功德。"

原嘉铭没再说什么，答应了和他一起将十台显示屏送进学校里。

刘其源去仓库里收拾了一下，从角落里搬出十台品相还算不错的显示屏，找了个推车，将它们都堆放在上面后，他小心翼翼地将它们拉出了网吧。

原嘉铭跟在他身后，也不需要做什么，只是在刘其源身后看着显示屏，防止它们倒了或者掉了。

走到学校门口，刘其源和保安说了两句后，保安就将他们放了进去。

这是原嘉铭时隔五年后第一次再进校园。

当初，他因为家中条件不好，主动放弃了升学的机会。之后虽然经常想起校园生活，却也从未觉得后悔。他这人其实十分犟，若是认定了，便一定要一条道走到黑，即使撞到头破血流，他也不会轻易回头，承认自己做错了选错了。

可即使这样，如今重新踏入这样生机勃勃的校园，他多多少少还是觉得感慨。

那些复杂的情绪就像喷泉一样，一小股一小股地涌了出来。

刘其源走在原嘉铭前面，见他站在门口久久不动弹，喊了一声他的名字："你干吗呢！"

原嘉铭将视线从高大庄严的教学楼收了回来，快步走上前。

将东西运到老师指定的地点后，两人又顺便将显示屏安装好，方便学生直接使用。这样装了十台下来，两人都在机房里气喘吁吁，大汗淋漓。

就在这时，窗外突然传进来一声枪声，之后就是喧嚣吵闹的加油声，分不清他们到底在为哪个班级加油。

原嘉铭想起早上赵霁同他说的，今天是开校运会的日子。

爱凑热闹的刘其源怎么可能会放过这样看戏的机会，他将原嘉铭从机房里一直推到操场边："看看这些小子跑得有没有我们当时快。"

原嘉铭并不是很情愿，可刘其源不是能够轻易拒绝的。他在原嘉铭耳边叽叽喳喳地说着许多话，说那个穿橘色背心的运动员跑得最快，笑那个在起跑线忘了起跑的同学，又眯着眼睛看在操场边上做准备运动的女孩。

"真是青春啊。"刘其源发出这样的感叹，扭头想要得到原嘉铭的赞同，却发现他盯着某一处看，很久没有缓过神了。

刘其源跟着原嘉铭的视线看过去，发现原嘉铭望着的地方是观众席。

那里有五六排的位置，阶梯式的座位将整个操场包裹住。

脸上皆是胶原蛋白的学生们分散地坐成几团，有人在聊天，也有人正拿着手机偷偷摸摸地拍着场上的情况，还有人分秒必争地拿着课本躲在角落里继续学习。

刘其源分析着原嘉铭的目光，最后认为他应该是在看坐在中间的那三个人。

两个女孩和一个男孩。

三人都拿着课本，但他们并不看书，只是将书翻开放在腿上，然后眉飞色舞地说着话，不知在谈论什么有意思的事。他们嘻嘻哈哈的，说笑的声音甚至能够传到刘其源的耳朵里。

刘其源问原嘉铭："怎么了？你认识啊？"

原嘉铭没说话，将眼神从笑得仰头的赵霓脸上收回："没有。"

"不认识盯着人家看？你对人家一见钟情了啊？"刘其源贱兮兮地问。

原嘉铭一个眼神都没分给他，转了身体将目光投向远处，像是在思考什么。

刘其源见他不肯说话，也懒得自讨没趣，继续欣赏着操场上蓬勃的青春和活力。

原嘉铭虽然没在看赵霓，可今天的风却像是要故意惹恼他一样，将赵霓的笑声吹进他的耳朵里。他的心脏莫名加速，连带着大脑也开始发热，复杂的情绪在他的胸腔中滋生发酵，到最后他甚至觉得烦躁。

他低头看刚才在搬运和安装电脑时被染黑的手指，忽地，心中那种低落的情绪演变成了对自己的厌恶。

身边突然跑过几个笑着的学生。他们穿着干净的衣服，脸上是无忧虑的喜悦。脊背直挺挺的，说话时都是仰着头的，不可一世的表情此刻在他的眼里却那么遥不可及。

明明是差不多的年纪，但原嘉铭发觉，自己似乎从来没有过这样的时刻。

他突然感到悲伤，悲伤到甚至想要立刻逃离这里。

他侧过头对刘其源说："我先走了。"

刘其源不知原嘉铭又怎么了，抓他的手臂，却被原嘉铭的眼神吓了一跳。讪讪松了手后，他嘀咕着："又发什么疯。"

看着原嘉铭的背影渐渐走远，刘其源收回眼神，准备看一会儿最具看点的接力赛。

刘其源刚转过身，自己就被人撞了一下。

他看向撞向自己的人，是刚才坐在看台中间的女生。

女同学脸色着急，和他道歉之后又急急忙忙跑开了，刘其源看过去，发现女孩似乎也在往校门口跑。

和原嘉铭一个方向。

他不以为意，讪讪收回了眼神。

原嘉铭快走到校门口的时候听到了身后熟悉的声音，赵霓在他身后喊他的名字。

他心脏一瞬间缩紧，可他没有停下，甚至加快了脚步。

"原嘉铭！"她又喊，急促的语气里夹杂着喘气的声音。

她似乎在追着他跑。

原嘉铭脚步微微一顿，但最后还是没停，继续往前走着。

最后，他成功离开了学校，而身后的赵霓却被在门口守着的保安拦住了。

保安说："学生不能出校门！"

赵霓说："今天是校运会。"

"那也没说让你们提早下课，赶紧回去！不然就喊你们老师来了！"

赵霓见和保安无法商议，只能在铁门处看着原嘉铭清瘦的背影，她大声喊他的名字，一直往前走的原嘉铭终于在马路对面停下了脚步。

他慢慢转身，回头看她。

赵霓看清他的眼神后，下意识地屏住了呼吸。

那样的眼神过于冷漠，看起来并不只是单单厌恶她，甚至对世界上的所有一切都不怀好意。包括他自己。

赵霓看着这样的原嘉铭又说不出话了，虽然她本来就没想过要说些什么有营养的话，她追出来只是因为在学校里看见了他，想要知道他为什么来学校里，和他打一声招呼罢了。却没想到他越走越快，她怎么都追不上。

见她沉默着，原嘉铭垂下眸子，转身进到网吧里。

而赵霓则是站在原地，呆呆地看着他的背影，直到身后的尉杰和秦湾湾喊她的名字，她才反应过来。

"你站在这里干吗？怎么突然就跑了？"秦湾湾疑惑问她。

"没事。"赵霓讪讪笑了笑，"我们回去吧。"

尉杰推着两个人走："接力赛都开始了，我们班肯定拿第一。"

赵霓嗤了一声："做梦，肯定是我们班第一。"

秦湾湾神神道道地说："我问过小徒弟了，他说我们班会赢。"

听了这话，尉杰和赵霓一起数落秦湾湾，三人打闹着，好不愉快。而在网吧里的原嘉铭则是站在玻璃前，静静地看着三人逐渐远去的背影。

他低头看自己的手，费了许多力气却依旧不能将手上漆黑的痕迹清洗干净。

刚才，他在水龙头前看着被自己揉搓得几乎泛红的手指，一下竟不知道自己在做些什么。他突然意识到，有些东西就像他手指上的污迹一样，并不是轻易能够洗净的。

有些东西，他便是怎么都不可能拥有的。

下午，对面学校打响下课铃后，刘其源走到房间里，将在小沙发上小憩的原嘉铭一脚踢醒。

原嘉铭不耐烦地睁眼，刚要发脾气，刘其源一句话让他愣住。

刘其源说："网吧门口有个女孩子要找你。"

原嘉铭愣了一瞬，一下从沙发上起身，揉了揉自己的头发，哑着声音问刘其源："什么样子的？"

"还挺漂亮的，说是今天在学校里看见你进这里了，想要见见你。"

原嘉铭坐在沙发上怔了几秒，嘀咕了一声："她放学了？"

赵霓早就知道他在这网吧里，只是过去却从没来网吧里找过他。今天不知是怎么了，难道刚才他没理睬她让她耿耿于怀了？

刘其源没听清他说的话，问了句："什么？"

原嘉铭没说话，刘其源没好气地问："要不要我出去说你不在，帮你回绝了？就知道给我们店里招桃花，财怎么招不来？"其实他对于帮原嘉铭解决桃花这件事是十分熟练的。两人是同学的时候，他帮原嘉铭摆平的桃花没有十朵也有八朵，原嘉铭一直都是来者皆拒的，所以他自然也认命地打算帮原嘉铭解决这一朵不知名的桃花。

可是安静了几分钟的原嘉铭却突然从沙发上起身，说了句"不用"后起身往屋外走去。

这回轮到刘其源愣了："铁树开花了？那怎么不开在富婆身上啊？"他愤懑，跟上去，推开门正打算看看好戏的时候，刚出去的原嘉铭却铁青着张脸回来了。

和刘其源擦肩而过的时候，原嘉铭冷冷瞪了他一眼，却又什么话都没说。

刘其源一脸蒙，伸出头去看网吧门口的女孩。女孩个子很高，大概有一米七几，脸颊的红晕还没消散，脸上的表情却像是被风吹僵了，十分震惊的模样。

刘其源大概知道发生了什么，原嘉铭一般不亲自下场拒绝人，但若是他亲自拒绝，对方一般都是门口这女孩的模样。

因为原嘉铭实在是太没"教养"，说话难听，语气冰冷，被他拒绝过的女孩大部分都会"粉转黑"。所以，刘其源之前自觉帮着原嘉铭去拒绝那些女孩也是为了原嘉铭的名声着想。

他看了原嘉铭一眼，叹了口气后认命出去收拾残局了。

他用"原嘉铭有精神障碍和躁郁症"来安抚女孩："你别跟一个病人计较，他就是有病，而且嘴臭，你别恨他。呃……算了，恨他也行。他真是可恨。"

女孩低头抹抹眼泪，似乎也觉得丢脸，没再说什么，转身跑开了。

刘其源进网吧后忍不住数落在角落玩游戏的原嘉铭："怎么回事啊，你自己要见的，见了又给人脸色？"

原嘉铭皱着眉抬眼看刘其源："你话不说清楚。"

他还以为是赵霓。出去了看到的却是一个完全不认识的女孩，本想掉头就走，但是那女孩拦住他，红着脸想要他的联系方式。他刚睡醒，心情也不好，表情就难看了些，只说了一句："不方便。"就绕过女孩走开了。

"我也没说什么啊！你自己一听有女孩就急急忙忙出去了，怎么还能来怪我啊。"

原嘉铭看都没看刘其源一眼，戴上耳机，将刘其源的声音隔绝在外。

刘其源自讨没趣地离开了。

周围安静下来后，原嘉铭盯着电脑画面开始出神。

他最近似乎总是这样，情绪波动得厉害，不受控制一样，在应该冷漠的时候踟蹰，或者是在莫名的时刻开始否定自己，还有刚才看见是陌生面庞时，从心底席卷起来的巨大的失落和空虚感……

他知道自己似乎正在慢慢改变着，但他并不明白这样的改变对他来说是好是坏，他十分无力，如今只能任由着情绪将自己裹挟，漂向他从未到达过的地方。

2

原嘉铭回去的时候已经很晚了，走进屋里却发现赵霓房间的灯还亮着，他一愣，正打算抓紧时间进房间，却还是被赵霓逮到。

她打开房门，头发被抓得有些乱，手上拿着一本练习册，笑嘻嘻地试探问他："今天怎么回得这么晚？"

原嘉铭继续往前走："有点事。"

"我有问题要问你！"

原嘉铭看她一眼："作业？"

赵霓点点头，一下就蹦到他的面前，将自己空白的练习册呈了上去："这三角函数题我是真的不会，我爸说你数学很好，你爸还说我不会做的题目可以拿来问你。"

赵霓一下子搬出两人的父亲，就是怕眼前的原嘉铭拒绝她。

但原嘉铭并不领情："我成绩很差。"

说完，他就继续往前走，转眼就要进房间了，赵霓着急冲上去，握住门的把手："你为什么这么急啊！

"今天我在学校里看见你，你也走得这么急。急得我都没赶上。"

原嘉铭一顿，他站在门的后面，手放在屋里的把手上。

他静静地看着她，声音低哑，问："你想和我说些什么？"

这样一问，反倒是赵霓愣了："……其实也没有要说什么。"

原嘉铭依旧安静地看着她，赵霓却从他的眼神中读出了"你有点可笑"的嘲讽的意思。

"但我现在的确有事要找你啊。"赵霓举了举手上的练习册。

原嘉铭问："我没上过高中，你为什么会觉得我会高中的数学题？"

赵霓拔高嗓子："因为我们老师说了，这题初中生都会。"

听了她的理由，原嘉铭轻嗤一声，抽出她手中的练习册看了一眼："不会。"

赵霓："你都没认真看！"

原嘉铭静静地看着她，并不接茬。

最后还是赵霓先投降了，她瞪了他一眼，又无奈地拿着练习册回房间了。

之后，她又在桌前思考了许久，却没什么结果。

但不知是不是因为刚被原嘉铭气到了，此刻的她心中正蓄着一股劲，固执极了，就是想要将这道题解出来。

熬到后半夜，她有些撑不住了，决定去洗个澡让自己清醒点。

她差点没在浴室里睡着。从浴室出来的时候迷迷糊糊的，困得不行了，她掀了被子就想躲进被窝里，可她站在床边，望着练习册叹了口气，还是决定将作业收好再睡。

等她踱到书桌边时，却又一下子变得清醒。

练习册上多了一张不属于她的草稿纸。

草稿纸上有用水笔写的解题步骤，笔迹清秀，似乎是怕她不理解，将解题过程写得清清楚楚，数字和公式密密麻麻铺了一张纸。

此刻的赵霓并没有那个心思去辨认他的解题思路到底是对的还是错的。她只是呆呆看着纸上的字，昏沉的大脑已经完全清醒，甚至正处于一种亢奋的状态，就像被燃烧着，以一种无法自控的模样散发着光和热。

她瞥向草稿纸末尾的一行字：别折腾了，早点睡。

她可不可以将这句话理解为，原嘉铭是担心她熬夜，所以才在她洗澡的时候偷偷帮她解了这道题？

不管了，就是这样的。

赵霓看着那一行字，不自觉地露出笑容。

站在原地想了很久，她还是没办法就这样躺回床上睡觉，她打开虚掩着的房门，走到隔壁，敲了敲门。

里面没动静，赵霓不死心，又敲了几下，安静了一会儿，她终于听到里面的人走动的声音。

房门被打开了一条缝，原嘉铭站在门后，并没有要出来的意思。

屋里只开了一盏昏黄的台灯，所以屋内昏暗，他又背着光，赵霓一瞬间并没有看清他的表情，只知道那双眼睛和往日一样冷静淡漠。

两人对视了一会儿，赵霓说："谢谢。"

"早点睡。"似乎料到她要说什么，原嘉铭脸色不变，语毕，甚至准备将门关上。

赵霓慌不择路，用手去挡，差点被那扇门夹到，好在原嘉铭反应及时，马上收手。

赵霓再抬眼去看他的时候，发现他不像刚才那样平静了，似乎是被她这样的行径惹怒，或者是感到困扰。但他什么话都没说，只是盯着她看了许久后，叹了口气，问："怎么了？"

赵霓的手指在门框上紧了又松："我就是没想到你真的会做！"

"你不是说了吗，初中生都会。"

"但你真的很厉害，我一个高中生就不会。"

原嘉铭不知道她到底想要说些什么，或者说，他知道她就是没话找话说，她表情很不自然，五官都很僵硬，但是脚步却一点不肯挪后。

尬聊，硬聊，就是不肯回去睡觉。

这么想着，他又生出来一点后悔的滋味：早知道，早知道就不做这些多余的事了。管她几点睡，管她题多难，他只要戴上耳机，就能隔绝她在隔壁叹气的声音。

女孩刚洗了澡，身上还带着沐浴乳的香气，并不浓郁，却在这个冷冽安静的夜中格外清楚，一股股往他鼻子里钻，原嘉铭莫名觉得更加烦躁了。

他们独处的时候似乎总是这幅场景，一个想逃想后退，一个步步逼近，最后便会出现长久又静谧的尴尬氛围。

"不早了，睡吧。"

赵霓握住了门："你数学这么好，为什么要辍学啊？"

她早就想问了，但苦于没碰上合适的时机，陈若玫在的时候她不敢问，只有两人的时候又总是剑拔弩张找不到好的时候询问。现在两人之间的气氛依旧不算好，但她还是忍不住问出了口。

原嘉铭一愣。他蓦然想起了今天在学校里看到的那些学生。年轻的学生，花样年华，朝气靓丽，和他的青春沾不上一点边。开口时，他语气已经变得刻薄，但这份挖苦不是对着赵霓，而是向着自己的："因为我知道自己几斤几两，是什么货色。"

赵霓反驳："你数学很好，你很聪明……"

看着眼前赵霓着急的模样，原嘉铭又想起当时做下辍学决定时，父母震惊又如释重负的表情。

他虽然偏科，但数学、物理成绩很不错，加上之前拿过竞赛的奖，上个高中其实是绰绰有余的，刘其源那一帮人是成绩不够上高中，原嘉铭是斟酌之后主动放弃机会。

回想起那段记忆，心中还是会有一种压抑喘不上气的感觉，头顶被乌云环绕，每天抬头看的天空都是阴沉沉的，看不清自己的未来，但是又要一步步往前走。

那时，他病了很多年的爷爷突然病情加重，父亲母亲花了所有积蓄都没有将爷爷留下来，甚至还欠了一屁股的债。那日，亲戚们来家中讨债，见到原嘉铭，苦着张脸建议："孩子也大了，其实可以去外面打拼打拼了，我听说他学习成绩也并不是很好，别浪费时间了，再读三年，估计也读不出什么名堂，我姊子那一家的儿子，初中一毕业就跟着出去一起跑外贸了，现在每个月能往家里寄几千嘞！"

原嘉铭听了这话，没说什么，只是淡淡地看了面色窘迫的父母一眼，之后和那位叫不出名字的亲戚擦肩而过。

虽然这亲戚的话说得难听，却也在原嘉铭的心中种下了一颗种子。

临近高中开学报到的日子，父母对他总是欲言又止，他也大概明白了他们的意思，他考量一番，最后做出了自己的选择。

那时的他年少轻狂，身体里总是绷着一股劲，什么活都干，什么都学，也跟着亲戚去过不少其他的地方。兜兜转转三年之后，他用赚回来的钱帮助父母解了燃眉之急。将钱都打给父母的那一刻，他觉得自己松了一大口气，可是账户一空，他便没有留下任何东西了。

这三年，似乎从来没有存在过。

后来他才重新振作起来，捡起自己喜欢的东西，开始自学代码，也会从小书店里借几本高中生的课本来看看。虽然他不在正规的教育体系里，但通过自学，他也学到了不少知识。

离开学校这么多年，其实他并不会常常想起那些在校园里的时光，最近也许是和高中生住在一起，便有些触景生情，除了那些怀念、惋惜的情绪，他甚至觉得自卑、自厌。

"你是真心这么觉得的吗？"她是真的觉得他聪明吗？

原嘉铭不知道赵霓为什么这么崇拜自己——他没什么好的，性格烂，脸臭，学历又低。没一样拿得出手。赵霓明明也会被他的臭脾气恼得团团转，可是没过多久，她又会当作什么都没发生过一样凑上来。那眼神看起来，丝毫不记仇。

"我是真的觉得你厉害。"

"叔叔没跟你说我退学的事吗？"

"说了啊，但他说的是，你是主动退学的，是有原因的。跟我们班那些被学校劝退的学生不一样。"

原嘉铭的喉咙像被堵住了，发不出什么声音，瞳孔微微颤动着，却没说任何话。

赵霓似乎看清了他的彷徨，又说："我知道都是有理由的，可那些都已经过去了。虽然你做出了不同的选择，但是，你也获得了和我们不同的体验。你看，你现在还会编代码，电脑也很厉害。

"你依旧聪明，而且，还很勇敢。"

做出那样的决定并且自愿去承担后果，他当然是勇敢的。

她眼神灼灼，诚恳郑重。

原嘉铭眼底情绪翻腾不止，最后又归于平静。

他不想承认，但那变得安宁的情绪在告诉他，他似乎被赵霓的这两句话安慰到了。

可能是她太过坚信，说的话也带着深厚的力量，让他不由自主地去相信，相信自己不比别人差，相信自己是聪明的，是勇敢的。

他看着赵霓，声音发哑："还有什么事吗？我有点困了。"虽然说的话还是淡漠，但是语气已经算是温和。

赵霓一下子没反应过来，回过神的时候，她发现自己已经点了头："你睡吧。"

原嘉铭在她眼前缓慢地关上了门。

赵霓瞪大眼睛——等等，如果她没看错的话，原嘉铭是在笑吗？虽然嘴角上扬得不明显，可是眼里的的确确是有笑意的。还来不及细看，原嘉铭就将门关上了。

赵霓只能在门口叹了口气，回自己房间了。

听到赵霓走远的声音后，原嘉铭像是脱了力一样，倚靠在门板上，用力地呼吸着。

深呼吸有利于自己理清思绪，此刻他的大脑很是混乱，各种各样的情绪交织在一起，他竟辨不出自己是轻松的还是沉重的。

他想自己过去灰扑扑的青春，想那暗无天日的前日，想今天在学校里看到的青春画面，最后想到赵霓刚才的眼神，想起她说的那番话。

那些积攒的抑郁缓缓消散，取而代之的是丝丝轻松愉悦。

意识到这一点的时候，原嘉铭慌张了一瞬，但慢慢地，他又平静下来。

他发现，赵霓会第一时间发现他不对劲的地方，而且还会用自己的方法来安慰他。甚至，她的安慰对他来说，是十分有效的。

为什么呢？是因为她很会安慰人呢？还是……只是因为她是赵霓。

原嘉铭想，如果是刘其源说出这样的话，他可能会觉得刘其源多管闲事，胡乱安慰人吧。

所以，答案只能是后者。

在不知不觉间，赵霓已经成为他生活中的一种例外。

他无法控制，也无法也抑制。

他有些挫败。因为他发现，经过这么一番折腾，他不仅没有认清他到底多么卑微，甚至还对一些不属于自己的不可触碰的人产生了不可言喻的情感。

3

第二天还是校运会，赵霓依旧懒懒散散，等到八点多才出门。原嘉铭在屋里听见她出门的声音后才踏出房门，倒不是讨厌她才不肯见她，只是觉得心里有些乱，面对她不知要作出什么反应。

将赵霓吃剩的随意扔在桌上的早饭收拾干净之后，原嘉铭照常去网吧找刘其源。

今天网吧的生意比较冷清，刘其源坐在前台表情难看。

听见对面学校传来的欢呼声后，他站起坐下多次，还是忍不住去问原嘉铭："太无聊了，不然我们再去学校里看看吧？"

原嘉铭想都不想就拒绝："很忙，没空。"

"钱什么时候都能赚，学校的校运会一年只开一次啊，你不想再去感受一下青春的气息吗？"

原嘉铭说："不想。"

刘其源见他这副模样就知道基本没希望了。原嘉铭这人固执，说什么就是什么，一口拒绝的话就是没有回转的余地。

看着他这副油盐不进的冷漠模样，刘其源翻了个大白眼，继续回前台坐着了。

时间过得很快，下午四点的时候，对面的学校已经在举行校运会的闭幕式了。

学校领导说完最后一句话，学生们乱哄哄地散开。再过几分钟，校门打开，乌泱泱的学生倾泻而出。

原嘉铭坐在网吧里，透过玻璃去看那一张张带着笑容的青春脸庞。

没见到赵霓。

又过了一会儿，出来的学生人数少了，校园也空了。一个小时前还鼎沸闹腾的学校一下变得安静，不过每一种校园都带着青春的味道，方才是活力四射，如今是清新静谧。

原嘉铭从椅子上起来，伸了个懒腰后，出门准备去买点喝的提提神。

还没走到便利店门口，便被一声叫停。是赵霓，她叫他名字："原嘉铭！"

他愣住，回头看她。

她穿着校服，似乎是觉得碰见他是一件很巧的事，脸上是兴奋的表情。

"你去买什么？"她跑过来，问他。

"没什么，就是出来走走。"他这么说。

"走走？那我带你去我们学校里面逛逛吧？"赵霓热情邀请。

原嘉铭下意识想要拒绝，可赵霓是不容拒绝的，她拉过他的衣袖："走？"

　　原嘉铭挑眉："我又不是学生，不好随便进。"

　　"现在已经放学了，再晚一点，隔壁小区的叔叔阿姨都会来我们操场散步跑步的，可以进来。"赵霓拉着他衣袖的手指使了点劲，将他往自己身边扯了扯。

　　原嘉铭被扯动了。

　　跟着赵霓走进校门前，原嘉铭无意间回头，看到了站在街对面的刘其源。

　　刘其源脸色很难看，肯定是在心中骂他出尔反尔。

　　原嘉铭面无表情，装作什么都没看见，扭头继续跟着赵霓。

　　他低头看她拉着他衣袖的手。

　　衣服都被拉扯得微微变形。明明是个没礼貌的动作，可他并不觉得被侵犯。

　　赵霓拉着他走了一段，最后来到大操场上，她松开了扯着他衣袖的手，指了指操场："你嫌闷，可以来这儿跑跑步啊。"

　　几秒之后，没听见原嘉铭的回应，她回头看他，见他脸色并不是很好看，才后知后觉到自己说的话对他来说没有任何吸引力。

　　她又将视线停在操场边上的一些运动器械上。

　　"还有那些运动器材，你没事的时候也可以过来试试。你都不运动，就算不为了身材，也要为了健康着想啊。"

　　她装作长辈对他进行劝导，再回头看他，他果然是一副"你在说什么"的表情。

赵霓猛然发现拉他进来逛校园这件事吃力不讨好。

她是见他昨晚情绪不好不断否认自己，似乎是对他没上学这件事耿耿于怀，这才决定带他进学校好好感受一下学校的氛围。

没想到他是跟着她进来了，却是不怎么感兴趣的模样。

她累了，安慰不动了，索性一屁股坐到操场中间的草坪上，仰头看他："算了，其实你也不用运动，现在哪个年轻人运动啊，开心活着就好了。"

听了她这话，原嘉铭有些动容，忍住笑意，嘴角抽了抽，然后将视线投向远方。

现在正是夕阳西下的时候，操场上没什么人，操场西面并没有建筑遮挡，一整片橙黄色的余晖倾倒在操场上，将整个场地照得暖融融。

原嘉铭眯起眼睛，感受着覆在面上的温和阳光，耳边是赵霓絮絮叨叨的声音。

她是在跟他说今天校运会上发生了什么好笑的事。

原嘉铭没听清她在说什么，自然也不会觉得好笑，可他莫名觉得轻松，嘴角也微微向上扬。

好像只是因为赵霓的声音。

只要听见了她的声音，他就会不自觉想要微笑。

过了没多久，坐在地上的赵霓不说话了，她伸手扯了扯他的衣角。

原嘉铭睁眼，垂眸看她。

她的脸上盛满了余晖，眼睛金灿灿的。

不知为何，她突然变得真挚起来，她低声说："虽然我们经常吵架，但是你是我很珍惜的朋友。如果你有烦恼的话，可以跟我说的。"

原嘉铭心脏微颤，一阵风吹来，将他出走的灵魂重新召回。他盯着赵霓，同样真挚地问："你真的觉得我很好吗？"

赵霓说："真的，真的，你问我一百遍，我也会这么说。"

她捏着他的衣角："你很好，很厉害，真的。"

原嘉铭听到了从自己身体深处传来的震动声。

他就这样陷入她那双真诚的眼里。

又有风吹过，像一只手，温柔地抚平他那些急躁不安的情绪。

青春是什么，是不屈服、不畏惧、不后退的热血激情。

此刻，他的青春好像回来了。

他的身体一下变得轻盈，未来也像是被此刻的夕阳铺满，温暖光明。

他对赵霓说："谢谢你。"

像她安慰他那般，他同样诚恳郑重。

她在夕阳下对他笑。

他也弯了嘴角，笑了。

4

眼前的路虽然看起来明朗了一些，但很快，原嘉铭便发现那看起来变得轻盈的未来只是自己的错觉而已。

他没改变任何事，他依旧在原地打转，甚至是在自欺欺人。

原嘉铭夜里十二点才从网吧回去。还没进屋，他站在门口便听到屋里陈若玫的声音。

但她的声音并不是很清晰，一听就知道是从手机里放出来的免提声，模模糊糊，还带着电流的声音。

赵霓开了免提，正在和陈若玫打电话。

他本打算直接开门进去，却在意料之外听到了自己的名字。

陈若玫的声音并不清晰，他却将那一个个字听得清楚，几乎是振聋发聩的程度。

"这几天小原有自己一个人在家里吗？你得看看，我们家的东西有没有丢啊，我房间里的保险箱待会儿你去看一眼。"

赵霓着急反驳她："妈！说什么呢？"

陈若玫继续说："我不管，你待会儿去看看里面东西还在不在，我走得急，早知道在家里安个监控了。"

赵霓不耐烦起来："还有事吗？没事我挂了，我要去休息了。"

陈若玫："你这孩子就是不长心眼！"

见赵霓想挂电话，陈若玫又赶紧多交代了几句："这两天台风，家里门窗你要关紧。"

赵霓哼哼两声之后就挂了电话，嘴里碎碎念着她妈有被害妄想症，幸亏原嘉铭不在家里。

殊不知就在门外的原嘉铭将一切听得清楚。

原嘉铭在原地站了一会儿。

第一次觉得这城市的天气原来这般冷，身上的衣服并不抗冻，他被冻得脑仁都有些疼了。

他松开放在门把上的手，往后退了一步，想了一会儿，他往楼下走。

他一刻都不想再待在这里了。

他也是第一次知道原来自己这么矫情，只是被人这么说了一句，便觉得自尊受到了不可磨灭的伤害。甚至，他突然有一种想对赵家所有人不告而别的冲动。

他想要直接消失，或者是很酷地打个电话给陈若玫，说他不会再回去了。

光是想想，便觉得解气，甚至还有一种自己扳回一城的舒畅感。

其实他早就知道陈若玫不欢迎他的存在，但他还是自欺欺人地沉溺在赵霓对他表露出的友好中。当陈若玫最真实的想法暴露在他面前时，他却有些承受不了了。

他以为自己不在意的，但似乎还是有些伤心。

但也只是一点伤心而已。

他也不知自己到底在向谁澄清。

Chapter 05
意外变故

1

他运气太差，一走出小区，天空便开始下雨。

台风还没走，现在已经是凌晨，风雨交加的街道上没有一个人，他没带伞出门，只能加快脚步，最后停在小区楼下一个空店面的门口。

他站在屋檐下，无望地抬头看向天空，漆黑一片，月亮被云朵遮掩，月光清凉，落在他眼前。

他听着耳边的雨声，看着眼前空荡凄凉的街景，一种不可言喻的孤独悲伤席卷而上。

他缓慢蹲下来，风太大，空气过于潮湿，地面升起袅袅雾气，将眼前本就被雨幕模糊的世界涂抹得更加朦胧。

他也有种自己正悬浮在这个世界中的错觉。雨水淅淅沥沥，原嘉铭似乎听见渐渐朝他靠近的脚步声，他皱了眉，抬头一看。

竟然就这样对上了赵霓的眼睛。

她撑着一把透明的伞，还穿着睡衣，脚上甚至踩着拖鞋。雨下得大，她一路走过来，拖鞋浸泡在水里，脚趾被冻得惨白，裤腿也湿漉漉的，沾了些许泥泞。

他蹲着，抬头看着她慢慢走近，然后自己的心跳也跟着她走近的步伐变得越来越快。

终于，她站定在他眼前，垂眸看着他，低声问："为什么不回去？"

其实赵霓是出门来买卫生巾的。雨下太大，她没叫到外卖骑手，便只能自己下楼到便利店去买。可这雨实在是大，她几乎是蹚着水走的，走两步就要停下来整理一下自己的衣服，在她皱着眉继续要往前走的时候，她瞥见了不远处的一个人影。

那人蹲在关闭的店面门口。

他将眼神投到很远很远的地方，没有焦点，像是在思考着什么。

赵霓站在原地，盯着他看了一会儿后，突然觉得他有些可怜。那一整排店面都已经关闭，他的头顶没有一点光亮，他蜷成小小的一团，没什么存在感，失魂落魄的模样就像是被遗弃的宠物。

可能是刚才陈若玫同她说的那些话已经让她感到愧怍，或者是眼前他这副脆弱失落的模样实在是太过可怜。总之，她心中很不是滋味，甚至有一种想要上前保护他的冲动。

于是，她走上前了。

她一步步地靠近他，和他对视上后，她才发现此刻他的精神很散，飘飘忽忽没什么重量一样地浮在空中。但发现来的人是她之后，他的眸子似乎微微亮了一下，可也仅仅是一瞬而已，他又给自己的眼睛蒙上了一层雾。

她问他为什么不回去。

他没回答，只是低着头，将手上的烟和火机都收回口袋，然后起身，垂眸看她："不想。"

两人的姿态调转，赵霓从俯视变为仰视他，看着他这样冰冷的眸子，赵霓的胸口突然发闷，她盯着他看，问："为什么？因为我吗？"

不想回去是因为她在家里吗？

原嘉铭一愣，他看着她的眼睛，似乎想到了什么其他的事，眼底那细碎的火焰最后还是慢慢灭了。

他一言不发地将手揣进兜里，然后大步走进雨里，像疯子一样任由雨将他淋湿。

赵霓又气又委屈，却还是没忍住，疾步跟了上去。

她跑到他身边，扯住他的手腕，逼着他停下。

她对原嘉铭说："我要去便利店买东西，买完我们一起回去。"

原嘉铭刚要拒绝，便听见赵霓的声音："你如果不回去，那我也不回，你去哪儿我就去哪儿。"

她咬着牙，说出的每个字都有力，看向他的眼神也十分坚定。像是如果他不同意，下一秒她就会丢掉伞，和他一起淋雨。

原嘉铭盯着她看了许久，最后还是妥协了。

他也觉得自己情绪过于复杂，他厌倦自己，也想逃离赵家，他怀着一腔的坏情绪，却无法宣泄在赵霓身上。

因为她什么都没做错。

两人并肩走到便利店里，赵霓推着原嘉铭进去。原嘉铭只能在门口处等着她，他看着她钻进货柜深处，挑挑拣拣一会儿，最后拿了两包卫生巾出来，本以为这样就够了，他却又看见她绕到暖柜面前，拿了两瓶巧克力热饮。

结账的时候，原嘉铭主动上前买单，赵霓也没抢。等他买完之后，赵霓将一瓶热饮塞进他手里，嘱咐道："喝完再回去。"

原嘉铭皱眉看她。

赵霓面无表情，将他推到便利店的餐桌边，然后一把将他压在椅子上："就在这里喝完了再回去。"

原嘉铭一愣，还没说话，赵霓就一下坐到他的对面，低头将他的热饮打开，然后又重新推回他的面前，努努嘴巴，说："喝吧。"

见原嘉铭没动作，她自顾自地打开，喝了一口后，露出惬意舒适的表情："好喝。"说完，又看向原嘉铭，"你喝啊。"

原嘉铭其实并不怎么喜欢喝饮料，也不爱吃甜的东西，但可能是刚才在外面待了太久手脚有些发凉，也有可能是刚才赵霓的"推销"管用了。

他看着这巧克力热饮，莫名有一种它应该也不是很难喝的感觉。

于是他面不改色地拿过那瓶热饮，稍微抿了一口后，他皱了眉。

太甜了。

对面的赵霓见他这副表情，没忍住笑了。她说："喝完，喝完好睡觉，这么冷的天气，喝了可以暖身体。"

原嘉铭迟疑了一会儿，低头又喝了一口。

赵霓在他对面笑得眼睛都眯成一条缝了。

她觉得今晚的原嘉铭很不一样，像是受伤后收起了锋利的棱角，他没之前那般执拗冰冷了。

她让他干什么，他都乖乖听话。

其实她挺喜欢他这模样的，但是转念一想，如果这样乖巧的代价是受伤的话，那还是算了吧。她不想让原嘉铭受伤。只要能够一直强大，他可以一直冰冷。

她抬眼看他，恢复了往日的"聒噪"，她问："好喝吧？"

原嘉铭挪开视线，摇头："一般。"

赵霓哼哼两声，觉得是他不识货，低头晃了晃饮料之后，她又出声问："你怎么了？"

原嘉铭没说话，并不想回答的模样，赵霓继续问："跟别人吵架了？"

原嘉铭甚至没看她，继续装作没听见的模样，可是赵霓总能一直絮絮叨叨地烦他。

"为什么吵啊？跟谁吵的？你最近天天出去找的朋友吗？还是什么？是关于友情吗？还是钱没谈拢啊……"

安静的便利店里充斥着赵霓的声音，原嘉铭终于忍无可忍，他抬眼看向她，很认真地问："赵霓，你怎么能这么吵？"

赵霓一愣，却也不觉得被伤害了，甚至觉得有些高兴，因为两人之间就是这样相处的。这才像是他正常相处的模样，不受伤害的样子。

"你回答我，我就不会这么吵了啊。"

原嘉铭垂眸，依旧不肯说话。

见赵霓几乎将她的巧克力热饮喝完了，原嘉铭立刻起身，抓起地上那把伞，扭头问她："不走吗？"

"走走走！"

经过这晚之后，赵霓自认为和原嘉铭已经重修于好了。虽然无数次想过再也不要跟他说话，但是两人和好之后，她的心情的确比之前轻松许多。

第二天是周六，赵霓起得晚，迷迷糊糊准备上厕所的时候发现马桶真堵住了，似乎应验上了那次她对原嘉铭说的谎言。

她烦躁地叹气，打开门看见原嘉铭的房门如往常那般关着，以为他如前几日一般已经出门，于是便直接进了他的厕所。

借用一下厕所又不会死，而且他又不在家。

解决完三急之后，她站在镜子前洗手，倏然觉得胸口有些闷，低头一看，原是自己昨晚穿的内衣有些移位了。

自从那晚被原嘉铭那样质问过后，她无时无刻都穿着内衣，怕又发生那天的尴尬。

但那天过后，他们见面的次数寥寥无几，她这么做反倒是在惩罚自己了。

于是她背着手去解自己的内衣，掀起衣服的下摆，准备将内衣从下面抽出来……

就在此刻，门外突然传来动静，赵霓几乎是一瞬间就辨清了那是原嘉铭从房里出门的声音，又在电光石火之间想起自己刚才似乎没有锁门。

总觉得这种狗血巧合不会发生在她身上，但当原嘉铭一下将门打开的时候，她还是需要认清一个事实——

她真的不是很走运。

原嘉铭刚睡醒，头发凌乱，眼睛都还没完全睁开，像往常一样，一醒来就去厕所洗漱，却没想到厕所里有个人。

但他先看到的不是赵霓僵住的脸，是她露出的纤细腰肢和再往上一点的风景。

他一下变得清醒，脑子里的那根筋绷紧。

下一秒，赵霓大叫，抓起手中的东西砸向他："滚啊！"

原嘉铭眼疾手快地将门合上。

牙杯砸在门上，发出清脆的声音。

门内，赵霓古怪的叫声还没停下，原嘉铭听见她说了好几句气急了的话。

门外，他站在原地，面无表情却十分清醒。

几十秒后，他走到客厅，坐在沙发上等她出来。

赵霓在厕所里待了将近十几分钟才肯出来，其间，原嘉铭在思考着要如何同她解释让她消气。他平时脑子动得快，但这十几分钟，他想不出任何好的对策。

赵霓出来的时候脸还是红着的，眼眶也湿漉漉的，像是羞耻得在厕所里哭过了一回。

见他坐在沙发上，她快速地瞥了他一眼，一下钻进自己的房里。

原嘉铭没想到她又要躲着他，他烦躁地皱了眉头。

她总是能在无意之间破坏他想要建立的平衡，他也总是出乎意料地一次次地栽到她手上。

刚才赵霓在厕所里重复了十几遍刚才自己的动作，之后便坐在马桶上抹了一会儿眼泪。

她羞耻至极，大脑乱麻麻的，什么都想不清楚。

她虽然觉得他是个不错的朋友，但也并不是这么没有距离感！

她不停地开导自己，可眼泪还是羞得籁籁往下坠。

她在厕所里憋得实在是受不了了，最终开了门就像只兔子一样钻回自己的兔子洞里。

原嘉铭在客厅思考着要如何解决这件事的时候，他收到赵霓的消息：……你什么都没看到吧？

原嘉铭闭了闭眼，脑中出现刚才的景象，于是很诚实地说：看到了。

赵霓：你什么都没看到！

原嘉铭：？

赵霓：我说你什么都没看到你就是什么都没看到！

原嘉铭：……

原嘉铭醒了一个小时后才到厕所里洗漱，可是一进厕所，脑海中就自动浮现出刚才尴尬的那一幕。

他脸色微僵，照常进行刷牙洗脸，盯着镜子里自己的脸洗漱。

…………

水龙头哗哗地淌着水，快要溢出水池了，他才猛地惊醒，才意识到自己不知出了多久的神。

他关上水龙头，将牙刷放下，低头鞠了一捧水洗脸。

他抬头看镜子，看向镜子里湿漉漉的自己，低低地咒骂了句。

赵霓不知道原嘉铭今天为什么不出门，她在房间里待了许久都没听到大门被关上的声音，知道他还在家里，她便不敢出去。

终于，她听见大门被打开的声音。

她屏息，听见原嘉铭的声音。

可他似乎只是点了个外卖。

她泄气，肚子也饿得发出声响。

没过了多久，大门再次被打开，他似乎出去了，客厅里恢复了安静。

下一秒，她收到原嘉铭的消息：出来吃饭，我走了。

赵霓一愣，这才知道他是自己离开后把外卖留给她了，于是她别扭地回复了一句：好。

2

原嘉铭也不知自己在想什么。

他想和赵霓说清楚，但她总是顶着一张羞涩的脸躲着他。

他一看她，她就飞快地跑远了。他看着她的背影，突然意识到其实自己也不知该怎么跟她说。

于是他们的关系在日复一日的牵扯中变得古怪，甚至已经超过了他的能掌控范围。

他已经够苦恼，但是老天爷就像是看热闹不嫌事大一样，将这段关系搅得更混乱。

原嘉铭在网吧门口碰见刘其源，但刘其源的脸色不是很好。

原嘉铭问他怎么了。

刘其源抽动嘴角："我还以为你今天不来了呢。"

原嘉铭："不来我去哪里？"俨然一副将这里当成家的模样。

刘其源笑笑，原嘉铭正打算进去的时候，又被刘其源抓住手腕："哎……等等。"

"等什么？"

"贵人……"

话还没说完，徐珠琳便走出来，天气冷，但她依旧穿得少，一点都不臃肿，美丽明艳的气质和这昏暗的网吧格格不入。

"我是贵人？"她笑着问刘其源。

刘其源殷勤："您不是贵人谁是呀？"

徐珠琳很满意地笑了，但眉眼一转，妩媚的眼神落到原嘉铭脸上，红唇动了动："弟弟今天脸色怎么这么臭？"

原嘉铭反应了一瞬才知道她那声"弟弟"叫的是他，但他不习惯别人无端攀亲，于是便一点反应都不肯给。

见原嘉铭不理她，徐珠琳也不生气，她指了指刘其源，问原嘉铭："我上次说要给你活做，他说你忙，是真的？"

原嘉铭从鼻腔里挤出一声"嗯"。

徐珠琳继续问："现在还忙吗？"

她保养得当的手指在他眼前张开："给你这个数，你确定还忙？"

原嘉铭看向她的手指，愣了片刻，脑中出现了一些以往没出现过的想法——

答应之后，结果无非是从一个坑里跳进另外一个坑里。

他透过她的手指缝看见徐珠琳笑盈盈的脸。然后再透过徐珠琳的脸，他又看到了赵霓的稚嫩又圆幼的脸。

他最近也不知自己是怎么回事，总是走神。但盯着什么出神，最后都会落到赵霓的身上。

他怀疑赵霓给他下蛊了。

徐珠琳走后，刘其源开心得甚至在原嘉铭身边绕圈圈："你开窍啦？我都跟你说了，你和她是正当交易，一手拿钱一手交货的。"

原嘉铭觉得刘其源下一句就要义正词严地告诉他"你这不是被包养，也不是吃软饭"！

担心他真这么说，于是原嘉铭对他说："闭嘴。"

刘其源讪讪闭嘴。

原嘉铭坐在自己熟悉的角落里，合起眼睛，一句话都不说。

没人知道他在想什么，也没人能窥见他脑中一直挥散不去的女孩的脸。

就这样一言不发地窝了半个小时后，他坐起身子，开始着手完成徐珠琳给他的任务。

刘其源站在一边，向他投去"孺子可教也"的眼神。

徐珠琳给的任务不重，付的钱却是该任务价值的好几倍。

徐珠琳说自己不是做慈善的，那她的意思便不言而喻了。

原嘉铭原本并不想接受这无端的"好意"，但他看向徐珠琳的那刻脑中突然想起的脸让他退步了。

所以他做的决定是就算是欠下徐珠琳的情也要离开赵家。

他隐约能感觉到对徐珠琳欠下的情，他是能还清的，而对赵家和赵霓，他可能是还不清的。

3

赵霓吃过饭后做了一会儿作业，但效率低下。

羞恼的情绪总是在她准备专注的时候出来骚扰她——

她总是想起之前那荒唐的巧合，然后便莫名红了脸，接着她需要花上几分钟开导自己，几分钟过去后，刚才做题的思路便也乱了。

如此循环，她到最后干脆直接摔了笔："不如睡觉！"

…………

陈若玫说明天一早就会回来，今晚是赵霓和原嘉铭单独相处的最后一个晚上。

赵霓向天祈求："不要再出什么乱子了，谢谢老天爷。"

但老天爷一直都喜欢玩弄他们，她这话几乎一语成谶。

原嘉铭今晚不知为何竟回得很早。

赵霓在房间里屏息听外面的动静——

他回来了，进了房间，出房间，去厕所洗澡了……

趴在门板上听见了厕所传来的水声后，她才悄悄开了门，站了一会儿，又不知道自己出门是想做什么。

她看向原嘉铭的房间——

门开着，他好像忘记关门了。

平时他在家的时候习惯锁门，出门的时候也喜欢将门锁了再出去。所以一起生活了这么长的一段时间，她还没有认真观察过他的房间。

今日的脑子好像被早上那场闹剧茶毒得出了问题，鬼使神差地，她竟就走进了他的房间。

在没有经过他的允许下。

赵伟华很照顾原嘉铭，知道他要住进来后，还专门给他买了新的家具，大衣柜和新床，整个房间大方整洁。

原嘉铭这房间本来面积就不小，赵霓这么乍一看便觉得这房间比她的房间更好些，顿时有些心理不平衡。

他屋里昏暗，窗帘都拉上了，也没开灯，走廊的灯光透过打开的门照亮屋里的一小部分空间。床上很乱，纯白的被子被随意地铺在床上。桌上也乱，除了电脑和键盘，还有几本厚厚的书……

她随意地环视着他的房间，突然视线顿住——

她看向他的被子，里面像是盖住了什么东西，有个粉色的"尾巴"从皱皱巴巴的被角边露出头来。

赵霓觉得有些熟悉，走过去，抓住尾巴，抽了出来。

看到它的真容之后，她愣住了——

是那只被她丢掉的娃娃，和原嘉铭吵架后她丢掉的娃娃。

怎么会在他这里？他捡回来了？什么时候？

赵霓的脑中塞了许多问题，心脏也乱麻麻的。

偏在这刻，屋外传来声响。

原嘉铭洗完澡了。

…………

五秒之后，藏在衣柜与墙的缝隙之间的赵霓也不知刚才的第一反应为什么是躲起来？

可能是担心被他骂？

可她似乎将自己推入了一个进退两难的境地，躲在狭窄的缝隙之间，连呼吸都不敢出声。

她在犹豫，要在何时大大方方地走出去，但很明显已经错过了最佳时机了，于是她现在骑虎难下。

她竖起耳朵，听见原嘉铭进屋、关门、走到床边。

脚步声没再响起，他似乎站定在床边了。赵霓想起那个娃娃，心跳变得更快了。

几秒之后，原嘉铭从床边走开，坐到电脑桌前的椅子上，打开电脑。

接着，她听到他敲打键盘的声音，噼里啪啦，很专注的模样。

他似乎坐定在椅子上了，敲击键盘的声音持续了几分钟。

赵霓的心脏便在这和谐又持续的声音中渐渐镇定下来，她甚至在脑中思考着自己能不能在这儿站一个晚上，等到他明早出门再回去……

时间又溜了几分钟走，赵霓有些困了，却还是不敢放松，强撑着精神，注意着他的动静。

敲击键盘的声音停下，接下来是点击鼠标的声音，赵霓好奇，偷偷露了只眼睛去看他在做什么——

他背对着她，微微驼背，专注在闪烁的电脑屏幕上。

赵霓苦恼不已，觉得自己已经没办法继续在这狭窄的缝隙里潜伏了，腰背都有些酸痛。

早晚都要出去，迟早都要被他发现然后挨骂，不如让自己的身体少受点苦？

正当赵霓下定决心鼓足勇气要走出去的时候，她看到原嘉铭的电脑屏幕——

他打开了一个网站，熟练地点开视频，不假思索地将进度条拉到中间的位置。

赵霓脑中炸开声音，刚要伸出去的腿又慢慢缩了回来，后背都沁出汗水。虽然原嘉铭将声音调得小，但刺耳尖锐的声音还是像小虫子一样爬进了赵霓的耳朵里。

赵霓将额头贴在衣柜上，慢慢地呼吸。

忽然，她猛地屏住呼吸，耳朵几乎要烧起来——她好像听到了原嘉铭很低的带着鼻音的声音。

4

原嘉铭在听到身后有一点异响的时候才察觉到不对劲，那声音沉沉的，像是有人不小心撞到了什么物件，紧接着，就是一声短又急的倒吸气声。

他的第一反应是家里进贼了，但思来想去，能进他房里的贼似乎只有一个人。

摸清楚当下的情况后，他只觉得荒唐。

他在窒闷的环境中冷静下来。只是身后的那贼似乎害怕了，呼吸声都重了不少。

说实话，原嘉铭并不知道中怎么解决眼前的情况，平时冷静镇定的脑子此刻几乎灌满了糨糊，他只是沉默地坐着。

想了好一会儿，他在嘈杂的视频声中站了起来，二话不说，走到衣柜后，将憋得脸颊通红的女孩一把拉了出来。

他对上她红彤彤的脸颊和震惊的双眸。

赵霓此刻水润润的眸子很漂亮。

他垂眸，掩饰住自己的想法，再睁眼时，他用愠怒的眼神看向她，低声问："谁让你进来的？"

说是斥责应该更加准确些。

赵霓有些愣，精神还没从窥见了原嘉铭"秘密"的事件中缓冲过来，便被扯着手腕拉出来挨骂。

一下子自然接受不了这样的转变，但是身体比大脑率先作出了反应——

原嘉铭的眼神太过冷漠了，带着刺一样。

她被那尖锐的刺伤到了。

虽然以前两人也经常吵架，但赵霓很清楚地辨认出来，这次和以往都不一样，此刻的原嘉铭是真的很厌恶烦躁，也是真的在生气。

她知道是自己做错了，于是鼻尖泛酸，眼眶也在不知不觉间被泪水填满。

原嘉铭盯着她看。

她支支吾吾，连句话都说不清楚："我就是……看你门开着，然后……我看到你床上的那只玩偶，不知怎的就进来了……"

原嘉铭的眼神在听到玩偶的时候微不可见地动了动，但他很快就恢复冷峻的表情，继续用冰一样的眼神望着她。

"后来你洗完澡，我怕被你骂……脑子一热就躲进来了。"

赵霓说完自己该说的话后，只顾着抽泣了，她逃避一样低下头，泪水顺着面庞往下滑落。

原嘉铭盯着她的头顶看——

微微抽动的肩膀还有不断往下坠的泪珠都在昭示着眼前女孩的恐惧和畏怯。

他看得胸口有些发闷，重重地闭了闭眼睛，将刚才在脑中构思好的话一句句说出来："赵霓，你懂吗？"语气很平和，一点都不像在生气，反倒像在和她讲道理。

赵霓微微抬起头看他，像是在问他：懂什么？

原嘉铭淡淡地说："我就是你妈嘴里说的那种垃圾。"

"垃圾"两个字被他故意说得极重。

他说的话很重，情绪却平淡，像是已经接受了这样的结论，不反驳也不抵抗。

"我是不会有出息的。"他毫不犹豫地贬低自己。

赵霓自然接受不了他这凌厉的自我否认，她忙不迭地反驳："不是的，你值得相信……你不是垃圾。"

明明哭得气息不稳，却还是着急反驳的模样让原嘉铭胸口一窒。

他定定地看着她，胸中五味杂陈，复杂的情绪像网一样包裹着他，应该做的事和想做的事在脑中撕扯着。

赵霓看着他，断断续续地说："而且……这些并不是什么十恶不赦的事儿。"

她的脸颊红润，也许是哭红的，配上她水盈盈的眼眶，看起来十分可怜。

原嘉铭脑中的那场战争结束了。

他看着她，按捺住离开的冲动，继续把话说得绝情："你对我有小心思是不是，我这样你还对我有小心思吗？"

少女的羞怯心意一下被他拆穿，赵霓急得不行："我从来就没说过。"

原嘉铭露出笑意："那就好。"露出的轻蔑之意十分刺眼。

赵霓被他这个笑容激怒，在脑中捕捉着他的小辫子，却发现他似乎没有什么方面是可以让她指摘的。一瞬间，她瞥到他床上那个玩偶，像是抓到了什么把柄，她指着那只玩偶："为什么在你这里，你为什么把它捡回来？"她死死地盯着原嘉铭，断定他会说出一些她渴望的答案。

可原嘉铭只是冷着脸，一言不发地走过去，将那只可怜的娃娃拿起，再走到窗边，开窗，把手中的东西扔了下去。

一点都不留恋。

赵霓似乎听到了娃娃砸在地上的声音，沉沉的——

它应该很疼吧，被丢了两次。

再坚强都会受伤的吧。

但被原嘉铭亲手扔掉的好像不止那个玩偶，赵霓还听到了别的东西碎掉的声音。那些他给她讲习题、送雨伞的友谊，全部都碎掉了。

寒风从屋外灌进来，本来温暖的空气倏然变冷，赵霓发热的身体也被风吹得冷了下来，湿润的眼眶也变得冰冷。

气氛一下降到极点。

赵霓瞪着窗边的原嘉铭，咬牙切齿地说："我讨厌你。"

原嘉铭站在原地，听此竟还露出个浅浅的笑容："知道了。"

赵霓低下头狠狠地抹了一下眼泪，她一秒都待不下去了。

在她出去的时候，站在她身后的原嘉铭突然说话了。

他说："赵霓，我不喜欢你。

"我不喜欢这里。"

赵霓扭头，含着泪的眼眸锁住他，喊道："我也讨厌你！"

Chapter 06
划清界限

1

赵霓走后许久,原嘉铭才关上窗户,将寒风和玩偶都隔绝在外。

他坐回椅子上,面无表情地关闭页面。

他用手掌捂住自己的脸,将整张脸都埋在手掌里,重重地呼吸。过了一会儿,他才起身,从衣柜的底部拿出他当时带来的黑色背包。

他的东西并不多,收拾了一会儿,房间就变得干净。曾经在这里生活的痕迹被轻易抹去,他看着这个变得空荡的房间,大脑也变得空白。

已经是深夜了,他再次走到窗边,打开窗户,刺骨的寒风窜进房中,他探头出去,发现那只被他扔掉的玩偶已经不见踪迹了。

可能是被人捡走了,或者是被野猫野狗叼走了。

他收回视线,关上窗户。

关于那只娃娃,他也不知自己当时为什么要去捡——

那天她气冲冲地离开他的房间后,他也觉得烦躁,开了窗透气,便看到那只孤零零落在地上的玩偶,一下就知道是她气不过故意丢掉的。他一开始觉得有些好笑,但没过多久,竟鬼使神差地下楼把那只娃娃捡了回来。

待那只娃娃被他仔仔细细地放在桌角的时候,他才反应过来自己到底做了什么反常的事。

他告诉自己是因为那娃娃是他买的，并且还不便宜，所以他才捡了回来。

可事到如今，那种话已经无法拿来搪塞自己了。

他好像对赵霓有了一点小心思了。

因为有了小心思，所以才会把那只娃娃捡回来。

因为有了小心思，才会在之前张不开口直接拒绝她。

因为有了小心思，才会在看到她和别的男生亲昵接触的时候感到愠怒。

可他不能有小心思，也不应该对她有小心思。

他不属于这里，这里没人欢迎他。

赵霓回到房间里后，将自己埋在被窝里痛哭一顿，到了后半夜才堪堪睡着。

不过当天夜里，她又迷迷糊糊地梦见了原嘉铭。

梦里，两人又在家里的厕所门口相遇，不过这次他并没有对她冷言冷语，反倒是很大方地将自己的厕所让给了她。

在他和她即将擦肩而过的时候，她的脑中却突然出现了一种很不好的预感。

电光石火间，她伸手拉住了原嘉铭的手腕。

他一愣，扭头看她，皱着眉，似乎是在问她怎么了。

赵霓问："你去哪里？"

原嘉铭没回答这个问题，反倒是盯着她看了几秒，沉声开口："赵霓，你应该离我远点。"

少女藏在心中的秘密被他这样轻飘飘揭开，甚至还被他用这样严肃的姿态严令禁止。

可梦中的赵霓却没体会到恼羞成怒的情绪，她只是感到悲伤、无力。

她问："为什么？凭什么远点？"

原嘉铭静静地看着她："因为我不会对你更特别。我要走了。"

说完，他就甩开了她的手，大步往前走。

赵霓顿住，在他身后大声问："你去哪里？"

原嘉铭却像是没听见她的声音，脚步不顿，最后他打开了大门，离开了她们家。

她正想要追上去，却突然转醒。

赵霓是被客厅里哐哐当当的响声吵醒的，心脏依旧在怦怦跳，几乎是心有余悸的程度。她对着天花板重重呼吸了好几下，才逐渐缓过神来。

她是听到客厅里她妈的声音才想起陈若玫昨天说的今早会回来。

昨天发生了太多事，她居然忘了陈若玫今天回家。

许久没见母亲，赵霓还是有些想她的，尤其在受了那么大的委屈之后。

可她打开房门的时候却立刻顿住——

原嘉铭的房间门敞开着，和以往不一样。

不知为何，脑中突然萌生起一种不怎么好的预感，她想起刚才做的那个梦，心脏又开始加速。

"醒了？今天醒得还算早啊。"陈若玫在客厅说。

赵霓扭头看陈若玫："原嘉铭呢？"

她边说边走到他房间门口，然后彻底愣住了——

他的东西都不见了，桌面上那些乱七八糟的电脑线都消失了，干干净净，房间里只剩下赵伟华给他买的家具。

赵霓有些恍惚，她突然有一种他从没来过的错觉。

"他没跟你说吗？我今天早上回来的时候就收到他的消息了，说是找到房子了，一大早就搬走了，我回来的时候他就不见了。"陈若玫看向赵霓，表情古怪，像是在疑惑原嘉铭没有和赵霓说起这件事。

赵霓低着头，轻轻地"哦"了一声，又重复道："早上就走了？"

陈若玫："对啊，他没跟你说？他也给你爸打了个电话，说是很感谢这段时间的照顾什么的。"

赵霓没再说话，走进了原嘉铭的房间。

一切都变得不一样了。

一切又好像都没变。

她再一次环顾他的房间，像昨晚一样。

下一秒，视线微微顿住，桌上的一张盖着的字条吸引了她的注意。

她走过去，打开那张字条。

是原嘉铭留下来的。也没说是写给谁的，但赵霓知道是写给她的。

原嘉铭的字竟出奇地好看。

看清上面写的字后，赵霓把那纸条揉成一团，走到窗边，再"哗"地打开窗户。

额前的刘海被寒风吹开，她也瞬间感觉到寒冷，尤其是眼睛那里，又热又凉，怪难受的。

思忖了几秒，她还是把那伸出的手放了下来，将那被揉成团的字条放进口袋里。

她妈站在门口喊她："干吗呢，站那里不冷吗？"

赵霓回头："不冷。"

陈若玫盯着她看："还说不冷呢，眼睛都被吹红了。"

赵霓摸了摸眼眶："是被吹得有点干了。"

陈若玫走进来，拉着她的手腕："吃饭了，赶紧去洗漱。"

赵霓这才想起厕所堵的事："妈，厕所堵了。"

陈若玫二话不说，把赵霓推到原嘉铭常去的厕所里："先在这里洗，我下午叫师傅来修。"

赵霓一愣，走进厕所，关了门。

几秒钟后，陈若玫在门口大喊："牙刷、牙杯都没带进去，你洗什么呢？"

在厕所里的赵霓并没有说话。

陈若玫又回到厨房准备早饭。

十分钟后，赵霓才磨磨蹭蹭地挪到饭桌前，坐在椅子上一口一口地往嘴里送白粥。

在陈若玫扭头继续做小菜的工夫，赵霓却猛地皱眉，"哕"地吐了出来。

…………

原嘉铭给她留的纸条上只写了几个字——

对不起，再见。

还留了一个自己的署名——

原嘉铭

赵霓不对劲好几天了，整日郁郁寡欢，话都比以往少了许多。

秦湾湾受不了自己的好姐妹这样，缠着赵霓问了好久才知道原来她是有烦恼了。

可秦湾湾也不知从何安慰起，自己在情感这方面也是个半吊子，虽然看过不少言情小说和小甜剧，但从没有真枪实弹过，于是只能用千篇一律的宽心话来安慰赵霓。

这种话并没有什么显著效果，赵霓还是沉默寡言。

一天下午，赵霓突然跑到秦湾湾教室来找她。

秦湾湾着急问赵霓怎么了，赵霓从口袋里掏出一张皱巴巴的纸给她，"这是他的名字，能帮我问问那个小徒弟吗？"

秦湾湾一愣："问什么？"

赵霓："适配度。"

发现赵霓一脸的期待，秦湾湾还是把那句"你们都这样了哪里可能还会有下文呢"咽回了肚子里。

她应下："好好好，我晚上就帮你问。"

她回去后就在微信上问了小徒弟，把两张带名字的照片都发给他。

小徒弟问她：原嘉铭是她什么人？两人现在是什么关系？

秦湾湾毫不隐瞒地回答：没有任何关系，现在也闹得很僵。

小徒弟继续问：你觉得他们还有可能吗？

秦湾湾：我觉得那男生的就是个大坏蛋，我才不希望他们有可能呢。

小徒弟：好，我去算一算。

半小时之后，小徒弟带着结果来找秦湾湾了。

秦湾湾依旧看不大懂小徒弟具体写的是什么，但那几句"天生不合""水火不容"她还是看懂了，还有最后那句"适配度为0"。

她对这个结果很满意，正好可以让赵霓死心。

她向小徒弟道谢，比当时得知自己和班长的结果时还开心。

秦湾湾迫不及待地把结果转达给赵霓，赵霓过了许久才回复她：知道了。

2

原嘉铭从赵家搬出来后，很厚脸皮地挤进了刘其源并不大的家里。

刘其源虽然是一家网吧的老板，但赚的钱都往老家寄去给父母盖房子了，自己在垣州住的房子很小，在很破旧的街区。

刘其源本来是不肯收留下原嘉铭这个大麻烦的，但当他看到原嘉铭那副被人扫地出门可怜兮兮却还故作无所谓的模样，还是拉着这落难兄弟一起回家了。

而且，他知道这兄弟很有前途。

不管是靠才华还是样貌，原嘉铭都是饿不死自己的，他现在收留原嘉铭，其实是在进行投资。

只是原嘉铭从那赵家离开后，状态很差。

他几乎日夜颠倒，晚上总是不睡觉，对着电脑坐一个晚上，手指在键盘上动得飞快，吵得刘其源睡觉都不安生。等天亮了，原嘉铭才会从椅子上起来，走到窗户边，将窗帘猛地拉上，然后在沙发上倒头就睡。

刘其源家里只有一张床，问过原嘉铭要不要和他一起睡，但原嘉铭很嫌弃地拒绝了。

原嘉铭总是一觉睡到下午，在楼下的老城区里吃过一顿饭后，再悠悠地晃到网吧里找刘其源。

在刘其源眼里，原嘉铭这副模样几乎是在拼命。但他不敢数落劝说原嘉铭，因为原嘉铭脾气更差了，以往还有兴致跟他唠两句调侃他，现在索性能不说话就不说话。

原嘉铭几乎将自己在这世界上的存在感降到最低。

刘其源作为兄弟自然是很担心他，但这种状态持续了一个月后便开始好转——

原嘉铭将徐珠琳的活儿完成后似乎松了一口气，紧绷的那根弦也慢慢松了，只是兴致依旧不高，打打游戏，有时候也帮着刘其源坐坐前台，过上了游手好闲的生活。

刘其源好几次想问原嘉铭，有了钱为什么还不找房子，真想赖在他这里一辈子吗？但他怕被原嘉铭甩脸色，便也不敢多问。

过了一段时间后，刘其源才从徐珠琳那里知道，原嘉铭只拿了他该拿的钱，徐珠琳多给他的，他并不接受。

这么一来，就能解释原嘉铭为什么还在他家沙发上睡觉了。

原嘉铭的骨头很硬，不肯为那点钱弯下，却能主动在他家的沙发上蜷缩。

刘其源还是有问题想要问原嘉铭，他在和原嘉铭喝酒的时候问了一次。

两人当时喝得已经够多，原嘉铭明显有些不清醒了，平日总是阴沉的眸子也变得柔软。

刘其源问："你为什么突然从赵家搬出来？"

原嘉铭本来松弛迷离的眼神顷刻绷紧，却也不回答。

刘其源见他不说话也习惯了，继续喝酒，过了十几分钟后，原嘉铭突然吐出两个字："赵霓。"

原嘉铭没有在看他，像是在回答他刚才的问题，又像是在无意间吐出这两个字。

刘其源一猜就知道赵霓应该是那家女孩的名字，以为是赵霓为难原嘉铭了，还在心里可怜了他一番，却也没再多问。

两人最后都醉得厉害，差点没在楼道里露宿一晚。

作为母亲，陈若玫察觉到赵霓近日的变化——

赵霓的身体里像是绷着一根弦，每日都急匆匆的，话少了，也没以前爱笑了，但学习状态的确提高不少，成绩也在稳步上升。

陈若玫不愿承认她这样是因为原嘉铭，只是想着是临近高考了，女儿懂事了。

赵霓在原嘉铭走后拼命地学习，并不是突然发现自己对学习的兴趣，只是她发现学习是此刻最适合她的活动。

学习能提高成绩，还能让她不去胡思乱想。

此刻的她一点都不想记起原嘉铭。

在学习中，她突然开窍了，懂得了那些他曾经在纸上给她写过的解题过程，并且一通百通了。

…………

时间过得很快，赵霓的高中生活一下就结束。

但很奇怪，她在高考结束的第二天又开始做起那个久违的梦——

梦见她得了胃病还找了个变态男生。但那个梦的结尾好像变了，她没去医院，原嘉铭也没去找她，更没把那个娃娃给她。

醒来的时候她有些恍惚。

依稀想起第一次梦见这样的场景时，她坚信自己不会放弃追着原嘉铭跑，但现在她的确是放弃了。

也许是做了噩梦，大脑一抽一抽地痛得厉害。

陈若玫进来喊她起床的时候发现赵霓自己一人躺在床上哭得厉害。

陈若玫着急问是怎么了。

赵霓在母亲的怀里说自己头疼。

陈若玫一脸愁容，以为她高考结束了应该会轻松许多，却没想到第二天就头疼。

被陈若玫哄着哄着，赵霓又察觉到困意，在快睡着的时候，她迷迷糊糊地说："妈，我又做噩梦了。"

…………

赵霓睡了没一会儿就又醒了，身体比刚才舒服许多，被陈若玫拉着去吃饭，但她看着那一桌饭菜，却没有什么胃口，凑近了闻甚至觉得反胃开始干呕起来。

陈若玫着急了："带你去诊所看看。"

赵霓跟着陈若玫去了街区的诊所，医生看了之后，说她是因为精神太过紧绷，导致肠胃脆弱和头痛，医生开了点药给她，还让她尽量保持愉快心情。

秦湾湾知道赵霓身体不舒服后很是担心，经常去找她玩。还有尉杰，高考后总是约着她们出去玩。

托朋友的福，赵霓能感觉到自己慢慢开心起来了。

她很庆幸一切都在往好的方向发展。

其实她也想过自己精神脆弱的原因——

与原嘉铭的争吵、原嘉铭的离开的确占了一部分，但那只能称得上是一个引子。

高三紧张的日程、她偏激固执的性格，还有渴望变好的急切心态也让自己受了不少苦。

3

暑假的第十天，赵霓决定给自己找点事做。

她去应聘了学校附近一家超市的收银员，然后在第一天上班的时候碰到了过来买口香糖的原嘉铭。

原嘉铭是没想到会在这里碰到赵霓的。

他想着，按照她的性子，高考一结束就应该放飞了——先在床上睡几天补个觉，之后估计也会闲不住的到处去玩。

可此刻，眼前穿着超市服装的人的确是赵霓。

她只看了他一眼就别开眼神，像是不认识他一样。

他捏紧了手上的口香糖，盯着她的脸看了一会儿，把口香糖放到桌上。

她倒是熟练，扫了码之后出声报出价格，再抬眸看他一眼。

他和她对视上，低头拿出二维码让她扫。

他们一句话都没说，眼神接触短得甚至比不上陌生人。心照不宣地没有去说"好久不见"这种叙旧的话。

这时候两人倒是默契，只是依旧让人唏嘘。

原嘉铭付完钱就离开了。

依旧是一身黑的装扮，他的头发也长长了许多，踏着一双帆布鞋，后跟都被他踩在脚下。邋遢中又带着点风流。

赵霓盯着他的背影看了许久，等到他彻底消失后才收回眼神。

之后的一整个月，赵霓都没在超市里再见过原嘉铭。猜到他是故意躲着她了，她有点伤心，但也是一点而已。

她真的往前走了。

她真的绝不回头。

一个月后，赵霓拿着热乎乎的刚发的工资请了秦湾湾和尉杰吃饭。

大家都高中毕业了，自然都想要挑战些成人才能做的事——

他们在学校后门的大排档点了好几个菜，还提了一打啤酒。

三人都不知道自己的酒量是多少，就着菜就把啤酒都灌到肚子里。

结果是三人都觉得头晕，趴在路边的桌上哼哼唧唧地喊着不舒服。

原嘉铭在电脑前待了太久，从网吧出来准备透口气，眼神一瞥，就看到不远处醉倒在桌上的赵霓。

他眯起眼睛，看了好一会儿，确定是那三人醉得不省人事后才走过去。

大排档的老板正愁着不知该怎么解决这三人，一个瘦高的男人便出现在他面前。

老板问："你是家长？"

男人皱眉沉吟，勉强回答："算是吧。"

"都醉了，两瓶啤酒就晕成这样，现在的小孩真的缺乏锻炼。"老板吐槽完后就把这三人交给他了。

原嘉铭出来只是想透口气却没想到给自己招了这么多麻烦。

他看向倒在桌上的三人，打算一个个解决。

拍了拍还有意识的尉杰，问出他家的地址后，原嘉铭叫了一辆出租车，把他丢了进去。

还有另外一个女孩，已经睡得死死。

原嘉铭拿起女孩放在桌上的电话，给她通讯录的"父亲"打了个电话。她爸说要让司机过来载她。

最后一个……他看向眯着眼睛嘴里嘟嘟囔囔的赵霓，她像是在说什么话。

他拍了拍她，叫："起来了。"

赵霓睁开眼睛，见是他，似乎翻了个白眼然后又要闭上眼睛。

原嘉铭："我给你妈打电话？"

赵霓反对，皱着眉头哼哼两声："别让她来，她不喜欢你……她会欺负你。"

原嘉铭一愣，忍不住笑："那你不回家了？"

回家？

赵霓并不想回家，因为舍不得眼前的原嘉铭。

喜欢就是这样。

就算你对自己说了一百遍的"放下""往前走""不回头"，再看到他时，还是会清晰地察觉到自己的那份喜欢似乎一点都没有淡下来。

清醒的时候总是将冒出来的一点苗头死命往下压，此刻微醺了，便有些不管不顾起来——

赵霓胸中堆了许多话想要对原嘉铭说，却不知从何说起。

最后她只吐出来一句："你瘦了。"

原嘉铭说："没有。"

赵霓咬牙："有。"像是在气他不顺着她的话说下去。

原嘉铭见她这副模样该是醉透了，也不再吭声，任由着她絮絮叨叨地说着话。她眯着眼，说出来的话大多都是不成句的，"难受""去死""讨厌"这种词语出现的频率很高。

原嘉铭听得有些困，但也觉得有趣，支着下巴，听着她的醉话。

现在就很好了——

夏夜的风很舒适，他的神经也跟着松了下来。

眼前的赵霓也很好，好到他不想送她回家了。

赵霓其实一直在骂他。

突然想起什么，她努力撑起身体，对他说："我最近老是做梦。不对，以前就一直在做了……"

原嘉铭看着她，似乎在等她继续说。

赵霓哼哼两声，把困扰她许久的那个噩梦完整地和他叙述了一遍。

原嘉铭盯着她看，不说话，只是在听。

醉后的赵霓话都说得断断续续的，他却努力听清楚了。

赵霓眼眶红红，鼻尖也是粉嫩的，水汪汪的眼神就落在他的脸上，她吸吸鼻子问："你说，这个梦会不会成真？"

原嘉铭垂眸看她："不会。"

赵霓摇头，缓缓说："可是……我真的已经不再追着你跑了，不再围着你转了，不再缠着你了。"

她抬起眸子看原嘉铭。

两人对视上，谁都没有移开，放纵一般。

他平时静得如同死水的眸子漾开一点波纹，她像是被那点晃动吸引住，一点点朝他靠近。

"嘀——"

一声鸣笛敲碎这般旖旎的气氛。

原嘉铭一愣，抬眼看过去，是秦湾湾的司机到了。

他起身去帮司机扶人。

期间，赵霓的眼神就一直黏在他身上。

好不容易将醉死的秦湾湾送上车，他回头，发现赵霓已经重新趴在桌上了。

4

赵霓醒来的时候头痛欲裂。

陈若玫听到她的动静后破门而入，指着她的脑门大骂："能耐，喝酒喝成那模样，我看你真是赚了几个钱就想飞了。"

赵霓捂着脑袋在床上"躺尸"。

她依稀记着昨晚原嘉铭的脸，记得她一点点朝他靠近，也知道自己当时的想法，她当时就是勇从心头起了，她就想亲他。

但是她记得没成功。

单单回忆起这些，就足够让她在床上发出懊悔的鬼叫了。

酒是毒，不能碰。

陈若玫以为她是疼的，赶紧去外面端了碗醒酒汤来。

赵霓边喝边看她妈，踟蹰半天，她问："我怎么回来的？"

陈若玫眉毛都竖起来了："还敢提？你还算聪明，爬都知道爬回来。"

赵霓一愣，问清楚之后才知道——

陈若玫等她等到半夜，听到门铃后去开门，就看到躺在地上醉得不

省人事的她了。

　　赵霓喝完醒酒汤后又躺回床上，费了许多力气才想起，是原嘉铭打出租车送她回来的。他让她坐在门口，按了门铃后就离开了。

　　黑色的背影消失在黑夜中，像是从未出现过。

　　她还想起他送走秦湾湾后在大排档对她说的话。

　　他对她说："赵霓，很难。"

　　什么很难？

　　他没说，但她也知道——

　　在一起很难。

　　他喜欢上她很难。

　　房间的窗帘没拉，赵霓突然觉得透进来的阳光有些刺眼。

　　她下床把窗帘拉上，擦了擦眼睛，指腹是湿的。

　　她想，如果她喝酒会断片就好了。

　　如果没想起那句话，她可能还能再喜欢他一会儿。

　　好了，她现在真的不会再追他了。

　　再见，原嘉铭。

Chapter 07
新的开始

1

原嘉铭从那夜之后就没再见过赵霓了。

时间过得很快,他的每一天都无趣且枯燥,总在固定的位置坐着,摸着熟悉的键盘和鼠标,吃没什么两样的外卖,和刘其源每天斗着差不多的嘴。

不过他口袋里的钱是越来越多了,在九月份的时候,他终于从刘其源的家里搬了出去——

他租的房子就在刘其源家附近,倒不是他离不开刘其源,而是刘其源求着他不让他走得太远,说是两个人住在一起方便照顾。

他和徐珠琳的关系也缓和不少。

徐珠琳总给他介绍了许多活,他在心里十分感激她,面上却依旧和她保持着距离。

就像刘其源说的那样,傻子都看得出来她对他有意思。

但他觉得也仅仅是"有意思"而已,不管是阅历还是财富,徐珠琳都比他丰富许多,他在她眼前几乎是个毛头小子,谁知道她对他的青睐中含着几分真情几分假意。

但他清楚自己对徐珠琳并没有一点意思。

在面对他时，徐珠琳从不明说自己的意思，似乎是对这种若即若离的关系感到满意，原嘉铭便也从没提过这件事，但他也在私底下注意着两人的距离。

还有一件事，徐珠琳那弟弟毕业后便摆脱了束缚，整日往刘其源的网吧里跑，刘其源见高考都已经结束了，便没再拦他。

来了几天之后，徐崇浩却不知为何突然转性，似乎是被原嘉铭影响了，来网吧不打游戏了，一屁股坐到原嘉铭身边说也要学代码。

原嘉铭一开始是不理徐崇浩的，但刘其源一直对他说徐崇浩是贵人姐姐的弟弟，话里话外都让他多帮扶着些。原嘉铭这才不情不愿地教了徐崇浩一点，教了两天便不耐烦地丢给徐崇浩两个教程，让徐崇浩学会了再来找他。

徐崇浩倒也安分，竟真努力学了几天，都学会了之后才来找原嘉铭。

就这样，原嘉铭又莫名其妙多了个对他万分崇拜的小弟。

虽然嘴上总是嫌弃面上态度也是淡淡，但因为这些与他有关系的人，他在这个城市渐渐有了归属感。

但他还是觉得缺了点东西，其实他甚至知道自己缺了什么，只是他不敢也没能力去找回来。

赵霓在九月去隔壁市上大学了。虽然两人从没联系过，但原嘉铭能看见她的朋友圈。

看她的朋友圈，他知道她住进了四人间的宿舍，知道九月份的太阳很晒，知道她军训了十四天拿了优秀学员奖，也知道她们学校东区食堂的菜很难吃，还有很多……

她发出的每一条朋友圈，他都会看上好几遍，却从不留下点赞或评论的痕迹。

还有……赵霓在上大学的第五个月交了一个男朋友。

她在朋友圈里发了一张官宣牵手照。

两人的手牵在一起。赵霓涂了红色的指甲油，男人的手比她大一些，包裹着她的。

原嘉铭盯着那张照片看了一晚。

第二天，原嘉铭依旧照常睡到正午，醒了洗漱，吃过早午饭后，才晃悠到刘其源的网吧。那天的工作效率很高，他听不到任何人的声音，只是一直在工作，到晚上十点的时候，他眼前的烟灰缸都塞满了烟头。

刘其源一下便觉得不对劲，问了却得不到任何回应。知道很难去撬开不想说话的原嘉铭的嘴，他便没白费劲，只是讪讪地去给原嘉铭倒了杯热水。

原嘉铭一直在网吧待到两点才回去，一到家就倒头大睡。

他一整天都没打开朋友圈，刻意去躲避那样的事实，却在梦里见到了赵霓——

梦见她牵着她的男友来到他的面前。

赵霓看起来很幸福，说想要得到他的祝福。

梦中的他笑了笑，盯着眼前笑盈盈的赵霓，极为刻薄地说了一句："凭什么？"

清晰地看到赵霓的笑容僵住，他的心脏又疼又痒。

他觉得自己该是疯了，怎么能说出这种话，可这又的确是他的真实想法。

赵霓握紧了男友的手，轻蔑的眼神落在原嘉铭的身上，她问："你凭什么？"

…………

原嘉铭半夜醒了，是咳醒的。他的喉咙很痒，咳了一会儿后甚至尝到一点血腥味。

他爬起来，接了一杯热水，喝完喉咙是舒服了一点，可他却一直失眠到天亮。

第二天，刘其源不知发什么疯，一大早就给他打了许多电话，还有徐珠琳也给他打了一通电话，他都没接。

到了网吧，他发现徐珠琳也在，才知道刘其源为什么发疯。

徐珠琳打算给他和徐崇浩办个公司。

徐崇浩之前高考落榜了。

家里人给他的选择是复读或者是出国留学，但他都不肯答应。在别人都已经在大学里待半年了，他却在家里当米虫，总是往网吧里跑找原嘉铭和刘其源玩。

徐珠琳捕捉到他对计算机的兴趣，随口提了句给他办个公司，岂料徐崇浩便上心了，整日都缠着家里人给他开公司。

徐珠琳考虑了几天，最后答应了。

徐崇浩年纪小容易一头热，但徐珠琳早就是个成熟的商人了。

她给徐崇浩开公司，是因为她的确是有往互联网这方面进军的打算。她早就做好了准备，现在便是最好的契机。

她拉原嘉铭进来合伙，也只是因为他正好出现而已——

恰好徐崇浩喜欢他，他也正好有这样的实力。

而且她的确对他有点意思。她是个商人，做的任何决定都是出于利益考量。

徐珠琳看向眼前的少年，抛下他想都不敢想的巨大诱饵。

可不出意外，原嘉铭想都不想就拒绝了，哑着嗓子说："我没钱。"

徐珠琳说："你技术入股，我合同都拟好了。我弟一直说想和你办公司。你不用出一分钱，我也没多给你一分钱，我只是觉得你这个人有前途，投资你而已。公司赚的钱也是我的，你就是换个地方做事而已，也可以说是，我雇你做事，或者说……你在给徐家打工。"

徐珠琳似乎怕他再拒绝她，说了许多话来解释。

刘其源在一边眼睛都大了，心中愤懑这天大的馅饼为什么不能落到他头上。

原嘉铭只是静静地看着她。良久之后，他说："我考虑一下。"

徐珠琳走后，刘其源问原嘉铭什么意向。

原嘉铭嗓子痒，不怎么想说话，刘其源这回却是等不住了，扯着嗓子，恨铁不成钢地骂他："你别再装清高了！人家对你多好，你这是千里马碰上伯乐了。别一直觉得你欠人家，你还没占上便宜呢，就在这里愧疚了？！

"别抓不住机会！这脸值几个钱？别以为自己多吃香哈！我看你就是自恋。"

原嘉铭的口罩遮了半张脸，只露出一双凌厉冷冽的眼睛。

他没说话，静静地看着刘其源，一点都不因为刘其源的数落而红眼。

刘其源见他这副要死不死的模样更是生气，脸都气红了，话也说得不利索了，咳了两声。

这时，一直坐着的原嘉铭起身了。

他朝茶水间走过去，回来的时候，他手上端了一杯水。

刘其源正准备去接。

原嘉铭却低头将自己的口罩扯下，将杯子里的水一饮而尽。

刘其源气得要跳脚，正打算发作的时候，原嘉铭抬眼看他，声音哑得厉害："知道了。"

刘其源一愣，觉得自己实在太卑微。可恨的是，原嘉铭的这三个字真的抚平了他的怒火。

原嘉铭又在椅子上坐下，刘其源气得踢了踢他的凳子腿："给我倒一杯。"

原嘉铭头都不扭一下："滚。"边说边翻开了合同。

刘其源见此便不敢再说些什么了。

…………

三天后，徐珠琳收到了原嘉铭的回复——

他答应了。

于是在所有同学都还在大学里哀怨着要上"早八"、军训辛苦的时候，成绩最差的徐崇浩有了自己的公司，还雇了自己十分崇拜的原嘉铭做他的职员。

2

公司成立伊始，一切都不成熟，但徐珠琳找了许多人帮他们，往徐崇浩的公司塞了很多优秀的人才，这都是她之前准备好的。

原嘉铭也很快熟悉了这种环境，只不过，他必须改掉一些习惯——譬如他不能每天都睡到正午才起床。

还有，办公室里是不允许抽烟的，他每次犯瘾的时候都需要灰溜溜地走到楼梯间里抽。

公司很大，和他想象中的不大一样。徐珠琳招了很多像他这样的人，他们年轻又优秀。

除了和老板更熟一点以外，原嘉铭和普通职员没有任何差别。

不过正是因为这样，他才觉得好受许多。

他埋头工作，却也在忙碌的工作中养成了另外一个习惯。

每天在睡前都要点进赵霓的朋友圈看一看，看她是怎么谈恋爱的。

他也不知自己是不是受虐狂，明明知道自己会伤心，却还是忍不住去看，总是让自己陷入苦涩的情绪中。

他其实不后悔对赵霓说出那句话。

他对她说："赵霓，很难。"

他们很难。难在他有自尊心，难在他渴望自由，难在他不肯承认自己愿意为了赵霓而绑住翅膀。

他作出了选择，牺牲了自己伤害了她，因此也甘愿承受这般焦灼的苦痛。

可他觉得他的人生本该就是这样，凄厉坎坷，不该被那些柔软的情愫眷顾。

他把这些事想得透彻明白，却还是下意识地去渴望那些不属于他的东西。

可是有些东西抓不住就是抓不住。

3

今年春节，原嘉铭回去待了两天，还把积蓄中的大部分钱都给了父母。父母很欣慰，一开始怎么都不肯拿，却也深谙儿子的性格，推了一番最后还是收下了。

原嘉铭他爸之前在单位工作，为了原嘉铭的爷爷，将自己的积蓄花光，不久之后自己又生了一场大病，这两年都在家里休息。他妈平时跟着村里的姐妹一起去镇上的鞋厂做工，一个月赚不来几千块，平时就拿来吃穿用度，给原嘉铭他爸买点药吃，日子过得紧巴巴的。

他们经常念着远在垣州的儿子，却知道原嘉铭性子冷淡，平时也不敢多打扰他，只是在逢年过节的时候给他打一个电话问候问候，说不上两句话就又匆匆挂掉。

他们家的相处方式就是这样的。

在外人看来，他们一家人疏远淡漠，可这样的相处却令他们感到舒服。

年夜饭桌上，原嘉铭他爸问原嘉铭在赵家过得怎么样。

原嘉铭喝了点酒，脸都烫起来，耳边也在"嗡嗡"发响："挺好的。"

他爸喝得高了，话也比平时多上许多："赵叔叔说你一声不吭就搬出去了，是怎么回事？"

他妈在一旁听得脸色一僵。夫妻二人很早就知道这事了，但都说好了不在原嘉铭面前提起。

丈夫就是一下子喝高了，口无遮拦全问出来了。

她推了推丈夫的手臂，急忙去看原嘉铭的脸色，发现他只是怔怔地发呆，似乎没听进去，这才松了口气。

她急忙给父子二人又添了汤，又瞪了一眼自己的丈夫，这才把这"风波"掩盖下去。

原嘉铭听见了，但他装作没听见。

他并不想回答这个问题，真话假话他都不想说。但被他爸这么一问，那些苦又涩的回忆又顷刻浮现，他怎么都甩不掉脑海中赵霓的那张脸。

吃过饭后，他回到自己的房间里休息。床是他从小睡到大的，坚硬又窄小，对他来说却是最舒适熟悉的。前几日，他屋里那张床的一个脚被白蚁吃空，他去家居市场买了一张相对来说较贵的床。

可在那软床上的第一晚，他却怎么都睡不着。

想到这里，他再次觉得自己似乎天生就是卑微的，最近总是有这种堕落的想法，尤其是在他一个人处在昏暗寂静的环境中时，寂寞几乎要将他吞噬。

喝了酒之后，头很昏，他却睡不着，闭了眼想逼迫着自己入睡，可下一秒，外面的世界突然开始吵闹起来——

窗外像黑幕布的天空突然被千万朵绚丽的烟花照亮。

烟花和鞭炮爆炸的声音不绝于耳，他被吵得更是难以入睡，索性起身，坐在床边，欣赏着窗外的景色。

他盯着天空，莫名觉得奇怪——

刚才嫌那烟花吵，此刻却希望这份热闹能再延续得久一点。

三十分钟后，世界又重归安静。

他鬼使神差地拿起手机对着窗外的天空拍了一张照片，甚至还反常地发了一条朋友圈。

文字是：新年快乐。

配图是刚才拍的这张照片。

他一把这朋友圈发出来，就收到了很多人的问候。

刘其源问：被盗号了？

徐崇浩评论：小原哥拍得好啊，新年快乐！

徐珠琳：照片里的玻璃上有你的脸呢。

还有一些同事，都在下面和他拜年。

原嘉铭看着顶部的小红点，总觉得碍眼，捏了捏眉间后，他放下手机睡了。

远在垣州的赵霓也刷到了这条朋友圈，起初她以为自己是看错了，确定是原嘉铭的动态后，她便盯着这条动态看了好几秒。

点开照片，看见天空中的烟花，接着又捕捉到窗户玻璃上原嘉铭的影子——

黑黢黢一团，看不清楚五官，却还是能大概辨出他的外形。他好像剪头发了，以前偏长几乎要遮住眉眼的头发此刻只是微微盖住额头，耳朵和脖颈的轮廓清晰，看起来干练许多。

但那从骨子里透出来的颓丧阴冷却一点都没改变。

他看起来是比以前过得好些了。

赵霓也不知自己是该开心还是要难过，她纠结了一阵，最后决定不管了，她根本就不需要去思考是该开心还是难过。

她已经不追着他跑了，已经将他的影子从自己的生活中抹去了。

他过得好不好，都与她没有关系。

她从那天之后就决定开始新的生活。

上了大学后，她努力去挖掘自己喜欢的事物，用爱好和社交填满自己的空闲生活，她变得更加优秀也更加快乐。她几乎不去想原嘉铭，也让自己没有时间再想起他。

不过，前段时间，她承认他在她脑中出现的频率是有些过高了。大学里出现了一个追求她的男生，她不免需要将他和原嘉铭做对比。

那男生叫作薛兆，是她在电影协会认识的一个学长。薛兆对她很好，每次电影协会有活动，他都会过来照顾她。他平时话不多，戴一副黑框眼镜，五官清秀。听说他在他们班级也算吃香，却不爱和女生打交道。

她舍友告诉她，这是薛兆洁身自好。

她敷衍回应。

一开始她是没有谈恋爱的心思的，后来却被舍友在耳边吹了许久的风，加上那段时间原嘉铭在她脑中出现的频率实在是太高，她不愿意再这样被困在过去中，最后她脑子一热，答应了薛兆的追求。

但她跟他说得清楚，她只是试试接受他，并不确定自己会像他喜欢她那样喜欢他。

薛兆很体贴地答应下来。

在一起快两个月了，薛兆对她的确很好，温柔和煦的模样像是一阵春风。她也尝试着去付出等价的爱。

两人没吵过架，也越来越默契。但似乎也仅此而已，她很清楚，自己对薛兆的情感并不深。

他们只是情侣，心却不是很近。但她依旧庆幸，自己终于碰上了一个喜欢自己的人。

她在那片叫作"喜欢别人"的海里漂荡许久，终于登上了"被人喜欢"的这一只小船。

虽然此刻的自己不像当时那般炽烈生动了，但她满足于现在的状态，或许她便适合这种平淡柔和的感情。

过去那种像是炮仗一样的爱情，她已经不敢再去碰了。

可她却没想到，这段平静柔和的恋情之后也会在她的生活中掀起惊

涛骇浪。

4

大年初一的时候，赵霓收到薛兆的短信，他说他今天会来垣州，问赵霓有没有空陪他逛逛。赵霓作为女朋友，自然是答应下来。

赵霓出门的时候，陈若玫问她出去干吗，她随口说道："大学同学来找我玩，我陪他逛逛。"

陈若玫没再多说什么——赵霓上了个大学后状态明显好了许多，她也连带着对她的大学同学们存了好印象。

不过，赵霓下午回来的时候脸色并不好看，唇色发白，头发也有点乱。见到在客厅中忙碌的陈若玫，她只是打了声招呼之后便将自己关到房间里。

陈若玫在客厅里喊她出来吃晚饭，叫了半天，赵霓在屋里应了一句"不想吃"后便没再说话了。

陈若玫不知道女儿又怎么了，赵伟华随口说："可能是跟朋友吵架了？别烦她了。"

陈若玫这才没说话。

第二天，赵霓又在一大早准备出门。

陈若玫问她去哪儿。

赵霓说："随便走走。"

陈若玫："跟昨天朋友？"

赵霓脸色一僵，迅速摇头："不是。"

陈若玫还想说话，却被赵伟华抓住手腕，她便没再说话，只是看着赵霓有些反常的背影皱了眉。

赵霓一大早是要去医院的，走到半路才想起医院今天并不上班，于是她便怔怔站停在路边。

想了片刻，她干脆坐在公园的椅子上。

正值春节，公园里的树上都挂上了大大小小的红灯笼，路边的广播里也播放着振奋人心的迎春歌曲，年迈的爷爷奶奶在健身区锻炼着，还有不大的孩子到处乱窜着，好不热闹。

赵霓特地选了一个远一点的位置，这里安静。

她躲在一大堆草丛中，像是被世界抛弃了。

不知不觉，她莫名开始落泪，滚过的痕迹一下就变得冰冷。她伸手去擦自己的眼泪，抬起手臂的时候，衣服往下缩，露出手腕处的青紫瘀痕。

这是昨天薛兆掐的。

昨天和薛兆不欢而散之后，她只以为是自己遇人不淑，但事情好像并不是这么简单——

她在房里懊悔了一晚上，迷迷糊糊睡着后却又做了那个她做了许多遍的梦。

梦里，她被心理变态的男生缠上，男生伪善的外表下是可怕的善妒邪恶。

昨晚那个梦不同于往日的是——

她在梦中看清了男生的样子，那分明就是薛兆的脸。

他在梦中纠缠她时那张狰狞的脸和昨天用力掐着她手腕时的脸一模一样。

她在梦中都几乎要喘不过气来，求他放过她，再三声明她没有背叛他，男人这才放过她。见到她一脸恐惧后怕，男人又突然卑微地请求她的原谅。她不敢再反抗，一点都不敢激怒他。

之后的一切都跟之前梦见的一样——她被折磨了许久，最绝望的时候是原嘉铭帮她摆平了薛兆。她和薛兆分开不久之后，身体很是不适，去了医院，检查出肠胃出了很大的问题。

梦做到这里，她就醒了。

可今天的她已经无法将那个梦仅仅当作是个梦了，她回忆起过去，惊讶地发现她的现实生活正在和那个梦渐渐重叠起来——

她的确没再追着原嘉铭跑了，也交了个男朋友，并且……经过昨天发生的那些事，她惊觉薛兆的确是一个精神不够稳定的人。

回忆起他暴怒的脸色，手腕处也开始隐隐发疼，她突然开始发抖。

今天早上她便整理好了想法，她不知自己为什么会像是被牵引着一样踏着那虚妄的梦境的轨迹一点点前进。但这做过好几遍的梦可能就是给她的提醒，她既然知道之后会发生什么，那么她是可以未雨绸缪做好准备的。

第一步自然是先去考虑自己的身体，担心自己这种缥缈毫无依据的预测会让自己的家人担心，所以她打算自己一人前去医院做个检查。可此刻她却坐在公园的椅子上出神发呆。

她清晰地意识到，自己并没有想象中那般坚强理智，至少理智的人是不会打算在正月初二的早晨去医院挂号的。她懊恼又恐惧，眼泪又不自觉地簌簌落下。

突然，放在口袋中的手机疯狂地响动起来。

她身体一僵，打开一看，是个陌生号码。

她狐疑地接通，下意识地没有说话。果然，听筒里传来令她毛骨悚然的声音，是薛兆。

"赵霓，为什么把我拉黑了？"

赵霓抓着手机的手收紧了，心脏"扑通扑通"跳得厉害，声音也在颤抖："我昨天已经说了，我们分手。"

薛兆声音一顿，突然在那一头大喊大叫起来："你凭什么跟我提分手？不是你自己看别的男生的照片吗？你怎么敢和我提分手？"

赵霓咬牙："你打我，你是疯子！"

薛兆说："我疯了？是你先看别的男人的！你现在在哪里？我过去找你。"

赵霓一下挂了电话，将这个新的号码也拉黑了。

世界终于安静了一些，她的心脏却依旧跳得厉害，恐惧将她包裹住，她又簌簌往下掉眼泪。

不知在原地坐了多久，刚才在公园里运动的人都渐渐散去了，她接到她妈的电话。

陈若玫说："你有个大学同学来家里了，你在哪里，还不赶紧回来招待人家？"

赵霓听见自己颤抖的声音："谁？"

陈若玫说："好像是叫薛什么的。"

赵霓呼吸都滞住，下一秒，听见薛兆模糊的声音："阿姨，我叫薛兆。"

陈若玫："哦，对对，叫薛兆。"

赵霓："他怎么知道我们家在哪里？"

陈若玫狐疑："我怎么知道。你出去这么久是去哪里啊？赶紧回来吃午饭。"

赵霓一言不发挂了电话。

这厢，赵伟华刚好也接了电话，是原嘉铭他爸打来的。

原嘉铭他爸说是专门跑到垣州来给赵伟华拜年。

赵伟华一下着急了："你这身体怎么还跑那么远过来啊？"

原爸爸笑："不远，动车很快就到了。我得亲自过去感谢你之前照顾我儿子啊。"

赵伟华从沙发上站起来，说："你们在哪儿，我过去接你们吧？"

说完，便听到原嘉铭的声音："叔叔不用麻烦了，我们打车过去，就要到楼下了。"

5

原嘉铭的确没想过再来打扰赵霓，只是当他爸说要来垣州找赵伟华的时候，他却不知为什么没反对，甚至主动说要带他们去。

可越靠近赵家，原嘉铭便越紧张。看着周围熟悉的风景，他的心跳在不自觉加快起来。

终于，出租车停下，他们一家三口下车。

原嘉铭最后一个下车，刚关上车门，抬眼便看到站在不远处死死盯着他看的赵霓。

他一愣，不知自己是算运气好还是差。

来之前，他就想过，赵霓可能为了躲他，故意往外面跑。而且今天还是大年初二，她那么多朋友，大概率是不会乖乖待在家里的。所以他猜他是没办法见到赵霓的，却没想到这么一抬头就看到了自己想见的人。

赵霓似乎也没想到会在这里看到他，怔了片刻后，她率先移开眼神，看到他身边的长辈。

原嘉铭和他们长得像，她一下就知道他们是原嘉铭的父母，也很快就反应过来他们一家三口是来拜年的。

于是她整理了自己的表情，不动声色地上前问好，自我介绍自己是赵伟华的女儿，说着便要带他们上楼。她从头到尾都没跟原嘉铭说过一句话，只是瞥了他一眼。

原嘉铭的父母见赵霓漂亮又有礼貌，跟在她身后连连夸赞。

赵霓笑吟吟地应下来。

原嘉铭什么都没说，只是抓紧了手上的那些年货，他盯着赵霓的背影看，眼里的神色慢慢黯淡下来。

他看得出来她刚才哭过了。

赵伟华早在门口等着他们一家了，见赵霓回来了，笑着说："真巧，这是你原叔叔，问好了没？"

赵霓还没说话，原嘉铭的父母便开始夸她懂事漂亮。

赵伟华这才满意，对赵霓说："你同学来家里，怎么都不说一声，赶紧进去招待人家。"

原嘉铭盯着赵霓看，捕捉到她眼底划过的那一丝僵硬和不自然，他皱了眉。

赵霓低头说好。

几人一起进屋。

原嘉铭一眼就看到了走在沙发上的薛兆，很巧，薛兆也抬眼看他。

两人的眼神对上，不知为何，他们都感觉到对方的敌意，空气中多了丝丝剑拔弩张的味道。

薛兆挪开眼神，看着站在原嘉铭身后的赵霓，他笑着问："去哪里了？怎么才来？"

赵霓一愣，听到他这虚伪的问好，仿佛昨天掐着她歇斯底里辱骂质问她的人不是他。

她开始害怕，不自觉地往原嘉铭身后侧了侧身体。可就是这样无意识的动作，让薛兆和原嘉铭都察觉到了异样。

其实赵霓刚才在回来的路上就想好了，她要当着父母的面质问薛兆到底想要做什么的，但原嘉铭一家的到来打破了她的计划。

他们家欢欢喜喜过来拜年，她不想让他们也搅和到这场风波中。

还有，她的自尊心莫名作祟，她最不想让原嘉铭知道她遇人不淑。

说起来有些幼稚，但她早就对自己说过无数遍了，她要让原嘉铭知道，离开了他，她比以前好上千倍百倍。

薛兆见赵霓不回答，扶了扶眼镜，又说："刚才给你打电话也不接。"

赵霓这才意识自己正躲在原嘉铭的背后，她深呼吸，从原嘉铭身后站了出来。她看着薛兆，撒谎道："手机没电，关机了。"说着便坐下。

原嘉铭一家也被赵伟华招呼着坐下。

桌上，原嘉铭一家自然才是主角，赵伟华热情地招待着他们，陈若玫也笑着亲切，拉着原嘉铭的母亲聊天。

三个小辈沉默着。

原嘉铭拿着橘子在手里玩，薛兆盯着赵霓看。

赵霓此刻的神经紧绷着，担心薛兆做些可怕的事，可她又忍不住将余光往原嘉铭身上瞟。

薛兆将赵霓的反常看在眼里，想起昨日惹得两人起争执的那张照片。

不自觉地，他将那张照片里的身影和原嘉铭做起比对，渐渐地，他确信了原嘉铭就是照片的主人。坐在他对面的人原来就是让他嫉妒发疯的男人。

他心中波涛汹涌，面上却不动声色。

他知道在什么场合应该做什么事。

他不是疯子，只是占有欲和嫉妒心很强，认为赵霓是他女友，就不该背叛他。而且，昨天的赵霓一点反思意识都没有，坚持说他在胡思乱想，这才惹得他控制不住自己对她发了火。

薛兆一直都知道自己的形象，是温润斯文和善的，但这不代表他能忍受背叛，他不可能让人欺负到他的头上。

三人之间的气氛一直很古怪，陈若玫也看出来了。她走到赵霓身边："要不你跟你同学出去玩，家里来长辈了，我看你们也不自在。"

薛兆自然同意。

赵霓下意识地看了一眼原嘉铭，却不料对上他的眼神，心脏猛地一跳，大脑乱得不行，她慌不择路地答应下来："好。"

于是，薛兆和赵霓离开了。

原嘉铭在位置上坐了一会儿，突然也起身，说要去买点水。

出了门，准备下楼了，他却硬生生止住脚步——他意识到自己想要追上去偷窥二人的想法。

不合适，怎么想都不合适。

他看出刚才那人就是赵霓的男朋友了，那张两人的牵手官宣照他看了几百遍，怎么可能认不出薛兆的手。

他摸了摸自己的脸，叹了口气，站在栏杆处，从口袋里拿出烟，点燃，猩红渐渐吞噬烟草。

不知为何，他的脑中却都是刚才赵霓哭得有些红肿的眼睛，还有她躲在他身后的举动。

他皱着眉慢慢抽了一口。

倏然，他的眼神定住，在袅袅升起的烟雾中，他看到就在楼下那棵大榕树下的二人——

女孩身形小巧，比女孩高上许多的男人此刻正紧紧握着女孩的肩膀，神情阴鸷，对着女孩歇斯底里地说些什么。

赵霓抖着肩膀在哭。

原嘉铭心脏一缩，随手将还没抽完的烟摁在墙上，骂了一句之后就快速往楼下跑。

赵霓感到莫大的恐惧，并不仅仅是因为眼前薛兆歇斯底里的模样很可怕，她还发现此刻眼前的场景几乎和她梦中的一样。

薛兆掐着她肩膀，发了疯一样地质疑她是不是喜欢原嘉铭："你昨晚看的那张照片就是刚才那个男的吧！"

赵霓的眼泪因为恐惧而汩汩涌出。

她盯着眼前疯狂的男人，莫名地，他气得青筋毕露的模样在她看来是有些可笑。她又体会到一种前所未有的底气。

此刻的她终于知道了自己似乎预测了未来的一切。

至少，她是会摆脱薛兆的。

他再想控制她，最后都是会被她摆脱的。

这么想着，她竟生出一种无畏之心。

但当原嘉铭出现在她眼前的时候，她的心脏还是猛地颤了颤，眼泪又像是控制不住一般，簌簌落下。

原嘉铭总是没有任何情绪的脸上此刻被愤怒和狠戾占满。

赵霓看着他用力扯开薛兆，薛兆慌了，还来不及收起那凶狠疯狂的表情，脸上就挨了原嘉铭的一拳。

她也因此逃脱开薛兆的桎梏。

之后的一切发生得太快，她因恐惧而挪不开腿，还没反应过来，两人便厮打在一起。

两人的身形看起来差不多，薛兆甚至壮一些，但原嘉铭打得狠些。薛兆被揍得节节败退，眼镜被甩落到地上。

原嘉铭一脚踩上去，镜片碎了，薛兆也慌神了，急忙退开。

薛兆一扫之前的儒雅温润，对着原嘉铭破口大骂："你是不是有病？"

原嘉铭没理他，从口袋里掏出纸巾，转头递给赵霓。

赵霓没接，他盯着她哭得湿润的脸看了一会儿，伸了手打算帮她擦眼泪，却被赵霓别过脸躲了过去。

薛兆更加生气："她是我女朋友！"

原嘉铭当没听见，只是盯着赵霓看。

他的表情不好看，眼底翻腾着复杂的情绪，嘴角也肿了些，样子看起来狼狈，气质却依旧冷淡镇定。

赵霓的眼泪顺着脸庞落下来，她强撑着和他对视了几秒，最终败下阵来，伸手拿过他手里的纸，低头擦眼泪。

薛兆见此气急败坏："赵霓，你还说你跟他没关系！"

赵霓和原嘉铭都觉得薛兆不可理喻，并不想理睬他。

见赵霓乖乖擦眼泪了，原嘉铭这才扭头看一脸窘态的薛兆，他皱眉："我和赵霓的确没关系。"

薛兆不相信："你们都这样亲密了，还没关系？赵霓我告诉你，你背叛了我，我不会放过你的。"

原嘉铭将赵霓挡在身后,问:"你要怎么不放过她?你在这里等一会儿,我把赵叔叔喊下来,看看是谁不放过谁。"

赵霓头都没抬,将手里的纸揉成团。

薛兆问她:"赵霓,你真的对不起我了?"

她终于抬头,掀起眼帘看他。

薛兆一愣——

此刻赵霓已经一扫刚才那副脆弱恐惧的神色了,她的眼中是坚韧和镇定。

赵霓透过原嘉铭看过去,眼前的薛兆早就不是她认识的那个人了,或者说,她从来就没看清过薛兆是一个怎么样的人。但她一点都不恐惧了,她知道他很快就会从她的生活中消失,只是……帮她的那个人是她最不想求助的人。

她深呼吸,一字一句清楚地说道:"我没对不起你,我和他没什么关系。但我们已经分手了,请你别再像个变态一样骚扰我。我跟你分手,是因为我不喜欢你。还有,你有病,最好去看看医生。"

原嘉铭神色微凛,赵霓比他想象中更加冷静,说的这番话也出乎他的意料。

她成长得很快,已经不像以前那般。

他不仅体会到欣慰的情绪,还有些莫名的低落。

薛兆被骂得脸都红了:"你不喜欢我,你喜欢他吗?"

两位当事人的心脏都猛地一颤。

赵霓开口:"我能跟你在一起,已经说明我心里没有任何人了。"

薛兆笑了一声。

原嘉铭什么话都没说,只是那双盯着薛兆的眸子几不可见地闪了一下。

薛兆走了。

但赵霓知道他不会就这样放开自己，她依旧需要紧绷着神经。但她也知道薛兆不会将事情闹大，薛兆很好面子，再生气都会在外人面前忍住，他不敢对自己再做出什么出格的行为。

解决了一个，还有一个。

赵霓看向原嘉铭的背影，眼眶又开始莫名泛酸，她强忍住。

原嘉铭转身，向她投来眼神。

赵霓撇开目光，那句在嘴边的"好久不见"被她咽下，她低头将那张被泪水浸湿的纸巾扯了扯。

原嘉铭看在眼里。

这是毫无意义的一个动作，只是代表她在逃避他而已。

他心中泛起苦涩，嘴都张不开了。他抿抿唇，被打肿的唇角隐隐作痛着，于是伸手摸了摸伤口，指腹沾上血色。

赵霓说话了："怎么不擦？"

原嘉铭低头从口袋中拿出纸巾，很听话地擦了擦。

赵霓看他一眼，陡然意识到两人此刻的窘迫其实不相上下。

一个觉得眼睛肿肿，一个被打得挂了彩。都不适合回到家里去面对长辈的审视。

于是关系有些别扭的两人还是决定躲一躲。

一起躲一躲。

赵霓倒无所谓，她可以接受两人单独坐一会儿，原嘉铭看起来也不是很在意，于是两人找了一家咖啡馆。

咖啡馆很安静，两人更是安静。

赵霓给陈若玫发了个短信，说自己晚点回去。

陈若玫问她碰见原嘉铭没有。

赵霓抬眼看了对面那人一眼，他正低头摆弄着手机，看起来似乎也很专注。她再次垂下眸子，回复：没碰见。

陈若玫过了一会儿，说：早点回来。

时间一点点过去，两人还是都没说话。

他们之间似乎绷着一根弦，两人却都不动弹，任由着气氛继续诡异下去。

赵霓拿着冰镇的饮料冻了冻自己的眼皮，确保自己眼睛消肿之后，就准备离开。刚才她约了秦湾湾出来玩，秦湾湾现在已经在附近了。

起身的时候，原嘉铭抬眼看她。

赵霓动作顿住，低头看他。

原嘉铭盯着她看了几秒，启唇说："新年快乐。"

赵霓像是被针扎了一下："新年快乐。"

Chapter 08
尘埃落定

1

秦湾湾一眼就看出赵霓哭了。

问清楚发生了什么事之后，她义愤填膺地问薛兆现在在哪里，边问边要打电话给尉杰，说要让尉杰狠狠揍薛兆一顿。

赵霓看着眼前秦湾湾这副模样，想哭又想笑，慌忙按住秦湾湾，说："他已经被人揍过一顿了。"

秦湾湾问："谁？"

赵霓突然不想说出原嘉铭的名字，敷衍道："正义的路人。"

秦湾湾问赵霓肩膀疼不疼，确认赵霓没什么大碍之后，她又说："要不要我找小徒弟帮你算一卦？"

秦湾湾现在跟那个小徒弟已经很熟了，平时有事没事就发个几百给他，让他帮忙算算卦。有了小徒弟的指点，她竟真觉得事情顺利许多，生活也像有了明灯，她在大学里也过得游刃有余。

赵霓说不用麻烦，自己心中已经有谱了。

秦湾湾看着眼前面容苦涩的赵霓，心口突然泛酸。

她这朋友运气实在是太差，前段时间围着一个男生转，男生不告而别后，又撞见个这么个心理变态男。

她提议："过段时间我们去山上烧香吧？"

受父母影响，秦湾湾对求神问佛这事也越来越热衷，之前甚至说要去哪座山上休养一段时间。

赵霓本是不信这些怪力乱神的东西的，可如今遭遇了这样的事，她也不自觉对神佛多了许多敬重。她在如今的情况下只能寄希望于一些神佛了，于是答应下来。

秦湾湾惊喜极了，说："择日不如撞日，就明天好吗？我明天正好要去一趟。"

赵霓随口问："你去干吗？"

秦湾湾回答："傅之铭让我每个月都去找他，他正好就住在附近。"

赵霓继续问："傅之铭是谁？"

秦湾湾看她一眼："我没跟你说过吗？那个小徒弟啊，就是当初我们拿字条去测匹配度的那个。"

"你跟他这么熟了？"

"也不算熟吧，但那之后我们一直都有联系，他时不时会来给我一些人生上的指导。他虽然看起来不靠谱，但是算卦什么的还是挺准的。托他的福，我过得还算顺利。"

赵霓没再说话，只是陷入回忆中，她又想起那时的自己软硬兼施都拿不到原嘉铭一个签名的事。虽然最后她拿到了，但结局依旧惨淡。她和原嘉铭就是没有缘分，友好匹配度为零。

秦湾湾见她出神，问她怎么了。

赵霓说："想起那时候跟在他屁股后求签名的事了。"

秦湾湾担心她伤心，赶紧出声安慰："哎，但是我觉得傅之铭那个匹配度是胡乱算的，他当时说我和班长的匹配度是一百，我高考结束后向班长告白失败了，他又说他当时算错了……这种事哪有算错的。"

赵霓又想起那时候原嘉铭不肯给她签名的事，兜兜转转到最后，她虽然如愿拿到了他的签名，但结局却是一片疮痍。

赵霓哑着嗓子说："我觉得他算得挺准的，我和原嘉铭的友好匹配度就是为零。"

秦湾湾知道她现在情绪不好，便也没有多说什么："我们明天去烧香，问问真正的菩萨，不怕，你之后的日子一定会顺遂。"

赵霓看秦湾湾一脸信誓旦旦的模样，心头的乌云似乎被拨开了一点。

幸好她还有这样的朋友，无条件站在她身后支持她的朋友，所以即使她心里没谱，她还是望着秦湾湾，温柔地点了点头。可胃里突然又是一阵不适，她脸色一僵，压抑下喉咙处的不适后，她说："那明天见。"

秦湾湾没发现她的异样，笑着说好。

第二日，赵霓见到了傅之铭。

高中时候听秦湾湾对他的描述，赵霓总觉他是个光头、中等个头的男人，却没想到他不仅生得高，样貌也很不错。他年纪不大，皮肤白，剑眉星目的，头发很多，也不穿布衣，只是穿一身低调的素衣。

要是将他放在她们大学城中，都是会让路人多看两眼的水平。

不过傅之铭的确一副老神在在的模样，见到赵霓的第一眼，就高深莫测地眯起眼睛，问："你应该就是赵霓吧？秦小姐之前让我算过你和原嘉铭的匹配度的那位。"

他这话一说出来，在场的其他二人都愣住了。

赵霓其实没什么感觉，秦湾湾的反应却比她大多了。

秦湾湾瞪着傅之铭，咬牙切齿地说："闭嘴。"

傅之铭脑子转得快，看一眼赵霓就知道此刻的她并不顺利，又看到秦湾湾一脸着急慌，一下就知道自己的话应该踩到了赵霓的尾巴。

　　不过眼前的赵霓听到这样的话却没有作出什么大反应，像是已经释怀了。

　　她被笼罩在一股厚重的悲伤中，他这么一句话是无法伤害她的，于是他并没有着急地收回或者补救，甚至镇定地说："我当时就说你们俩不配，如今果然应验了。"

　　他其实是在胡说，那时候是在胡说，如今更是在胡说。

　　不过他在江湖上行走这么久，如果连装模作样这种小事都做不好，是要被他师父骂的。

　　他根本就不会算什么友好匹配度，当时只是为了糊弄秦湾湾，让他看起来更可信，才骗她拿来了对方的签名。其实她要是空手而来，他也会说秦湾湾和谁谁是天生一对，因为只有哄好了顾客，她才会心甘情愿给你钱。至于赵霓和那位"原嘉铭"则是他通过套话得出两人的关系已经破碎，这才说了两人不合适的话。最后，秦湾湾果然满意，大方地给了他一千。

　　但他也不觉得自己在做什么伤天害理的事，缘是老天爷做主的事，他只是顺水推舟，根据顾客的意思去说她想听的话。最后两人到底能不能成，绝不会因为他那些毫无依据的匹配度而改变。

　　秦湾湾听他这么说，眉毛扬得更高了："谁让你在这时候说这些了？"

　　傅之铭一点都不怵："我说的都是实话，赵小姐自己都释然了，你生什么气呢？"

　　秦湾湾回呛："你懂什么啊！我想说就说，由得到你来管我了？"

　　傅之铭扯扯嘴角："看你这火气，建议你在山上多待几天。"

秦湾湾骂他有病。

傅之铭淡然地笑了笑，一副置身事外的模样。

赵霓看着眼前两人的互动，突然觉得不大对劲。

秦湾湾说两人不熟，但她怎么看都觉得两人关系不错。秦湾湾只有在不熟人的面前才是一副端庄大小姐的模样。在熟人的面前，她就会变得娇气蛮横，像此刻这般和对方顶嘴。

她看向傅之铭，捕捉到他望向秦湾湾的眼神，虽在伪装，但她还是从中看出了温柔的情愫。

赵霓陡然明白了些什么，也忍不住露出点笑容。

秦湾湾虽然看起来精明，但在情爱方面很是笨拙。高中时总追在她那班长身后跑，毕业告白被拒绝之后便说自己对男人大失所望，宁愿单身一辈子也不愿再被伤害。

虽然赵霓在恋爱上栽了好几个跟头，没有什么资格去引导秦湾湾，但在她心中，秦湾湾比她幸运，比她更值得温暖健康的关系。她希望自己的朋友能够拥有一段美好的恋爱关系。

目前看来，眼前这位是一个不错的选择。

但赵霓也不知道秦湾湾什么时候才会发现身边人的存在。

于是，她看向傅之铭的眼神中多了几分怜悯。

之后三人一起上山，赵霓问了秦湾湾才知道，傅之铭是看风水的，精通易经八卦之人。

他建议秦湾湾每月来山上也只是为了让她定时过来吃吃素饭，清理思绪，修养心性。

对于秦湾湾每月定时来山上的行为，秦湾湾的父母举双手赞同。

那风水师傅在生意上给予他们诸多帮助，对于风水师傅徒弟的话，二人自然也是奉为圭臬。

于是秦湾湾每个月一到时间，就会被父母催着来山上待上两天。

傅之铭正好住在附近，于是两人每个月都会见上一面，他们年纪相仿，性格也同样跳脱，一下就能够玩到一起去。他们自认识便开始打打闹闹，好一段时间了，关系也越来越亲密。

三人在路上聊了许多。秦湾湾话多，见赵霓不开心，变着法子逗她说话。傅之铭则是喜欢冷不丁地冒出几句点评的话让秦湾湾气得面红耳赤。赵霓见此也觉得有趣，两人的确是一对活宝，看起来竟十分般配。

秦湾湾善良却有些愚钝，傅之铭看起来精明深不可测，可他对秦湾湾的心思却也如同明镜般清晰。

赵霓见二人你来我往地打闹，阴郁的心情竟也轻松不少。

秦湾湾对上山的路很是熟悉，拉着赵霓左拐右转，很顺利地到了寺庙。

赵霓看着眼前的寺庙，觉得这山上的寺庙和城市里的的确不一样。城市的寺庙恢宏壮丽，被修缮过数次，香火也十分旺盛，无论何时经过寺庙，都能看见寺庙内里人头攒动，香烟袅袅。

这山上的寺庙装饰较为朴素，也什么人，坐落在深山中，空气清新，环境安静，屏息只能听见树林中的虫鸣鸟叫。

秦湾湾带着她走进去。

赵霓注意到石板路上很是干净，没有垃圾或者是枯叶，这里十分干净，连吹过的风都令人沁人心脾。寺庙里没什么人，偶尔经过的香客都是低着头谦卑着走路，一言不发，很是端庄沉稳。

赵霓也被这样的气氛影响得镇静下来。

傅之铭有事，跟秦湾湾交代了几句便离开了。

于是只剩两人在寺庙里，秦湾湾带着她到每个地方都拜了拜。赵霓求了又求，但要的始终都只是"身体健康"。

不过跟着秦湾湾在寺庙里逛了几圈之后，她那本来跌宕不安的情绪已然平静下来，似乎是因为心理压力变小了，她的身体也变得舒服许多。

日头渐渐西下，两人准备下山了，却在出门的时候碰到和秦湾湾相熟的一个住持。

住持年纪不小了，眉眼却十分清朗。

住持和秦湾湾打了招呼之后便要离开，却注意到赵霓落在他身上的眼神，他脚步一顿，盯着赵霓看了一会儿。

赵霓和秦湾湾都有些愣。

赵霓盯着住持的眼睛看，胸口突然涌起波涛，刚想说话，住持却率先说话。

"施主放心，最后皆会圆满。"

住持脸上并没有笑容，可仅仅是这句无头无脑的话便能让赵霓感到安心。

她热泪盈眶，什么话都说不出来。

秦湾湾则是一愣，着急地问："住持，是哪方面啊？"

住持见秦湾湾这么紧张，露出点笑容，说："各个方面。"

不等秦湾湾再问，他便抬脚离开了。

秦湾湾看着他的背影遗憾地叹了口气："应该问清楚点的。"

她回头看向赵霓，发现赵霓的眼眶已经湿润，正望着住持的背影久久地出神。

秦湾湾赶紧安慰："你别哭，应该笑的。这住持可不像傅之铭，他很厉害的，他说你能圆满，就一定能圆满。我之前想让他给我指点指点，他却总是推说是缘分没到。你跟住持有缘，他才说了这样的话，所以你一定要放心下来。"

秦湾湾的声音轻轻，却给了赵霓莫大的勇气。

她越发坚定，自己是可以圆满。就算过程艰难，即使自己吃了那么多苦，她的结局也一定会圆满。

下山后，赵霓已经不那么担心了，甚至还能和秦湾湾开玩笑。

两人一路上欢声笑语的，很是轻松。

晚上回去后，赵霓跟陈若玫说自己的胃不舒服，想要尽快去做个检查。

陈若玫却没把她的话放在心上："可能是最近乱七八糟的吃多了？"

赵霓着急，却也不敢直接跟她妈说她可能得了胃癌："我真觉得不舒服。"

陈若玫见她委屈得几乎要哭了，连忙哄道："行，咱们明天就去。"

检查结果出来的时候，陈若玫慌神了，赵霓面上却没惊讶的反应，甚至在心中庆幸着自己还没有到胃癌的那个程度。

医生说赵霓现在情况并不算太好，问清楚病史后，认为赵霓在高三那阶段，胃就可能已经出现了问题。因为没有及时去医院检查治疗，所以此刻才更加严重了些。

陈若玫着急问能不能治好。

医生说"可以痊愈"后，陈若玫才放心下来。

赵霓也久违地露出了笑容。

2

当天晚上，赵霓睡前觉得渴，出门到客厅里接水喝的时候，意外听到了父母之间的对话。

他们关着门，一开始赵霓并听不清他们到底在说什么，可母亲的啜泣声却清晰刺耳。

知道她大概是在为自己的病情而担心，赵霓慢慢凑近了那扇门，听清了父母的谈话。

在赵霓的印象中，母亲总是市侩精明，任何人都占不了她的便宜。她有一百张面孔，时时刻刻都在为这个家庭思量打算着。

陈若玫从未在她面前哭过，她从未见过陈若玫脆弱的模样。

可是此刻，在屋里泣不成声的这个人也的确是她的母亲。

陈若玫很自责，和赵伟华说是她的错："赵霓之前就和我说过好几次她胃有毛病，但是我都没有放在心上。"

赵伟华安慰她："这怎么是你的错呢？我们两家人都健健康康的，这种事怎么可能预知？"

陈若玫继续哭着："她之前问过我们家里人有没有得过胃病的……她甚至还问起了她的外公。我当时就没把这当回事，刚才我问了我妈，那人五年前就死了，就是得胃病死的！我真不敢想，如果这次我又没把赵霓说的话当回事，之后会发生些什么，我真该死啊，差点害死自己的孩子。"

赵伟华低声哄着她："别这么说！你哪里会知道呢！而且医生不是说了吗，可以治好的。不要担心了。"

"如果……如果我早点带她去检查，可能就不会这么严重了。"

"事到如今，我们还是好好陪着赵霓，要是让她知道妈妈为了她哭成这样，她肯定也不好受。"

陈若玫依旧小声抽泣着。

赵霓站在门口，不自觉地握紧了手中的杯子。

反应过来的时候，她的眼眶也变得湿润，她擦了擦眼角的泪，转身回房了。

没有人需要为她这病负责，她也不会埋怨任何人。

如今虽然确诊了，她却有一种将自己人生攥在手中的踏实感。

那个梦对她来说，似警告却也的的确确拯救了她的人生。

此刻的她充满了力量，相信自己能够克服一切。

就这样，赵霓下学期并没有去学校，休学了在家里治病。

她并不觉得可惜或者是遗憾，只要能治好病，在家里待半年又算不上什么大事。只是她消瘦许多，也常常需要去医院做检查。陈若玫也跟着她瘦了许多，赵伟华的工作在外地，为了赵霓也经常请假回来看她。

秦湾湾的大学就在本地，因此闲下来就来她家里陪她玩。

在赵霓面前，秦湾湾总是笑嘻嘻，只是背着赵霓找傅之铭求了不少个平安卦。傅之铭总是跟她说，赵霓可以化险为夷，她却不信，一遍遍地再求再问。

秦湾湾又偷偷问过住持，住持不肯说出准确的答案，总是用些轻飘飘的话搪塞她。不过她总是用住持的那句"皆会圆满"来安慰自己，由此也能抚慰她焦虑的心情。

赵霓虽然当下的身体并不好受，但她心中却是怀着希望的。

她偶尔也会再做起那个缠绕了她许久的梦。但梦的最后，她没再因为胃病而在二十出头的年纪逝世，甚至，她总是梦见她牵住了一个人的手，心里满是对未来的憧憬。但每次当她想要看清那人的面容时，她便突然转醒。

每次醒来，她的心脏总是"扑通扑通"跳得厉害，面红耳赤得真像和那人谈了一场轰轰烈烈的恋爱。

三四月，春意正好的时候，陈若玫陪着赵霓去医院做检查。

结束的时候，她在停车场碰见了原嘉铭和一个女人。

女人气质姣好，穿戴更是华贵，看起来并不显老，只是和原嘉铭站在一起，还是能一眼看出年龄差距的。女人比原嘉铭成熟许多，不只是外形，身上的气质更是游刃有余。

赵霓一眼就看到他们，下一秒，陈若玫也看到了两人，原嘉铭也适时抬头。于是三人对上眼，陈若玫快速瞥了一眼他身边的人，露出笑容，隔着老远对着原嘉铭点了点头，然后就拉着赵霓坐上出租车走了。

在车上，她对赵霓说："小原这是傍上富家女了？怪不得新年的时候，听他妈说小原赚得还不错。"

经过春节那次拜年，陈若玫对原嘉铭的意见也没那么大了。因为原嘉铭的父母看起来老实善良，这孩子肯定也坏不到哪里去。但陈若玫并不觉得自己之前做错了。

她之前对原嘉铭的意见可从未摆到台面上来，她只是在私底下对他有诸多猜测，在面上依旧是个好阿姨，于是便也觉得没必要去刻意道歉或者纠正对他的态度。知道他过得还不错后，陈若玫心中倒有些百味杂陈，自然为他高兴，也有些后悔自己之前对他的阴暗猜测。

但如今又看到他和这么一个漂亮的女人站在一起，她还是忍不住在心中多想。

她知道自己有些刻薄，但这种刻薄是小时候耳濡目染来的。它几乎融在血液里，难改，但她觉得也无伤大雅。

赵霓没说话。

陈若玫在旁边继续絮絮叨叨："其实这也算是人家的本事，你觉得他父母知道吗？"

赵霓出声："别说了，头晕。"

陈若玫担心赵霓身体不舒服，便没再说话，如今女儿的身体是最重要的。

赵霓也不知自己在想什么，只是自那天在停车场看到两人之后，她便总是时不时回忆起原嘉铭和那女人，然后便会感到一阵胸闷。

没过多久，她又需要去医院检查，陈若玫那天正好有事，她便决定自己去。

可那么巧，她又碰见了原嘉铭陪着那女人从大门口出来，她一怔，觉得自己运气背得离谱。

她正打算装作什么都没看见，低头从另外一个门进去的时候，原嘉铭突然出现在她眼前。

她一愣，看向皱着眉的原嘉铭，她扯扯嘴角说："好巧。"

原嘉铭那眉头却始终不肯放松开，眼眸盯着她，问："你怎么了？"

赵霓淡淡说："看病。"

"什么病？"

"小病，快好了。"

"你现在不是应该去上学吗？"原嘉铭发现她的朋友圈已经安静了许久，以为是她分手了所以没有心情更新，现在却发现她好像根本就没去上学。

赵霓的余光瞥到他身后那优雅女人的身影，胸口突然又闷了起来。她深呼吸了一口，冷着声音问："关你什么事？"

原嘉铭怔住，再也说不出话来。

赵霓看到他这副表情更加烦了，检查也不想做了，和他擦肩而过，拦了辆出租车，迅速离开了。

3

回去后，赵霓取消预约，陈若玫还没回来，她便自己待了一下午。窗外天色渐渐沉下来了，她在客厅里听到门铃声，以为是她妈忘带钥匙了，便走过去开门。

可门外站着的不是她妈，而是原嘉铭。

早上和她在医院门口吵了一架的原嘉铭。

他手里提着一些东西，面上没有任何表情，甚至有点严肃。

见开门的是她，他微微一愣，直直地盯着她。

赵霓也看着他，不自觉地蹙起眉头，放在门把上的手也慢慢收紧。

两人之间的气氛紧绷着，周围也异常安静。

原嘉铭先开口了，声音有点哑："阿姨呢？"

赵霓淡淡道："出去了。"

顿了顿，她又问："你有事？"

原嘉铭来之前就知道自己会被这么对待，却还是决定来看她。他想知道在她这段时间到底发生了什么。

早上赵霁离开之后，她过分纤瘦的背影却深深地刻在了他的脑子里。他一整天都昏昏沉沉的，做什么事都提不起劲，耳边也都是她那句冷漠又嘶哑的"关你什么事"。

关他什么事？好像是没关系。

他甚至清楚他是最不配去关心她的那个人，赵霁此刻对他的冰冷和淡漠都是他应得的——这就是那日他潇洒离开，为了自由抛下她所需要付出的代价。

他需要承受着这种窒息的疼痛。她从他身上获得的苦痛应该比这多多了。

可他没办法再沉默，没办法什么都不做。

他喜欢她。

他喜欢她为什么不能来看看她呢？

就算知道她已经往前走了，就算知道她厌恶他，他也没办法再冷眼旁观着她这脆弱痛苦的模样了。

赵霁等不到原嘉铭的答案，被这诡异的沉默搞得恼怒，她出声："没事就不接待你了。"

原嘉铭终于开口："你生病了？"

赵霁知道他是来干吗了——他是来关心她。

早晨见她一个人去医院看病可怜，所以下午就提着大包小包的东西来看她了。

可是她并不待见他。

明明胸里翻腾着汹涌的情绪，她却什么话都说不出来，只是静静地看着他，想要看清他到底在想什么，但终究只是徒劳而已。

她看不懂他，也看不懂自己——

她明明已经告诉自己无数遍不要再在意他，不要再追随他了。

可即使身体被她控制住了，那颗心却还是往那片无底的深渊里扑了过去。

她不愿承认，但事实就是从那天从医院回来起，她便对原嘉铭和那个女人耿耿于怀，睁眼闭眼都是原嘉铭和她站在一起的模样。

她突然又觉得命运对她太差——

喜欢的人拒绝她，交的男友又是个疯子，身体也垮成这般。

虚弱的身体早已撑不住这样反复发作的抑郁情绪，于是她变得越来越焦躁，终于在今日再次碰见他们后爆发。

喉咙有些哽，她张了张嘴，最后又哑着声音问了一遍："关你什么事？"

原嘉铭眸子一闪，表情渐渐冻住。他能够感觉到此刻的赵霓是痛苦的，他此刻也备受煎熬。他也总是在回想他们为什么会变成这样的结局呢？这就是他们的结局了吗？

赵霓见他不说话更加生气，刺耳尖锐的言语像炮弹一样射出："你是想关心我吗？为什么要突然关心我？因为你在我家里住过一段时间？我们之间还没到可以互相关心的状态，我得了什么病跟你没关系。"

眼眶莫名湿了起来。

话说得急了，她低头咳了两声，再抬眼时，眼睛都红了。

原嘉铭觉得她像脆弱却坚韧的小兽，不甘示弱地对他露出那看起来尖利唬人的牙齿。

他觉得胸口有些闷，喘不上气的那种。

赵霓见他表情不变更加生气，怒火一下冲向大脑："少在这里假惺惺，现在游刃有余了就要来关心我了是吗？还是想要我的崇拜是吗？不管你是怎么赚的钱，我都不需要你这种莫名其妙的关心！"

她的声音回荡在安静的楼道里，凄厉破碎。

她伸手去扯他手里的保健品，之后又将它们一股脑地扔到地上。

她这突然的暴戾让原嘉铭不知所措，他僵在原地。

昂贵的补品被砸到地上，他的心也跟着抽了抽，下意识地握住她纤弱的手腕。

两人皆是一愣。

对原嘉铭来说，这是下意识做出的动作，等到触摸她的皮肤后，他才意识到自己做了什么，可却也不肯再放开。

赵霓像是一下被捏住了尾巴，身体都僵住了，反应过来后，她想要甩开，却又被他紧紧扯住。

被他这样桎梏住，她莫名开始紧张，却还是强装镇定，声音颤抖："松手。"

他的手很冰凉，像是手铐一般牢牢锁着她的手腕。

原嘉铭什么话都不说，只是用冰冷的眼神盯着她。

但赵霓看出来了，他不像表现出来的那般镇定，冰面下的情绪也在波动。

她在想，原嘉铭是不是被她骂急了，在脑中思考着要怎么回击她。

手腕被贴住的地方渐渐热了起来，她一慌，打算用力甩开，却在下一秒被他拉了过去。

她猜得没错——

原嘉铭是被她骂急了。

狗被惹急了会咬人。

原嘉铭也会。

他咬她。

咬她的嘴巴，真的是咬，用牙齿咬住之后碾了碾，才启唇含住她的唇。

原嘉铭在垂眸看到她湿漉漉的眼睛时听见那个问题的答案——

他和她的结局只能那样割裂反目吗？

不，这才是他想要的结局。

抱紧她，握住她。

赵霓察觉到唇上的痛后才反应过来自己正处于什么境地，她用力挣扎，却被原嘉铭锁在他怀里。

舌头被吸得发疼，她呜咽着，羞耻的情绪挤满她的内心，她又开始哭。

原嘉铭低头去蹭她泪湿的脸庞，呼吸都落在她的脸上后，

终于，不知过了多久，她被气喘吁吁的原嘉铭松开了。

女孩满脸都是泪水，唇却鲜艳得可怖，嘴唇上挂着晶莹的液体。

她死死瞪着在她眼前的男人，不假思索地伸手打了他一个巴掌。

"啪"的一声。

很结实的一掌，原嘉铭还收获了她恶狠狠的一句："变态！"

原嘉铭青白的脸上顷刻浮现出一个粉色的掌印，他却不以为意，抱着她没有松手。

赵霓没了力气，脸颊却泛着生动的粉色，她忽然觉得自己是那只被丢弃过两次的玩偶——

他不要就丢掉，像玩弄玩具一样玩弄她。

于是她的泪更加止不住了，却也不挣扎了，破罐子破摔一般趴在他的身上流泪。

原嘉铭一句话没说，伸手去碰了碰她湿漉漉的脸，指腹刚沾上潮湿就被她猛地咬住。

　　她使了力气，他也不喊疼。

　　不知过了多久，赵霓终于松嘴。

　　原嘉铭的手指上有一排深深的牙印，他没有收回，只是继续伸手去擦她的眼泪。

　　赵霓不哭了，情绪稳定许多，她趴在被她哭湿的胸前喘着细气。

　　过了一会儿，她听见原嘉铭在她头顶的声音——

　　他问："能不能再喜欢我一次？"

　　原嘉铭很少用这样轻柔的语气说话。

　　赵霓愣了。

　　她抬眼看他，发现他眼底澎湃的情愫。

　　她第一次见到这样的原嘉铭。他脱下冰冷刻薄的外壳，坦率地流露出浓情蜜意。

　　她颤着声音，问："什么意思？"

　　原嘉铭将她抱紧，哑声："再爱我一次，行吗？"

　　乞讨一般，卑微又渺小。

　　此刻的他最不像原嘉铭，却又是最真实的他。

　　赵霓都能感受得到。

　　她感受到他的诚意，感受到自己心中的澎湃，感受到那压抑许久的爱意，感受到他紧张不已的情绪。

　　心脏比他们的唇更早就贴在了一起。

　　她知道，她有多没用，有多脆弱，有多矫情，也知道她在面对原嘉铭时是毫无抵抗力的。

她轻声问他："不难了吗？"

原嘉铭怔住："什么都不难了。"

Chapter 09
甜蜜恋曲

1

曾经以为不易跨过的"难"似乎随着时间的流逝和爱意的沉淀而慢慢消失了。

他终于变得勇敢，肯去承认自己的心思，肯放下他所谓的骄傲，肯轻声求她再爱他一回了。

赵霓的眼眶依旧湿润，她抽抽鼻子，盯着他看了许久。

确定他眼里的那份珍视与爱慕是沉甸甸的，确保自己已经获得了同等的情感之后，她终于放心下来，决定迈出下一步——

在过去一次次撞得头破血流之后，她学会了保护自己。

他是真的喜欢她。

她也恰好还喜欢着他。

她能感受到自己狂跳的心脏，刚被他吻过的唇还在隐隐发烫着。

她抬头看他的眼睛，以前摘不到的星星现在触手可及了——

她好像开始变得幸运了。

可以吗？

可以吧。

赵霓这样对自己说着。

原嘉铭不知道自己等了多久，每分每秒都像是煎熬，但他此刻抱着她，心里却也渐渐踏实下来。

最后，他得到了她的答案——

她主动伸手抱紧他："那我再试试。再试试像以前那么喜欢你。"

夜已经很深了，原嘉铭却睡不着，大脑因喜悦而清醒着，他突然对自己虚无缥缈的未来有了一种实感。他依旧不知道自己的未来会是什么样的，但他确定赵霓会在。

只要这么想着，他便不感到迷茫了，甚至隐隐期待着未来的到来。

第二天他很晚才起，却意外做了个好梦。

他梦见赵霓抱着他怎么都不肯撒手，说她比以前更加爱他了，他记得自己只是将她抱得更紧，然后在她耳侧说："越爱越好。"

一打开手机，依旧有几个未接来电，两个徐崇浩的，三个刘其源的，还有一条赵霓的消息。

赵霓问他醒了没。

他直接给赵霓打了电话，铃声响了一会儿她才接上。

一接通，他就哑着嗓子说："刚醒。"

原嘉铭听到了轰隆的风声，她似乎是在外面接的电话。

她问他："昨晚又熬夜了？"

原嘉铭沉默了一会儿，低声说："太开心，没睡着。"

赵霓哼了一声，也跟着不说话了。

昨日这种安静会让他们尴尬浮躁，此刻两人却都在享受这种暧昧的沉默，都不舍得挂断电话。

过了好一会儿，赵霓先说话了："……我有点想你。"

原嘉铭无声地勾了勾唇角。

一切都回来了。喜欢他的赵霓，面对他会害羞的赵霓，他渴望了许久的赵霓，都回来了。

他轻轻"嗯"了一声："我昨晚做梦梦见你了，你也是这么跟我说的。"

赵霓："这么自恋？"

原嘉铭轻笑一声，抬眼看向窗外，发现今天的天气很好，昨晚他似乎也忘了拉上窗帘了。

此刻阳光正透过窗子，洒在他的床头上，覆在他的眼上，竟莫名让他感到愉悦。

即使对话断断续续地进行着，两人也胡乱地聊了好一会儿。

昨日还剑拔弩张的关系蓦然转换成这般浓情蜜意，两人都有些难适应。但就算是安静地听着对方的呼吸，他们都心满意足。

最后是赵霓被陈若玫喊着去吃午饭了，她才率先挂断了电话。

原嘉铭挂了后才慢悠悠地先给徐崇浩回了电话。

"小原哥！你总算接电话了。"

"刚醒，怎么了？"

"我姐是怎么回事啊？怎么好好去医院了？还有，她去医院为什么背着我？反倒找你陪着她去啊？"徐崇浩很紧张，语气着急，连话都说不清楚了。

原嘉铭说："你自己去问你姐吧，她的私事我不好说。"

徐崇浩气得说不出话。沉默了一会儿后，他挂了电话。

原嘉铭见解决了一个，又打了刘其源的电话。

一接通，刘其源就大喊道："终于肯接了？世界都因为你乱套了。"

原嘉铭淡淡问："什么意思？"

刘其源说："你少给我装蒜了，贵人姐姐去医院妇产科做检查的事都已经在你们公司传开了，你还陪着她去，你现在已经坐实了孩子爹的身份。"

刘其源很激动，语速也很快，原嘉铭听清后，只说了句："闲着了？"

刘其源一愣："你不是孩子的爹？"

原嘉铭："不是。"

刘其源："真不是？我还以为你这小子暗度陈仓，表面上不近女色，私底下被贵人姐姐迷得不要不要的……"

原嘉铭打断他："公司里的所有人都知道了？"

刘其源："反正徐崇浩知道了，他跟我说的，还问我你是什么意思。"

原嘉铭替徐珠琳感到烦恼："我只是陪她去了两趟医院而已，孩子不是我的。"

"这样啊……我还以为你想通了，打算入赘徐家。"

原嘉铭无语："有病就去看。"

刘其源又笑："其实我也猜到孩子不是你的了，你看起来就是一副乖巧相。"

原嘉铭懒得和他多说，直接挂了电话。

徐珠琳怀孕的事原嘉铭也是几天前才知道的。

她当时让他陪她去一趟医院，他以为她需要他帮忙就跟着过去了，却没想到她直接进了妇产科医生的办公室，他在外面等了好一会儿，徐珠琳才出来。

他什么都没问，徐珠琳却反过来问他："你没什么想问的？"

原嘉铭很诚实地摇摇头。

徐珠琳的私生活和他没什么关系，她是他的上司兼朋友，他可以陪她来医院，却不想窥探她的私生活。

徐珠琳见他真一副不感兴趣的模样，无奈地笑："你真的对我一点感觉都没有？"

两人第一次敞开天窗说男女的事，原嘉铭有点愣，却依旧诚实地说："没有。"

徐珠琳不说话了，唇边依旧挂着淡淡的笑意，然后他们便在门口遇见了赵霓。

赵霓离开之后，徐珠琳敏锐地发现了他魂不守舍的异样，问他："熟人？"

原嘉铭说："以前我寄住在她家里。"

徐珠琳又问："那怎么不打个招呼？"

原嘉铭没有回答。

过了一会儿，徐珠琳又说："你喜欢她啊？"

原嘉铭微微一僵，思忖半晌，竟然点了点头。这是他第一次在别人面前承认他对赵霓的感情。

徐珠琳也没想到他会承认得这般坦率。愣了片刻后，她回忆着那女孩的模样："你们倒是挺般配的。"

原嘉铭心中泛起苦涩，笑不出来，也说不出话来。

徐珠琳又笑："幸亏我没和你浪费时间。"

原嘉铭不知道说些什么，只是沉默。

又过了一会儿，像是为了缓解尴尬，又或许只是为了倾诉出来，徐珠琳对他说："孩子是我初恋的，前段时间碰见就旧情复燃了，就是没想好要不要生下来，这孩子是来得有些突然了，我还没准备好。"

原嘉铭点点头就算是回应了。

徐珠琳又问："你不想知道为什么没喊孩子他爸陪我去医院吗？"

原嘉铭等着她说出答案。

徐珠琳："因为他还不知道。如果我想留，我就跟他说；不想留，就没必要让他知道了。"

原嘉铭知道徐珠琳独立且坚强，却在此刻不合时宜地想起赵霓。

她的坚强是真的吗？她也会找不到诉说烦恼的人吗？

原嘉铭不知道徐珠琳到底想怎么处理肚子里的孩子，但他相信徐珠琳一定能够作出不后悔的选择。

她做的所有事都为了取悦自己，不会为了别人的利益而犹豫。

徐珠琳可以做得很好。

那赵霓呢？

原嘉铭总是想到她。

赵霓吃过午饭后睡了一觉。

终于，她又做了那个梦，梦的结局是她恢复健康，和她恋爱的那人的脸庞也渐渐清晰起来，看清他的长相后，她又猛地醒来。

她大口大口地呼吸，盯着天花板出了一会儿神，脑中都是梦里的那张脸。

分明就是原嘉铭的脸。

想了片刻，她给原嘉铭发了消息：我们会在一起很久。

原嘉铭很快回她：同意。

2

过了没几天，原嘉铭在深更半夜接到徐崇浩的电话，本不想接的，但他打了一个又一个，原嘉铭无奈之下只能接起来——

徐崇浩像是喝醉了，在另一头连话都说不清楚，大着舌头说得又不够连续，他说："小原哥，我姐要把那孩子生下来，其实……我有点失落，我本来以为你是孩子他爹，我都准备好……叫你'姐夫'了……哪里知道突然窜出来……这么个男的……十年前我就见过他了……真是阴魂不散……"

原嘉铭等他说完，破坏气氛："我可不想要你这么个小舅子。"

徐崇浩听此又开始鬼哭狼嚎。

原嘉铭冷静挂断。

这几日，他都没和赵霓见过面，陈若玫看她看得太严，她身体还没恢复好，也只能在家里休息。

终于，赵霓说下午她要去医院检查，问原嘉铭有没有空陪她。

原嘉铭说有空，然后向部门请了两天假。

上班以来的假期他都攒着，这次的请假倒也顺利，只不过他在原因那栏写下的字却让周围的同事感到怀疑。

他写的是实话：

陪女友看病。

同事都不信，徐崇浩更是觉得原嘉铭是在胡说，甚至发短信给原嘉铭，让原嘉铭没必要编这样的谎。他是老板，原嘉铭请个假，他这个做老板的怎么可能不答应呢？

　　原嘉铭没理他。

　　两人约在医院门口，赵霓远远就看到在门口等着她的原嘉铭。她忍不住加快了脚步，原嘉铭看见她也朝她走过去。

　　今天天气不错，柔亮的阳光给冷冽的天气带了一丝暖意，它将原嘉铭的身影拉得长长——

　　他在向她靠近，他的影子也是。

　　渐渐地，那影子裹住她。

　　他到了她眼前。

　　赵霓莫名又有一种未来一定是光明美好的预感，她上前，主动握住了原嘉铭的手。

　　原嘉铭顿了一下，却又迅速握住她，将她细嫩的手掌包裹住。赵霓没说什么，却忍不住偷偷笑了一下。

　　做完检查后，他陪着她去吃了晚饭。期间她接到陈若玫的电话。

　　原嘉铭就坐在她身边，在她别过脸接电话的时候，抓住了她的手。

　　她扭头看他，发现他似乎无聊了，低头摆弄着她的手掌，很专心却又像在走神,依旧没什么表情,那眼睛却一动不动,只有微长的睫毛在颤。

　　她随口应着陈若玫的问题："快回去了，医生说没什么问题，嗯，嗯，我知道了。晚上喝煲汤了，没有不舒服。"

　　陈若玫依旧在唠叨着些什么，赵霓却没心情再听了——她看着眼前的原嘉铭。

　　他将她的手掌展开，放在他的膝盖上，然后再把自己的手掌覆盖上去，和她的手指相交，慢慢收紧，两人十指相扣。

赵霓的心脏突然有些痒痒的，看了一眼周围并没有任何人后，她把手机盖在桌上。

原嘉铭察觉到她的动静，抬起眼看她，可还没看清她的脸，她就凑了上来，被她亲了一下。

她没对准，唇一不小心错过了他的唇，盖在他的脸颊上。

原嘉铭一愣，然后忍不住笑了笑，微微侧过脸，将两唇对上，然后加深了这个吻。

陈若玫不知什么时候挂的电话，赵霓管不了了。

她盯着他的眼睛，脑中一片空白，思绪却一直在文火上炙烤着，慢慢融化。她又用湿润的唇贴了贴他的，接了个吻却像是用了许多氧气。她气喘吁吁，慢吞吞地说："我很早就想吻你了……"

原嘉铭没想到她会突然这么说，混沌的思绪一下子也有点转不过弯。

他捏了捏她的手："满脑子都是这些东西？"说的是斥责的话，用的却是宠溺的语气。

赵霓如今身份不同，知道他被她迷得不行，胆子也壮了许多，她倾倒一样说出自己那些从未公开的小心思："嗯，都是这种东西。见你的第一面就喜欢你，拿你的签名是想要拿给人算你和我合不合。还有，每次去你的厕所都是故意的，我厕所没堵过。"她顿了顿，补了一句，"除了那一次……"

原嘉铭听得津津有味，脑中也自然地浮现出那些令他哭笑不得的场面。

可在她说的"那一次"的时候，他的眸子闪了闪。

赵霓也不再说了。

她最近调养得不错，脸上贴了点肉，此刻脸有点红，眼睛也水润，和那晚被他从衣柜里揪出来的模样没什么差别。

赵霓突然直起身子，正经说："那次我马桶真堵了，我真以为你不在家。"

原嘉铭抿抿唇："我知道。"

那场景本就难忘，多少个安静的夜里，他都会很可耻地想起。几乎是刻在他的脑子里，他也不知自己回忆过几次。

他忽然又觉得有些热了，面上却不露声色，拿起水杯喝了一口水，这才勉强压下喉间的灼热。

她也后知后觉到羞赧，刚想说些什么，放在桌上的手机又响了。

又是她妈。

原嘉铭看了一眼屏幕，又慢慢地移开眼神，说："该回去了？"

赵霓不说话，等着那通电话挂断后，她才看向他。

她一直都知道她和原嘉铭之间还有一些阻隔需要跨越。他们已经越过了一些"难"，却也还有一些"难"等着他们。

其中最"难"的应该就是她妈。

赵霓之前追原嘉铭追得很苦，并没有多余的精力再去做她妈的思想工作，她妈对原嘉铭的误解依旧很深，并且秉着那么一点不肯放下的长辈的骄傲，她似乎总是不肯承认原嘉铭的优秀——

他赚了钱，是因为他攀上了有钱小姐。

他整天窝在电脑前，是不可能赚到钱的。

即使他把钱和能力都展示到她妈面前，陈若玫大概也只是会错愕地瘪瘪嘴，不予承认他的成绩。

赵霓知道这条路有点难走，但她知道他们一定是可以走下去的。

只要牵着手就一定能走下去。

赵霓想了想，还是说："我有事要说。"

原嘉铭静静地看着她。

"我妈不是很喜欢你。"说完像是怕他伤心，她连忙补上一句，"但没关系，我喜欢你就好了。"

原嘉铭看见她紧张又担忧的表情觉得有些好笑，却也体会到酸涩。

问题一直都存在着。

不同的是，过去的他会因为不够自信而逃避，现在的他却觉得未来光明而笃定。

这可能就是爱的力量。

原嘉铭又重复对赵霓说了一遍："什么都不难。"

似乎是因为错过了太久，说是他们是"热恋"都有些不够，总是想要黏在一起，一分开就想念对方。

但是原嘉铭平时要上班，赵霓在家里和陈若玫一起生活也不好天天出门。

周末是两人固定约会的时间，陈若玫其实一直担心赵霓因为这病变得萎靡，如今见她肯出门玩，也在心中松了口气。听赵霓说是要去找秦湾湾，自然也没多说什么。

周五下午，赵霓直接到原嘉铭公司楼下等他下班。她没跟他说自己会来，想给他个惊喜。

但送惊喜这事，一不小心就会变得吃力不讨好。

她在楼下等了许久都没等到原嘉铭，苦巴巴地在沙发上坐了一个小时后，她先见到了徐崇浩。

之前和原嘉铭约会的时候，徐崇浩硬挤进来过一次，说是想要看看是什么样的女孩征服了原嘉铭。见到她之后，徐崇浩更是热情，逗她夸她，又和她讲了许多原嘉铭在公司里的趣事。

赵霓喜欢这样直白的人，后来原嘉铭又和她说了些徐家姐弟二人对他的影响，她便更喜欢这对姐弟了。

两人经常会在朋友圈里给对方点赞，应该也算是熟人了。

徐崇浩似乎是没想到会在这里见到赵霓，愣了几秒后，他赶紧凑上来，问："你来找小原哥的吗？"

赵霓点点头："你们公司下班不准时啊？"

"你误会了，我们公司其实上下班靠自觉的，我一直让小原哥下班呢，是他自己黏在椅子上不肯动。"

他又问："要我帮你叫他下来吗？"

"不用，我都等了一个小时，不差这么一会儿。"赵霓还是想要给原嘉铭一个惊喜。

徐崇浩的表情变得暧昧，似乎是觉得这对情侣太过黏糊，挪了屁股正想离开的时候，他想起什么，皱着眉对赵霓说："正好，你今天可以安慰安慰小原哥。"

赵霓心一紧，问："怎么了？"

徐崇浩想起今天发生过的事，依旧在心里为原嘉铭抱不平，也后悔自己没硬气点，忘记往那人脸上扔钞票了。

"就是今天来了个合作方，本来和小原哥谈得好好的，但是一听见小原哥没上过高中，吵着闹着要换人负责。"

赵霓问："然后呢？原嘉铭怎么说的？"

"他同意换人了啊。毕竟人家是客户嘛，但是我作为老板，就是觉得小原哥受委屈了，早知道就不接这单子了，黄了就黄了，公司不差这么点钱。"徐崇浩越说越气，脸都微微发红。

"那原嘉铭还好吗？"

赵霓想起之前原嘉铭的确因为自己没上过高中而自卑。虽然已经过去许久了，但也难保这件事变成了他心中的一根刺。

"你知道的嘛，小原哥就算是内心狂风暴雨，脸上也是风平浪静，看不出什么情绪。"

赵霓表示同意，察觉到这件事的严重性，面上越发沉重："那他什么时候能下班？"

她有些迫不及待想要见到他了。

徐崇浩摇摇头："这我不知道，他这人一工作，就十分沉迷。"

他想了想，又说："可能只有女朋友能稍微分散些他的注意力吧。"

赵霓没精力和他开玩笑，抬头对徐崇浩说："我知道了。你先回去吧，我在这里等他下班。"

徐崇浩还想再说些什么，可是见赵霓脸色难看，担心自己又说错什么，最后还是犹犹豫豫地离开了。

赵霓正发愁着呢，便收到了原嘉铭给她发的消息。

他问她在干吗。

他们现在聊天都是这样，问对方在做什么、吃了什么、今天做了什么有趣的事。

琐碎平淡，却又甜蜜。

赵霓说没做什么，又问他回家了吗，是不是在加班。

原嘉铭说实话：在公司，马上回去了。

赵霓催他回家休息。

原嘉铭答应下来：那你现在做什么？

他对赵霓刚才敷衍式的"没做什么"耿耿于怀，执拗地想要得到一个答案。

赵霓说：等人。

他又问：谁？

见他刨根问底，赵霓只能骗人：秦湾湾。

原嘉铭又问：你们约着吃晚饭？

赵霓低头在手机上编谎言，还没点下发送，手机便被一只手夺走。

她一愣，顺着自己的手机看过去，望见了原嘉铭的脸。

他上班的时候穿得比较正式，虽然不是西装革履的程度，但也比T恤短裤拖鞋来得稳重许多。

他今天穿一件黑色夹克和灰色裤子，但除了穿着，他的状态和以前在网吧时没什么差别，脸上挂着倦容，头发乱糟糟的，应该是自己抓的。

那双眼睛此刻倒是十分亮，带着笑意，就这样看着她。

他打趣道："在这里等秦湾湾啊？"

"还说呢？我在这里等了你很久。"

原嘉铭摸了摸她的脑袋："你早说，我就下来了。"

"搞惊喜嘛，吃力不讨好。"赵霓吐槽。

原嘉铭坐在她身边，将手机还给她："但我的确很开心。"

赵霓看他，嘀咕："看出来了。"

她看着他的眼睛，决定之后有空的时候还是给他搞点惊喜吧。

原嘉铭这副眼睛亮亮的模样还挺可爱的。

等了一个多小时也是值得的。

两人牵手走在回去的路上，赵霓本想到了一个安静的环境再问他今天发生的那件事，可她这人没什么耐心，此刻忍得心脏痒痒的，原嘉铭问她什么，她都在走神。

担心原嘉铭不开心，她还是直接在路上就问了出口。

"你今天有碰见什么不开心的事吗？"

原嘉铭疑惑地看她。

赵霓不想再绕圈子，直接将徐崇浩出卖了，谈起他被客户针对的事。说完，她还小心翼翼地问他："这件事不会真成了你心里的那根刺吧？"

原嘉铭听完事情原委后，没忍住弯了嘴角。

并不是觉得好笑，只是在感激，感激徐崇浩，感激赵霓，感激身边这些爱着他的人。

赵霓着急，问："你笑什么？"

"没什么，只是感动而已。"说完，他握紧了赵霓的手，"你说的那根刺，早在几年前就被拔掉了。"

他看着赵霓，补充道："你亲手拔的。"

赵霓突然被这样表白，大脑发昏，一下没反应过来他在说什么："什么时候？我拔的？"

听她这么问，原嘉铭又不自觉地回忆起那天的光景。

操场，余晖遍野，他身边女孩诚恳的笑容，以及那一阵阵温柔的风。

在过去无数个自我怀疑的瞬间，他都能像此刻一样想起那个午后，于是像是再次获得力量一样，身体都变得轻盈，疲惫被一扫而空。

"校运会那天。"他这么说。

赵霓被点醒，她想起那天下午站在她身边的原嘉铭垂眸看她的认真模样。

她依稀记得她拉着原嘉铭去操场让他多多运动时他那无奈的表情："看来我当时也不是在做无用功嘛。"

当然，她做的每件事，走的每一步都在他的人生中留下很重要的痕迹。

他甚至想说，是赵霓塑造了如今的他。

他在创业初期，屡被怀疑时，动摇时，他都不曾难过。他努力，拼着自己的头脑，一点点创造出了现在的商业版图，他走得更坦荡。

如果没有她的存在，他可能还在自卑的漩涡中挣扎，他不会是现在这个完整的原嘉铭。

从前，她是拉他出来的那个人，如今，他也一定会好好抓住她，绝不放手。

他握紧了她的手，两人肩靠着肩，走在路上。

赵霓说："这样说的话，原嘉铭，只有我能给你这样的力量，对不对？"

"嗯。"

她又说："那你真幸运，能够和我在一起。"

"嗯。"

"如果能够重来，你当时真应该对我好一点。"

原嘉铭没再答应。

两人正好走到红绿灯下等待绿灯，他捏紧了她的手，认真看着她，说："我爱你。"

赵霓吓得环顾四周，确定没人后，她一下扎进他的怀里，小声说："你再说一遍。"

"我爱你。"

"我爱你。"

…………

原嘉铭重复了很多遍，直到绿灯出现。

又有风吹来，却吹不走这一声声从心口里蹦出来的表白。

Chapter 10
谢花入梦

1

陈若玫自然能感受到赵霓最近这段时间反常的状态——她整日拿着手机不松手,最近去医院也总是说要自己去,时常出去玩,也开始注意自己的装扮……

陈若玫都看在眼里,也大概知道赵霓是恋爱了,但是赵霓的状态比从前好了许多,她便没有多问,只是在言语之间提醒她注意甄别好人和坏人。

谁不希望自己的女儿能开心呢?

她是最爱赵霓的,比谁都爱。

赵霓的身体慢慢恢复过来,医生看了检查报告后说她很快就能回归正常生活了。前段时间瘦下来的肉也都贴了回去,赵霓却有些担忧圆起来的脸,瘦点的时候五官似乎更精致些。

那天,她忧虑地问过原嘉铭她瘦些好看还是胖些好看。

原嘉铭看都没看她的脸,只是很随意地瞥了她一眼,说:"健康最好看。"

赵霓又问他:"我漂亮吗?有你老板漂亮吗?"指的是徐珠琳。

虽然原嘉铭已经跟她解释过了,但她的心眼并不是很大,总是偷偷吃醋。

原嘉铭这回却认真地盯着她的脸看了很久，看得赵霓心里都发毛，他终于忍俊不禁，动了动嘴角："有，比她漂亮。"

赵霓松了口气，却攥紧了拳头打他一下："需要想这么久吗？"

原嘉铭握住她的手腕："不需要。只是你紧张的样子很可爱。"

赵霓露出个冷笑，嘴上让他放尊重点，心里却偷偷开了花。

谈了恋爱的原嘉铭像是换了个人。

大多时候，他都是像以前那般面无表情专心致志，但在面对她的时候，他就变了一副面孔。

赵霓对他这种区别对待很受用。

她就是想要一个只对自己温柔的高冷男友。

她心眼真不大，也希望原嘉铭的心眼里只装得下她一个人。

时间过得很快。

在赵霓体重达到三位数的时候，医生认为她已经可以回归正常生活了，也可以继续回学校学习了。

于是赵霓这段时间都在做着开学准备。

陈若玫说要跟她一起过去，赵霓却拒绝："我有朋友陪我过去。"

陈若玫看她一眼，问："哪个朋友？"

赵霓一愣："秦湾湾。"

陈若玫没再多问："注意安全，到了记得跟我说。"

赵霓向学校申请自己后天到校，却在第二天就离开了家。

因为她要和原嘉铭约会。

这一别又是好长一段时间不能见面，热恋中的情侣自然是舍不得对方，于是他们决定出去约会一天。

他们做的计划是两人在周边的观光城市游玩一圈，再一起去赵霓学校。她带着他在学校周围逛逛，两人在酒店里休息一晚后，第二天再送她进学校。

可他们的计划被一场雨打乱。

这是一场突如其来的，天气预报都没提过的一场雨。

他们是到了观光城市，但去学校的飞机却因为这一场巨大的雨而取消，赵霓只能跟老师说明了情况，申请再往后几天到校，也取消了在学校附近酒店的预约。

该解决的事都解决了，但今晚的住所却依旧是个问题。

两人此刻被困在机场，赵霓准备在附近找酒店，却被原嘉铭拦住。

他的发尾被雨水打湿，看着她的眸子也湿漉漉的，他盯着她看了一会儿，问她："要去我家吗？"

赵霓一愣："什么意思？"

原嘉铭："忘记和你说了，我家就在这附近，我爸妈也在家里。"

赵霓的脑中浮现出那日原嘉铭一家三口来她家拜年的场景。

她踟蹰地问："我跟你一起回去吗？"

她的脸慢慢变烫。

原嘉铭觉得周围的空气又湿又热："嗯，见我爸妈。"

他问她的意见："你想吗？"

赵霓点头："上次没有好好打招呼呢。"

原嘉铭盯着她的眼睛看了一会儿："那……怎么跟他们说？"

赵霓眨眨眼："朋友？"

原嘉铭抿唇："好。"

他爸妈得知他快要到家的消息时当然有些惊讶，又听他说他要带一个朋友回去，也没有多想，只是赶紧收拾搞了两个房间，在客厅里等着他们。

　　见到赵霓时，他们是彻底愣住了。

　　原妈妈问："……你们？"

　　"我们……朋友约着一起玩。"原嘉铭这样说。

　　夫妻二人面面相觑一下后，又装作什么都没发生。原妈妈亲切地催着赵霓："赶紧去洗个热水澡吧，都淋湿了。"

　　其实赵霓觉得身上潮湿的衣服都快被自己的体温烘干了。

　　赵霓洗完澡吹干头发后，已经是深夜了。

　　赵霓从浴室里出来，发现客厅里并没有人，原爸原妈回去休息了。

　　此时原嘉铭家里很安静。

　　赵霓犹豫了片刻，她走到原嘉铭的房间门口，尝试着转了下把手——一下就打开了。

　　原嘉铭的房间不大，屋里没开头顶的大灯，只有他床头那盏黄灯幽幽地亮着，大概照亮了屋内的光景。

　　她看见他背对着门坐在床角处。

　　原嘉铭也洗过澡了，他穿件薄薄的衣服，头发还是湿的，肩头处有被水洇湿的痕迹，瘦削的脊背微微凸起，看起来有些单薄脆弱。

　　听到身后的动静后，他扭头看她，似乎知道她会进来："洗完了？"

　　赵霓点头，在原地站了一会儿后，她问："跟你爸妈说我们是朋友会不会有点蠢。"

原嘉铭不置可否，但想起刚才他父母的表情，他觉得自己的确做了一件蠢事。

两人几乎是在掩耳盗铃。

"说都说了，赶紧去睡吧。"原嘉铭看着她，声音轻轻的。

窗外的雨还在下，窗台被打得噼里啪啦作响。

赵霓的心脏突然也跟着高频率的撞击声响了起来。

她"嗯"了一声，脚却没动，只是盯着他看了几秒，空气都变得湿热。半晌之后，她顶着一张红脸，问他："能一起睡吗？

原嘉铭一动不动，像是愣住了。反应过来后，他突然站起来，摸了摸自己的鼻子，望着她："可以。"

赵霓得到这样的答案之后却又觉得懊恼，面上烧得厉害，还是不敢动。

原嘉铭也在原地站了一会儿，然后走向她。

赵霓看着他一点点朝她靠近，身体僵住。

他站在她旁边，低声说了一句："我去吹头。"之后就离开了。

房间里只剩赵霓自己一个人，她忽然觉得自己是疯了，也不知自己刚刚是怎么了，怎么会主动地问出那样的问题。

但他已经答应了，她也不想再矫情地回到自己的房里。

思考了一会儿，她往他的床走过去……

躺上去了，她才发现他的床有些小。她一个人几乎就占了半张床，原嘉铭再瘦也比她大一些，如果他挤进来，两人可能真需要贴着了。

从躺上去的那刻，她的心脏便加速起来，"扑通扑通"的声音几乎比屋外的动静都大了，可时间滴滴答答过去了好久，等到赵霓那心跳声都平静了下来，还不见原嘉铭进屋。

她终究是撑不住了，有些困了，迷迷糊糊地闭上眼睛。

也不知过了多久，被子终于被人掀开。

赵霓没醒来，只是觉得周围的空气突然有些凉了，忍不住缩了缩脖子。

又过了一会儿，脖颈又被热气包围着，赵霓继续躲了躲，那热气却阴魂不散一样，就贴在她的皮肤上。

身体被那热气熏得融化，赵霓终于转醒，脑子依旧不大清醒，却在一瞬间就辨清了那热气的源头——

原嘉铭抱着她，脸是热的，更热的唇就贴在她的脖颈后。

他像是在吻她，唇慢慢地蹭着她的皮肤，却也只是蹭着，什么都没做。

赵霓背对着他，猛地清醒过来，感知到他渐渐不安分的唇之后，她全身都在发麻，一下竟不知道要怎么做，于是只是僵着装死。

他撑起了一点身子，湿热的唇移到她的耳后，对着她耳后的皮肤印下一个轻轻的吻。

赵霓终于忍不住，不自觉地缩了一下脖子。

原嘉铭的动作僵住。

她着急闭上眼，想要装睡，却能感觉到原嘉铭落在她脸上的目光，那眼神是有温度的，烧得她逐渐耐不住了。

不知过了多久，原嘉铭终于躺回去，赵霓松了一口气，却又在下一秒屏住呼吸——

原嘉铭靠她的耳后，低声问：“现在知道害羞了？”

语气戏谑，声音低哑，细听又带着点缠缠绵绵的宠溺。

赵霓知道自己被识破了，却也只羞了一秒，很快就变了脸色：“是谁趁人睡着偷袭？”

原嘉铭在她耳后笑了一声："我。"

赵霓这才满意，不再说话。

但气氛因为两人偷藏在心底的心思依旧诡异，过了一会儿，原嘉铭说："睡吧。"

像是一句保证宣言。

赵霓接受："好。"

又过了一会儿，赵霓发现自己怎么都睡不着了。雨势依旧很大，雨滴打在窗面上，噼里啪啦的声音让她愈加心烦。

她鼓足勇气翻了个身，一头栽进原嘉铭的怀里，却没想到一抬头就看到他清亮的眸子。

他眼底带着浅浅的笑意，两人对视了一会儿，他问她："真的不安分吗？"

赵霓没说话，反倒往他的怀里钻了钻，将脸贴在他的胸膛上。

原嘉铭将她抱紧。

两人此刻几乎嵌合在一起，床没那么挤了，但心脏却挤到一起，频率相似，一下一下地附和着对方。

赵霓脑子昏昏的，却又觉得自己清醒，于是她是在半昏半醒之间，抬头去亲了一下他的脖颈。

她也不知自己到底在想什么，只是想要离他再近点，近到两人融在一起。

原嘉铭的眸子在她看不见的地方闪了一下，喉结也上下滚了滚。

赵霓亲了一下就没了动静，趴在他胸前细细喘息。原嘉铭的手从她的背后往上摸，寻到她的后脖颈，轻轻地捏了两下，又去摸她的脸。

他手指擦过她的脸颊，落到她的唇边，无意识地点了点她的嘴唇：

"赵霓。"

只是叫她的名字，像是在询问，又是在制止。

赵霓搞不清楚他的意思，原嘉铭自己也不知道。

赵霓的心脏忽然跳得厉害。

这算是冲动吗？她自己也不懂。

…………

原嘉铭摸着她的背，像是在安慰。赵霓没了力气，缓了一会儿才抬头看他的眼睛，依旧清亮，只是那眸子里多了很多浓稠的感情。

她伸手摸他的脸："爱我吗？"

原嘉铭侧头轻吻她的手："嗯。"

赵霓问："我去学校了你会一直想我吗？"

"现在就在想你了。"

他声音低低的，又有些哑，很性感，听得赵霓心痒痒的。

她佯装生气："原嘉铭，你怎么突然这么会说甜言蜜语？"

原嘉铭反问："有吗？都是实话。"

赵霓掐他的腰，他笑得厉害。

…………

两人闹到天微亮才睡过去，赵霓醒来的时候，原嘉铭已经醒了，她一睁眼就看到他正盯着自己看。

见她醒了，他低头亲了她一下："起床。"

赵霓装没听见，翻过身继续想睡，又听见他说："天晴了。"

赵霓继续装死。

"再晚一点，我妈要进来了。"

赵霓一个鲤鱼打挺蹦了起来，瞪大眼睛："那我要怎么出去？"

赵霓依旧紧张，拍了拍他的手："怎么办？"

原嘉铭这才回答："我妈跟我爸出去买菜了，你就正大光明出去就行了。"

赵霓意识到自己被耍了，气得瞪他两眼。

2

赵霓也不知道原嘉铭最后打算怎么和他父母说两人的事。

只是她离开原家的时候，原家爸妈对她依旧很热情，她有一种自己是他们儿媳妇的错觉。

她平时总是开朗大方，在他们面前却也因为害羞而变得话少腼腆。

原嘉铭送赵霓到学校门口。

准备踏入校门的时候，赵霓又突然停住脚步回头看他。突然，她拖着行李箱，骨碌碌地又回到他面前，顶着他错愕的目光，她抱了他一下，用只有两人能听见的声音说："哥哥，好好工作，等我回去找你。"

原嘉铭的声音响起来："我还以为你不去上学了呢。"

赵霓抬头看他，故作姿态地摇摇头："你还没那么重要。"

原嘉铭笑开，低头对她说："嗯，我等你回来。"

赵霓终于拖着行李箱乖乖进了校园。

天气很好，大学的阳光似乎都比别的地方更加生机蓬勃。

原嘉铭看到地上赵霓的影子，她走得越来越远，那影子却越来越长，他盯着那影子看了一会儿，再抬眼，发现赵霓就在不远处，还在傻愣愣地对他笑。

很好。

一切都很好。

阳光很好，大学很好，赵霓很好，他也挺好的。

暑假很快就来了，赵霓回家的时候，是赵伟华去机场接的她。

赵伟华一路上对她嘘寒问暖，却问了很多奇奇怪怪的问题，比如她有没有同学结婚，如果在上大学的时候结婚的话学业会不会受影响，还有一些乱七八糟的，赵霓回答不过来，只能用"我不知道"来搪塞。

她爸一路上表情都有些古怪，她以为是因为他们太久没见，于是便没有太在意，直到她打开家门——

家里多了三个人。

原嘉铭和他的父母。

陈若玫正亲昵地和原妈妈聊着什么，原嘉铭和他爸则坐在沙发上安静坐着。

见她回来了，原家的父母都笑着问："大学生终于放假了？"

赵霓下意识地应了一声，然后不知所措地看向原嘉铭。

不知是不是赵霓的错觉，她总觉得原嘉铭比两个月前更加帅了点，穿着短袖，露出的手臂都比普通人的好看。

原嘉铭看向她，轻轻挑了一下眉毛。赵霓吓得赶紧躲开视线。

不过长辈只是问了她一句后便没再多说什么。

赵霓把行李收拾好后，回到客厅里发现原嘉铭已经不见了。

她爸似乎看清了她的想法："小原说是出门买点东西。"

赵霓随便说了句："我去买点冰激凌吃。"说完也出门了。

还没走出楼道，她便看到站在不远处的原嘉铭，不过他不像是出来

买东西的。

他就是在等她。

赵霓走过去，问他的第一个问题是他想她没有。

第二个问题是，有多想。

第三个问题是，怎么突然来她家里了。

她一连提出三个问题，原嘉铭觉得有些好笑，皱了皱眉，慢慢地说："想了。每天都很想。因为我爸妈要来。"

赵霓顺着第三个答案问下去："来干吗，见我吗？"

原嘉铭点头。

赵霓："啊？"

原嘉铭牵她的手，说："准确来说，是来见你爸妈的，顺便聊聊我们的事。"

赵霓又傻了，慌忙道："我就知道那天没瞒住。"

原嘉铭问："你真觉得瞒得住？"

赵霓羞赧，挠挠脑袋："那现在是什么情况？"

原嘉铭："大概都说好了。"

他盯着她看，慢慢地说："……等我们什么时候准备好了，就可以结婚了。"

赵霓听到这两个字都蒙了，却又顷刻回忆起她爸刚才在车上向她提的那些问题，她那脸由青转白，最后又涨红起来。

原嘉铭看在眼里，说："没准备好没关系，我爸妈他们有点急，我不急。"

其实是他默许他父母来找赵家说清楚的，说起来有点不堪。

但他对赵霓就是有一种强烈的占有欲，恨不得早早将她盖上属于他的印章。

赵霓沉默，想了一会儿，抬眼看他："你真不急？"

原嘉铭被问得愣住，低声说："其实有点。"

赵霓偷笑："有多急？"

原嘉铭："多一秒都嫌晚了。"

赵霓说："那的确有点急了。"

她看他："但我不急。"狡猾的模样可爱又可恨。

原嘉铭欲言又止，最后只是捏了捏她的手掌："那我再等等。"

赵霓瞪他："你怎么这样啊！有没有魄力？不是说很急吗？"

原嘉铭大概知道了拿捏赵霓的方法，冷着脸说："其实不是很急。"

赵霓揽住他的手臂，着急问："你真的不急吗？"

原嘉铭调侃："你现在看起来比我急。"

打闹到最后，两人都没分出个胜负。

最后，原嘉铭是和赵霓牵着手进屋的，赵霓有些害羞，但原嘉铭的手却很难甩开，她挣扎了两下未果，便随着他去了。

见到两人牵着的手，客厅里的几位长辈神色各异，陈若玫的脸色最是古怪。

她看向两人，发现女儿脸上害羞嘴角却挂着甜蜜的笑容，原嘉铭也是坚定不移，于是她又垂下眸子，弯了弯唇角。

其实前段时间，原嘉铭就在私底下找她谈过了。

她也是在那天才知道原来女儿最近交的男友就是原嘉铭。

她知道赵霓这段时间状态不错大概率是谈了一段不错的恋爱，但她这没想到对方竟然是她防范许久、总是瞧不上眼的原嘉铭。

3

原嘉铭约她在附近的一间咖啡馆见面。

陈若玫刚落座，原嘉铭便开门见山地说："阿姨，我在和赵霓恋爱。"

她当时真是愣住了，甚至觉得这是一阵晴天霹雳。

他在她家时，她对赵霓千叮咛万嘱咐，让赵霓离原嘉铭远一些，却没想到如今赵霓竟然背着她和原嘉铭在一起了。

她觉得自己被女儿背叛了，又回忆起当时赵霓对原嘉铭的偏袒，惊觉一切都是有迹可循。

原嘉铭那时就能让赵霓为了他和自己对着干，如今又能让赵霓背着她和他在一起。

——原嘉铭拐走了她的女儿。

于是她对着原嘉铭，甚至都不想对他伪装成关怀的长辈模样了，说出的话也是刻薄。

她稳住呼吸："我不知道她原来是和你在一起。阿姨就直说了，当初你在我们家的时候，我就让她离你远些，她不听我的话就算了，现在竟然还和你在一起了。"

陈若玫盯着原嘉铭问："她这是为了你，决定和我作对了？"

原嘉铭并没有被她这副模样吓到，面上没什么表情，握住咖啡杯的手却慢慢缩紧："赵霓就算和我在一起了，她也是您的女儿。"

听到这话，陈若玫的眉头又紧了紧。

"我能理解阿姨之前对我偏见，当时的我很是自大，也不够成熟。的确……不是正经人的模样，但这段时间，我已经慢慢在变好了，我有工作，也有不错的收入，交了不少朋友，生活习惯也在慢慢改变。我觉得现在的我，比起过去已经进步许多。虽然，依旧配不上……赵霓。但她能够喜欢我，我们相爱，我也不想再和她分开了。"

这是陈若玫第一次听原嘉铭说这么长的话，但他说得慢，语气也十分诚恳，她竟也听得清楚。

尤其是最后一句。

陈若玫并不是什么老顽固，过去的这段时日，她也从丈夫口中听说了原嘉铭的事，知道自己之前对他的那些评价和看法的确带着偏见，心中也存了些歉意。

刚才对他剑拔弩张也是被气昏了头，她依旧无法立刻接受赵霓和原嘉铭的关系。但对于原嘉铭，她已经没了那些偏见，甚至对之前的所作所为感到后悔。

她想了想，看着原嘉铭，问："那为什么要跟我说？"

他们大可以偷偷摸摸地谈，就像前段时间一样。

陈若玫不知他为什么要将她约出来，特地将恋情告诉她。

"因为我想和她一直走下去，我想和她长久。"原嘉铭谦卑又真诚。

陈若玫一愣，她已经活了半辈子，理应对这些甜言蜜语免疫，但也许是因为原嘉铭此刻的神情过于诚恳，她竟觉得原嘉铭和她的女儿真能好好地走下去。

即使已经动摇，但陈若玫依旧端着架子，冷着声音问他："我们上次在医院里见到你和一个女人，是怎么回事？"

原嘉铭听此，松了一口气，知道自己已经过了第一关："她是我老板，我陪她去医院检查而已，我和她只是正常的上司和下属关系。"

"那女人看起来年纪也不大，怎么就成了你老板了？"

"她弟弟跟着我学代码，她正好要给她弟弟开个公司，就拉着我进

公司了。"

陈若玫咳咳嗓子："那你现在的薪水是？"

原嘉铭说出一个数字，然后又继续说："我这工作还算稳定，只要之后好好工作，薪水还能再升的。"

陈若玫沉默了一会儿，忽然觉得原嘉铭的条件还不错："那你之后是什么打算？你别跟我说你想和她一直走下去，现在社会这么乱，情侣分分合合也很正常，你别以为你先和我报备了，我就会支持你。你要知道，我只会支持赵霓，她想和谁在一起，我都不会插手。"

原嘉铭："我知道。"

他顿了顿，再开口时，喉咙都有些发涩："如果她想要分手，我不会强留。只是，如果阿姨答应了，我和她都会松一口气。毕竟，她一直知道您不喜欢我，和我在一起时也战战兢兢，我想让她轻松些。"

陈若玫听完这话，觉得原嘉铭还真是聪明，"用想让赵霓轻松"这样的理由来解释自己的行为。

她也不知他说的是真是假，但只要赵霓开心，她自然是什么都愿意去做的。

"好，你们还是先相处一段时间吧，我就装不知道，不会去阻碍也不会去促进你们俩的关系。但我这并不是支持，我只是看赵霓这段时间状态还不错而已。"陈若玫心里的那杆秤已经偏了，却依旧嘴硬。

但这样的结果，原嘉铭已经十分满意了。过程比他想象中顺利，结果也更加美满。

两人喝完了咖啡后，在咖啡门口分开。

原嘉铭正好收到赵霓的短信，她问他在干什么。

原嘉铭回复：*我在克服"难"。*

他抬头看天，发现今天天气很好，和那日送赵霓去大学的天气一样好。

手机又响动了一下，他低头看，赵霓给他发消息了。

她说：辛苦喽，我爱你。

他看着这几个字，仿佛已经能想象到此刻她的表情了，于是也忍不住露出微笑。

偶尔，赵霓还是会做起那个缠了她许久的梦，但梦的结局她已经实现，醒来的时候甚至能看到躺在她身侧原嘉铭的脸。

她总觉得自己这二十几年过得很奇幻。

那场梦是少女时代的一场遗憾之梦，却也是那个梦警醒了她，让她化险为夷。

此刻的她已经不渴望预知未来了，虽然未来依旧有些远，但她相信未知的未来一定是美好的。

因为她已经学会爱自己，也有了爱她的人。

Extra 01

秦湾湾篇——你我本无缘，全靠我花钱

1

傅之铭的师父的确有两把刷子，秦湾湾爸妈受了他的点拨，的确少走了许多弯路，公司也有了明显的起色。于是秦湾湾的父母总把那风水先生的话奉为圭臬，在得知秦湾湾私底下有在和大师的徒弟联系时，也没有多说什么，甚至还让秦湾湾多听小师傅的话。

但其实在算完赵霓和原嘉铭的匹配度后，秦湾湾便没再和傅之铭联系了，她已经知道了自己想知道的所有消息，而且也没那么多钱再去算什么卦了。

她早就摸清了她和傅之铭的关系——你我本无缘，全靠我花钱。

如今她口袋里没什么钱，自然也不敢去叨扰傅之铭。

即将高考，她跟着同学们一起埋头努力携手共进，连跨越半个学校去找赵霓的频率都低了不少，对待杨俊文也是"先放着"的态度，左右她和他的匹配度是一百。

两人终成眷属，现在急也没用。

此刻要紧的是高考，她还想和杨俊文考得近一些呢，她也觉得自己倒是有远见，深谙"小不忍则乱大谋"这样的道理。

不过高考的前一周，傅之铭却主动联系她了。

他殷勤地问她需不需要帮她祈求个学业福袋，保证她这高考能够顺顺利利。

秦湾湾有些心动，问了价格之后又死了心：我最近忙着高考，没找父母要那么多零花钱。

傅之铭很贴心地说：可以先赊账，之后等你有钱了再给我。

秦湾湾狐疑：那我这样赊账，福袋能有用吗？

傅之铭：有的，我先帮你垫上，你到时候还我就行了。

秦湾湾这才答应下来。

高考前一天，秦湾湾想起福袋这事，特地跑去问傅之铭。

傅之铭过了好一会儿才回她：一切都办妥了，你明天放宽心就行了。

秦湾湾想起同班同学的父母都给他们求了些开光的笔，但她父母忙着做生意，自然不可能注意到这些，于是她向傅之铭求助：小师傅你那里有没有运气加持的水笔啊，我同学都有，你这福袋的内容里包含这么一支笔吗？

傅之铭沉默了十几分钟，才回她：这其实没什么用的，我已经帮你把福袋开好了，写好了你的名字，你明天考试的时候放轻松就能考好了。

秦湾湾打着商量：我总觉得你说的这福袋太虚了，不然你也给我一支水笔吧，这样我明天考试的时候能安心点。

傅之铭不回消息的时间越来越长，秦湾湾心里愈加没底。

明天就要高考，她的情绪本就不是很稳定，如今见傅之铭对她也是一副爱理不理的模样，她更加慌张了，甚至开始怀疑这福袋的效果。

秦湾湾：我现在心慌慌的，这福袋真的有用吗？

发完这句话，傅之铭秒回她：当然有用，你明天在哪里考试，我给你送笔过去。

秦湾湾那颗在空中摇曳的心稍微稳定了些。

她给他发了学校的地址。

傅之铭说：好，明天在学校门口等我。

有了傅之铭这么一句话，秦湾湾这天晚上睡得很是踏实，梦里都是她拿着那支开过光的笔在考卷上纵横。

高考当天，秦湾湾状态饱满，父母二人见她心态良好，也很满意，让她烧了两根香之后再出门。

秦湾湾惦记着傅之铭给她求的福袋和水笔，相信自己高考能够顺利，连去学校的脚步都比平时轻松。

学校门口聚了很多家长，她站在约定的地方等傅之铭，拿起手机给傅之铭发了消息，傅之铭却没有回复她。她猜测他是在赶来的路上，便耐着性子等他。

可时间一点点过去，距离开考时间越来越近了，傅之铭却依旧没有给她一点消息。

同班同学在门口碰见她，都问她为什么不进考场，是不是忘带了什么东西。

秦湾湾只是摇摇头，让他们先进学校，她已经急出汗了，心脏更是"扑通扑通"跳得厉害。

她在昨晚就将自己的思绪都记挂在傅之铭给她求的福袋和水笔上，如今若是没见到那支水笔，她可能真会急躁做不出来题。

不久之后，杨俊文也到学校了，见她皱着眉站在门口急打转，忍不住上前关心，问道："怎么了？还不进去吗？还有二十分钟就不让进考场了。"

若是平时，杨俊文这样关心她，秦湾湾是要开心上一天的，但这回秦湾湾却没那心情去体会他对她的关心了，只是向他道出自己的烦恼："我在等我的水笔。"

杨俊文皱眉："什么笔？"

"小师傅帮我求来的笔，有了那支笔，答题会更加顺利。"

秦湾湾说了实话，却没想到杨俊文那眉头皱得更深了，他看向她手里的笔袋："那要是等不来这笔，你就不进去考试了？你笔袋里不是有很多笔吗？"

秦湾湾本就着急，突然听见他这问题，一时之间竟不知道该怎么回答。

如果小师傅真没送来这笔，她难道就不进去考试了吗？

她在思考这问题，杨俊文却没了耐心，留下一句"那你就继续等着吧"后就走进了考场。

秦湾湾天都塌了。

就在这时，一辆自带"轰隆隆"BGM的摩托车插入人群，来到她面前。

车上有两人，开车的人是一个警察，坐在车后座的人便是傅之铭。

秦湾湾见到后座的人，眼睛都亮了，赶紧上前，却没想到傅之铭下车并不利索，走起路来也是一瘸一拐的。

她吓一大跳，赶紧上前扶他。

傅之铭转身先对警察说了谢谢，然后一脸坚毅地将揣在怀中的笔送到秦湾湾面前："拿好，你一定可以的，赶紧进去吧。"

秦湾湾接过那支笔，恐惧不安的情绪顷刻被抚平。

她被傅之铭推着进学校，可她还是停下，迟疑地看向傅之铭的腿脚：

"你这腿……怎么了？"

傅之铭露出不好意思的笑容："刚才来得太急了，忘记看路，不小心被车碰了一下。"

秦湾湾心脏一紧："没事吧？！"

她观察他的模样，傅之铭的头发乱糟糟，衣服也穿得并不整洁，的确像是经历过一场慌乱的模样。

傅之铭摇摇头："没事的，这是好的征兆，我帮你挡了灾，你这次考试会更加顺利的。"

他这话说得很有水平，秦湾湾听完甚至觉得自己能超常发挥。

她心脏狂跳，露出笑容："谢谢你。"

傅之铭摆摆手，让她赶紧进去，别迟到了。

秦湾湾郑重地点点头，拿着那支笔像是拿着宝剑，进了战场。

走进学校后，秦湾湾似乎听见身后的傅之铭正在和送他来的警察说话，不过她担心迟到，脚步渐快，便没听清两人的对话。

她一路狂奔，直到坐到座位上，她的心跳才稍微平稳了些。

看着那支平平无奇的笔，她的状态也跟着稳定许多。

有这支笔在，她一定会下笔如神。而且小师傅还为她挡了灾，她今天一定可以顺顺利利。

秉持着这样的信念，她在答题时的确很自信，心态很好，碰见没有头绪的题目时也不慌张，有条不紊地完成了整张卷子。

交卷后，她甚至自我感觉还不错。

将那支笔收好后，她走出考场，碰见了杨俊文，可他却装作没看见她的模样，一句话都没和她说。

她有点失落，但那点失落也随着风一起，在不久后就被吹走了。

此刻的傅之铭正在学校门口的冷饮店坐着。

铃声一响，守在校外的家长便一下涌到校门口，期待着见到自己的孩子。

他狠狠吸了一口眼前的柠檬茶。明明不是他高考，可他这一个早上真是比高考生还忙碌。

昨晚答应了秦湾湾的请求，可她这学校离他住的地方有个十万八千里远。

他平时熬夜睡得晚，昨晚特地定了个闹钟让自己早起给她送那劳什子，可早上闹钟响了，他却没有醒。再醒来时，几乎已经赶不上了。

手机里都是秦湾湾的消息，他也慌了。

他抓了抓头发，随便穿了件衣服就跑出门。

不过他脑子转得快，知道今天的警察都在为高考生服务，便紧急打了电话，说自己需要赶紧到考场一趟。

果然，没过多久，警察就开着摩托车到了他家楼下。

他并不觉得自己是在浪费资源，他的确是在为了高考生而服务，如果秦湾湾没了这支笔，她的心态肯定会受影响。

他就算没高考也知道高考的重要性，知道如果高考失利，那拖累的可就是秦湾湾整个家庭了，所以他觉得他撒的这个小谎无伤大雅。

警察将摩托车开得很快，甚至走了几个绿色通道，终于才在开考之前达学校门口。

秦湾湾果然还在门口等着他，她那副焦头烂额的模样看起来很傻，却也让他久违地感到愧疚。

他那瘸腿是装出来骗她的，他演这一出苦肉计是怕她计较他来得晚，却也没想到她毫不怀疑地相信了，甚至还在这般紧要的关头担心他的腿伤。

说实话，见她一脸感激又脚步慌乱地往学校里跑，他是有些后悔的，早知道就不骗她说有什么高考福袋了。

这高考福袋就是他用来骗人的法子，他跟在师父身后坑蒙拐骗好几年了，他没有师父厉害，也没有什么师父那样的真本领。师父都知道，但他骗的钱也不多，也有分寸，没做什么有损阴德的事，师父便睁一只眼闭一只眼。

这几年借着师父的名头，他认识了不少像秦湾湾这样的不谙世事的女孩子。

秦湾湾是其中最大方，也是最好骗的。就算口袋里没钱，她也能同意赊账，他没见过如此没有防备的女孩。

他初中毕业后因为家庭条件不允许，便弃了学跟着师父在江湖上行走。

之后师父赚钱了，好几次问过他要不要回学校学习，他却都是拒绝。

有些东西，一旦丢下，便再也捡不起来了。他没有勇气再去高中学习，自然没资格高考。

但他一直觉得高考是件十分重要的事，今天差点搞砸她的高考，就算最后一切还算顺利，可此刻的他还是有些后怕。

他抬眼看向冷饮店外。

很奇怪，走出校门的高考生一群一群的，都穿着相同的校服，可他竟一下就捕捉到了秦湾湾。

她满脸春风、脚步轻盈地走出学校，见到在门口等她的父亲后，她开心地挽上父亲的臂膀，笑着和父亲说话。

看到这样的场景，他便知道秦湾湾早上这场应该是没问题了。

他很庆幸他没将这一切搞砸。

见她离开后，他才悠悠地从椅子上起来，回去睡回笼觉去了。

回去的路上，他才发现今天的天气这般好，的确是个祥瑞之兆。

秦湾湾的运气的确不错，依他见解，之后只会更加好。

高考结束的那个下午，他看到秦湾湾发的朋友圈，文字之间是惬意与自由，一切似乎都很顺利，他也松了一口气。

可没过几个小时，她就又更新了一条朋友圈，写的是：既然如此，一切都只是我的误会，祝你我都有光明的未来。

其实并不难猜她遭遇了什么。

"你我"这两个字说明了这是一段她和另一人的关系，"未来"说明这人大概和她一样，是刚毕业的高中生。

傅之铭想起前段时间，她找他算的那什么匹配度。他记忆好，脑海中一下就浮现出"杨俊文"这三个字，他甚至能记起那杨俊文的笔迹。再仔细想想，秦湾湾好像和他说过，这杨俊文是她的班长。

所以……秦湾湾这是因为和杨俊文告白失败了？

这厢的秦湾湾已经伤心许久了。

高考结束的这天晚上，班上办了一场谢师宴。

全班同学欢聚一堂，在高中生活结束的这个晚上，许多同学都将自己深藏在心中的秘密和盘托出。有的同学和冷战了许久的同学和好，老师归还收了三年的智能手机，甚至有人在舞台上对另一个同学唱情歌。

此情此景，她看着坐在不远处的杨俊文，心中自然也开始发痒。

席间，她抿了两口酒，过了没多久，便有些昏昏沉沉，脑子也隐隐发热。

于是在杨俊文即将离开的时候，她上前拦住了他。

周围有很多同学，看见他们纠缠的模样，便开始笑嘻嘻地起哄。老师也在场，但因为已经高考结束，便没有多说什么，笑着轰大家离开。

杨俊文脸上表情不好，但眼前的秦湾湾似乎已经下了决心，她整张脸都是红的，尤其是眼睛。

他也知道总是逃避并不是什么办法，便答应下来："我们去外面说？"

秦湾湾正好觉得头晕，出去吹吹凉风正好合她的心意，于是便点点头，乖乖地跟在杨俊文的身后。

班长的背很是挺直，校服的领口都是一丝不苟的，看着他的背影，这些时间隐藏在心中的情愫在此刻又翻涌起来，她肚子里有很多话想说。

班长终于停住了脚步，她也赶紧刹住脚步，停在离他一米远的地方，晃了晃才站稳。

杨俊文扭头看她，声音很平静，问："你想说什么？"

秦湾湾看着他了然于心的表情，觉得他应该是知道她要说什么的，那些弯弯绕绕的心思和情愫在此刻都有些多余了，她深吸一口气，直接说："班长，我喜欢你。"

说这话的时候，她突然想起小师傅帮她算的匹配度，小师傅很早就说过她和班长是天赐良缘，所以她是能和他在一起的。

她用希冀的眼神看向杨俊文，却没见到预想中的欣喜表情。他表情不变，像是早就知道她会说这样的话，接着，他用同样毫无波澜的语气拒绝了她。

他说："抱歉，我不喜欢你。"

秦湾湾那一瞬间甚至怀疑了自己的耳朵，盯着他看了好一会儿才反应过来，就在几秒前，他拒绝了她的表白。

她慌乱不堪，一下失去了刚才的勇气，低下头，支支吾吾地说："可是……可是，小师傅说我们是绝配啊。"

杨俊文问："什么小师傅？"

秦湾湾老实回答："会占卜的小师傅。"

杨俊文听此，冷哼了一声，盯着她湿润的眼睛看了一会儿，说："秦湾湾，我当初就很想问了，为什么你会这么迷信，高考那天没了那支笔，你甚至不敢进去考试。"

他的语气里都是疑惑和难以置信，甚至还有些失望。

秦湾湾晕乎乎的，只知道自己被他指责了，一瞬间，竟忍不住哭鼻子："你根本就不懂我。"

杨俊文点头，声音冰冷："我是不懂你，我不喜欢你，为什么要懂你。"

话一落地，秦湾湾的眼泪就滚了下来。

杨俊文一愣，其实他是没想要秦湾湾这么难堪的。

左右这只是青春期的一些男女情愫，说清楚就好了，可他一想起高考那日她在门口着急却又不肯进考场的模样，便觉得一阵胸闷。高中生应该将高考看得十分重要，可是她竟然差点因为一个玄学师傅的一面之词错过了高考。

这对他来说是十分不可理喻的，于是连带着，他对秦湾湾的看法也变了。

他觉得她幼稚又无知，做事不知天高地厚，今天又这样贸贸然向他告白，他怎么可能答应。

而且，他本就不喜欢她。

秦湾湾抬起朦胧的泪眼看他，再次确认道："你不喜欢我？"

杨俊文沉默点头。

秦湾湾用力擦了擦自己眼泪："那打扰你了，抱歉，祝你前程似锦，考上理想大学。"

杨俊文喉咙有些发涩，居然说不出什么话来，最后只是站在原地，看她转身离开。

等到她的背影都消失不见后，他才返回大厅。看热闹的同学抓着他问发生了什么，他缄口不言，环顾四周却没看到秦湾湾的身影，还没问出口，反倒有一个和秦湾湾关系还不错的同学过来问他秦湾湾去哪儿了。

他说自己不知道。

女同学一愣，听此便知道他是拒绝了秦湾湾，瞪了他一眼后，抓起手机给秦湾湾打电话。

期间，杨俊文就一直盯着这女同学，见她挂了电话，他上前问："秦湾湾人呢？"

"关你什么事啊？"女同学语气不好，估计是听了秦湾湾的情况，正为她觉得不值呢。

杨俊文皱眉："我就想知道她现在安不安全。"

"安不安全都和你没关系，班长。"

杨俊文那眉头皱得更紧了。

那同学见杨俊文神色严肃，便也没再置气，敷衍说道："她已经到家了，很安全，你不用担心。"说完还碎碎念道，"刚才拒绝的时候不知道担心，现在倒是开始关心人家了？"

　　杨俊文心里不舒服，没有说话，沉默地离开了。

　　回去之后，他刷到了秦湾湾的朋友圈，心里并不是很舒服，却也知道他和她之间没有可能，便没在那条动态下留下一点痕迹。

　　秦湾湾哭得枕头都湿了，房间里没有开灯，唯一的光源是她放在枕头边的手机。

　　微弱的灯光照亮了她眼下的一片湿润痕迹。

　　就在这时，手机突然发出声音，有人给她发消息了，她心脏一跳。

　　有一瞬间，她以为是杨俊文的消息，不管是道歉还是祝福，她都在心中偷偷期待着。

　　但她打开一看，不是杨俊文，而是小师傅。

　　其实刚才听杨俊文那么一斥责，她对小师傅的确存了些芥蒂，怀疑自己是不是真的过于迷信了，轻信了小师傅的话。

　　可此刻出现的小师傅却像是来拯救她的，他的一句话将她今晚生出的那些怀疑全部击碎。

　　他问：你是不是和你那班长闹掰了？

　　他料事如神地点出她伤心的原因，即使她没有对他说过一点今晚的情况。

　　她心中震惊，问他：你是怎么知道的？

　　傅之铭回复：算出来的。

　　秦湾湾觉得小师傅其实真是有两把刷子的，杨俊文自己见识浅薄，凭什么来对她的生活指指点点？

　　她伤心过后便开始想办法挑杨俊文的刺。

这似乎是失恋的一个普遍流程。

此刻的她并不觉得不妥。

秦湾湾：小师傅，你说得没错。

傅之铭：其实这样甚好。

秦湾湾委屈：可是你当初说我和他是天赐良缘，匹配度是一百的。

傅之铭回复：那是当初，你们俩又经历了这么一场硬仗，那点缘分早就被磨没了。

秦湾湾深信不疑：这样啊……早知道我就问过你之后再去表白了。

傅之铭：对啊，之后要向人表白的时候可要记得问过我。

秦湾湾看着这句话，又觉得不是很妥当。若是这样，那她之后的感情生活岂不是都要经过小师傅的"审查"。

傅之铭见她没回复，又说：不过没事，我帮你算过了，你这次和他缘尽，其实对你来说是有处的。正所谓，情场失意，考场得意。你高考会考得不错的。

看到这样的话，秦湾湾又打起了精神：真的吗，那就好！

如果能换来高考成绩，也不枉她流了这么多眼泪。

傅之铭：真的，现在你不需要担心什么了，只要去做自己想做的事就好了。

秦湾湾：谢谢小师傅！

傅之铭：就是，发零花钱的时候，记得把那赊的账还给我。

秦湾湾：好的，我会记得的！

2

托小师傅的福，秦湾湾并不怎么担心自己的高考成绩。

这个暑假她也过得轻松舒适，平时不是宅在家里就是去找赵霓玩，加上尉杰，他们三人玩得很开心，一点都不担心明天会发生什么。在收到零花钱的第一时间，她便把欠傅之铭的债给还了，傅之铭很快就收款了，还关心她最近的情况。

秦湾湾说自己过得很好，感谢他对她的关心。

当时傅之铭没再回她，可她第二天便在家里见到了他。

他又跟着风水师傅来她家里看风水，她爸妈很殷勤地接待了两人，秦湾湾被母亲指示着去给傅之铭洗水果吃，等她从厨房里出来的时候，风水师傅已经和她父母消失了，客厅里只剩傅之铭人在。

"他们人呢？"

"去二楼看风水了。"

秦湾湾点点头，端上给他的水果，然后便在他对面正襟危坐。

傅之铭见到她这副模样，忍不住笑了："我只是顺便跟着师父过来看看。"

秦湾湾吓了一跳："看我吗？"

"我们也算是朋友了，不用这么拘谨。"

"谢谢小师傅啊，你帮我太多了，真不知该怎么感谢你了。"

傅之铭露出一个不符合他此时年龄的慈祥的笑容，说："不要这么说，帮你是应该的。而且，你不要再叫我小师傅了，我姓傅，可以叫我傅师傅。"

"好的，傅师傅。"

傅之铭见套近乎套得差不多了，咳咳嗓子，开始说正事："看你最近没有什么烦恼，还需要算些其他东西吗？"

秦湾湾一愣："比如？"

"比如你之后和舍友的关系，大学会上哪个专业之类的。"傅之铭诱导着。

"这些啊……"秦湾湾迟疑，"我并不想算这些，顺其自然就好了，而且我现在对此也没什么期待，更不知道自己想要什么。"

傅之铭脸色一僵，继续问："那你没有什么其他想问的吗？"

秦湾湾想了一会儿，发现自己最近的遗憾只有"向杨俊文告白失败"这件事，又回忆起当时的酸涩滋味，兜兜转转最后又被伤害。于是她看向傅之铭，说："我想……算算我的正缘是什么样的，我不想再在错的人身上浪费时间了，傅师傅，你能帮我算出我的正缘吗？"

傅之铭眼睛一亮："当然可以。"

他装模作样地沉吟，思考片刻之后说："你把你的出生时间告诉我，我回去帮你算算，之后再告诉你。"

秦湾湾说好，又仔细在纸上写下自己的出生时间和地点，郑重地递交给傅之铭。

傅之铭也煞有介事地对着纸上的数字看了一会儿，然后将纸条叠好，放进口袋里："我回去帮你算算。"

秦湾湾很感谢他，将桌上的果盘推到他面前。

傅之铭只吃了一颗草莓，楼梯处便传来动静。

一看见师父下楼，傅之铭就立刻起身，顺从地跟在他身后，一言不发，很安分的模样。

秦湾湾的父亲看着风水师傅身后的傅之铭，笑着说："这小师傅之后应该也会有一番作为的。"

风水师傅笑了一声："他可不成器了！"

"看着年纪不大，之后的事，谁能说得准呢？"

傅之铭不敢说一句，安静得像只鹌鹑。

最后，他们师徒二人被秦家三口送到门口。

傅之铭离开之前回头看了一眼秦湾湾，她站在父母身后，盯着他看。她看向他的眼神让他心脏一跳。那是一种饱含信任的眼神，像是在看着什么神祇。

傅之铭突然觉得热，后背都出了薄汗。

他欲言又止，可还是什么都没说，带着她的希冀离开了秦家。

回去没多久，秦湾湾就来问他是什么结果。

他盯着那张纸看了一会儿，发现几天后就是她生日了。

他说：我已经大概知道了，你想要具体到哪个程度？

秦湾湾那边安静了一会儿，最后说：太具体的也不行吧？我就想问问他大概会是什么时候出现，以及他的星座……可以吗？

她喜欢研究星座，自然对正缘的星座感兴趣。

这些问题的答案并不难编，但傅之铭还是觉得棘手，想了很久，他说：他已经出现在你生活中了，星座的话，是天秤座。

秦湾湾：这么准确啊！我知道了，我会留意生活中满足这两个条件的人的。

傅之铭关了手机，按了按自己的眉间。

见鬼了，他竟然有些心虚。

因为他是天秤座。

秦湾湾得到了傅之铭的提示之后，就开始在生活中搜寻符合这条件的人，找来找去，她只发现了一个符合条件的人。

就是和她初中同班、高中同校，如今还在同她和赵霓联系的尉杰。

两人很早就认识，尉杰也是天秤座，完全符合傅之铭给她的条件，意识到尉杰对她来说可能是不同的之后，她心情怪怪的。

实话实说，她有些失望，因为尉杰对她来说实在是太过熟悉了。

她对他完全没有那方面的意思，于是她甚至在心中怀疑傅之铭算得是不是准确的。可只是怀疑了一瞬，她就压下自己心头的想法，傅师傅帮她太多了，的确也是有两把刷子的。

她听着他的指示，并没有吃过什么亏，她怎么能怀疑他。

于是，她打算在之后重点观察尉杰这个人。

几天之后就是她的生日了，她本来只约了赵霓吃饭，可这尉杰就像是有读心术一样突然跳出来，问她怎么没有叫他出来一起聚聚。

秦湾湾一愣，问："你怎么来了？"

赵霓不觉得惊讶："是我说的，他问我你生日怎么安排，我这才知道你居然没叫他出来吃饭。怎么，你们俩吵架了？"

秦湾湾心中有鬼，说话也大声起来，欲盖弥彰："没有！我只是想着我们俩吃一顿就行了，他一个男的，怎么天天和我们两个女生待在一起。"

尉杰皱眉："秦湾湾，你没事吧！排挤我？"

秦湾湾反驳："我哪里有！"

赵霓被逗笑，上去劝架："别这样，尉杰还给你准备了礼物，就算是为了这礼物，你也让他跟着我们吧。"

秦湾湾哼哼两声，勉强答应："好吧。"

尉杰的脸色这才好看一些。

三人往前走了没两步，秦湾湾又突然扭头问尉杰："你什么星座？"

"天秤。"

秦湾湾顷刻愁眉苦脸。

尉杰瞪她："怎么，天秤座是不配来给你过生日吗？"

秦湾湾点头："嗯，最好不要是天秤座。"

尉杰疑惑极了，求助一般看了赵霓一眼。可赵霓只是无奈地耸了耸肩膀，也不知秦湾湾今天是怎么了。

不过秦湾湾只是在一开始的时候对尉杰有点意见，三人玩了一会儿后气氛又变得和睦，早就忘了刚才剑拔弩张的情形。

三人先是去吃了顿午饭，之后又去看了最近最热门的电影，是一部青春爱情影片，主角们相恋的过程并不顺利，女主角喜欢男主角，男主角却心有所属，最后两人并没有在一起。

赵霓看到一半就低着头默默流眼泪，秦湾湾也想起杨俊文那晚对她说的话，心里也难受得紧。于是两位女孩在一边哭，尉杰一人手足无措，最后只能沉默地给她们递上了纸巾。

秦湾湾接过纸巾，扭头看尉杰的脸，他皱着眉很担心她们的模样，如果她的正缘是尉杰，那么她应该是会接受的，至少他很细心会照顾人，对她也很好。

尉杰比杨俊文好上几百倍。

即使这样劝导自己，但她心里依旧不舒服。

原因很简单，此刻的她对尉杰并没有那方面的意思，她很难说服自己将他看作一个可以发展的男生。

尉杰见秦湾湾一直盯着他，有点不自在地扭了扭身子，然后伸手将她的脑袋扭了回去："看我干吗，看电影。"

秦湾湾没说话，抿抿唇，继续看电影。

电影结束后，秦湾湾和赵霓都哭得眼睛红肿，尉杰表示无法理解。

他无法理解她们俩，也无法理解电影里男女主角。

"磨磨叽叽的，喜欢就直说。那男的也真是渣，跟女孩子玩了这么久暧昧，结果不喜欢她。"

赵霓也跟着愤懑，说："对！搞暧昧搞了那么久，结果根本就不喜欢她！真是渣男。"

秦湾湾想了想，扭头问尉杰："你的爱情观是什么？"

"喜欢就靠近，不喜欢就远离，绝对不让女孩子误会。"

赵霓一愣，神色古怪地看向他："那你跟我们俩玩，是因为喜欢我们俩啊？"

尉杰吓一跳："胡说什么啊！我们可是朋友，而且，我能一次性喜欢两个女生？"

秦湾湾皱起眉头，跟着赵霓一起问："那你总是跟我们玩是什么意思？"

"就是朋友啊，我们从初中就开始一起玩，放心，我对你们俩没有任何意思。"尉杰就差拍胸脯保证了。

秦湾湾看向他，心中复杂，低声说："话还是不要说太早了。"

赵霓和尉杰都一脸惊恐地看向她。

秦湾湾瞪大眼睛，说："怎么，我们很没有魅力吗？说得我们很差劲似的。"

赵霓听此，也跟秦湾湾站到同一战线，拷问尉杰。

尉杰知道说不过，便不打算和他们再多说，将这个话题跳了过去。

之后三人又去了一趟游乐园，玩了一下午，直到天黑了才出园。

晚上，三人到酒吧一条街去觅食了。吃完自然就要小酌一杯，不过上次几人喝得烂醉的场景历历在目。他们拘束着，只敢点一些度数较低的，三人坐在店外的小桌边，夏天晚上的风偶尔吹过，好不惬意。

他们聊着天，口干了就抿一口小酒，然后对着彼此红起来的脸笑得合不拢嘴。

此时此刻，他们三人好像回到了初中的时候，自在又无烦恼。

时间差不多了，赵霓的妈妈打电话来催她回家，听到赵霓说自己在酒吧一条街后，陈若玫说什么都要亲自来接她。

过了没多久后，陈若玫就来了，见秦湾湾和尉杰也喝得小脸通红，她着急地说要把两人一起送回家。

秦湾湾摇头，说自己家就在这条街的对面，她待会儿自己走回去就行了。

尉杰则是一直说自己没醉："阿姨，真不用了，我只是喝酒上脸而已，我待会儿坐公交车自己回去。"

陈若玫见拗不过他们两人，便没再多说，只让他们回去的时候注意安全，说完就拉着赵霓离开了。

赵霓离开后，桌前只剩下一无所知的尉杰和心里有鬼的秦湾湾。

她端详了尉杰一会儿，还是无法接受自己的正缘是他。脑子发热，她问："你能不能不要是天秤座？"

尉杰觉得眼前这位姑奶奶今天很是奇怪，像是跟他的天秤座杠上了……

虽然不知道她是什么意思，但她今天是寿星，他决定还是让她开心一回。

"可以，那你觉得我应该是什么座？我可以是什么星座？"

"什么都可以啦，就是不要是天秤座。"秦湾湾笑笑，"也不要是金牛座。"

"为什么？"

"我算过了，金牛座和我不合。"

"那我为什么不能是天秤座？"

尉杰顺水推舟问下去，秦湾湾脑子没转过来，竟说出了真话："因为，小师傅说我的正缘会是天秤座。"

尉杰没听懂："什么师傅，什么正缘？"

秦湾湾一愣，这才发现自己竟说漏了嘴。见尉杰一副不肯放过她的样子，她想了想，索性和盘托出。

听完她说的话后，尉杰也像杨俊文一样对这小师傅质疑，接着再开始怀疑她："他说什么你就信什么啊？万一他是乱说的呢？"

秦湾湾翻了个白眼："我就知道跟你说不通。"

尉杰摇头："我不理解。所以就是因为我是天秤座，所以你今天才这么对我啊？"

秦湾湾也觉得不妥："对不起啊，我就是没办法接受你是我正缘。"

尉杰笑起来，挺起腰："怎么了，我不配吗？"

"倒也不是，只是我觉得你只是我的朋友，之后也只会是我的朋友。"

"那就对了。我也是这么想的。就算你那什么小师傅说的真是准的，那个人也不会是我，我一直都会是你的朋友。"

他又说："小师傅说的应该只是一个方向，并不是你拿去筛选的条件，真爱正缘是这样筛选出来的吗？"

秦湾湾突然被点通了，一拍桌子："你说得对！而且，小师傅的话也不一定都是准的，机器都会有故障的时候，小师傅也有可能出问题的，我还是要顺着我的心意，不能盲目地用这些条件去筛选，我要用心去选择。"

尉杰见她想通了，释然地说："这就对了，那我可以变回天秤座吗？寿星。"

"可以，准了。"

两人对着对方笑出来，他们又变成了对方的好朋友。

尉杰送给秦湾湾的是一条项链，他买不起那种昂贵的金链子，却也下了点血本买了纯银的。

银色的细链上点缀着几只小小的蓝紫色蝴蝶，梦幻美丽。

秦湾湾一见到这礼物便爱不释手，在并不明亮的路灯下端详了好一会儿，然后迫不及待地戴上，自己无法轻易将项链扣好，便请求了尉杰。

尉杰当然乐意，拍了拍她的肩膀让她转身过去，他借着不远处的微弱灯光，专注着手上的动作。但不知是不是酒喝多了，又或者是天气太热，他出了点手汗，折腾了好几分钟都没弄好。

秦湾湾扭了扭身体，不耐烦地问："好了没啊？热死我了，脖子也很酸。"

尉杰："马上马上，快……"话还没说话，他便被人一把推开。

那人力气很大，他竟一下就被推到椅背上。

他一蒙，秦湾湾也没反应过来，大喊："项链差点掉地上了！"

等秦湾湾将项链完好地取下来后，她才和尉杰一起看向站在他们身边的人。

是傅之铭。

他表情严肃，平时总是带着圆滑笑意的眼睛此刻却盛满了愤怒。

他看了一眼秦湾湾，问："没事吧！他刚才在欺负你呢？"

秦湾湾愣住，反应过来后，她赶紧起身："你误会了！他是我朋友！"

傅之铭皱眉，依旧不肯轻易放过尉杰："那他刚才在干吗？"

秦湾湾一愣，将那条蝴蝶项链拿到他面前，紫蓝色的小蝴蝶在傅之铭的眼前转了两圈才堪堪停住。

傅之铭的眼神穿过那几只蝴蝶，看向蝴蝶后方秦湾湾的脸。

她的眼睛明亮水润，饱满白皙的脸颊此刻也泛着微醺的粉色。路边微弱的灯光打在她的左侧脸上，将她脸上的绒毛都照得一清二楚。

傅之铭调整呼吸，挪开眼神，对上她的眼睛。

秦湾湾说："他在帮我戴项链。"

知道是自己误会后，傅之铭尴尬地咳咳嗓子，找回自己平时那副圆滑的模样，甚至开玩笑道："你自己戴不上吗？"

秦湾湾还没说话，刚才被他推倒的尉杰在这时起身，将秦湾湾往自己身后护了护，并不客气地问："你是谁？"

傅之铭的年纪和他们俩差不多，只是在社会上多待了几年，见是自己误会了，也不想和尉杰硬碰硬。他对尉杰笑了笑，重新帮他整理好衣服的褶皱："抱歉，小兄弟，我刚才误会了，以为你在欺负她，所以推了你一把。"

尉杰也是个耳根子软的，见秦湾湾和傅之铭真是朋友，便也没说什么。

傅之铭直接在两人这桌坐下，说是要和他们一起喝点。

秦湾湾一愣，自觉两人还没熟到可以一起喝酒的程度，不过见傅之铭兴致高涨，她也不忍心扫兴。

尉杰也面露难色，刚才他就和父母说准备要回去了，如今自然不能再多待。

他为难地看了一眼秦湾湾："时间差不多了，我该回去了，你也回去吧，我送你回去了，我再走。"又对傅之铭道歉，"抱歉啊，时间有点晚了，我们该回去了。"

傅之铭脸色一僵，看向秦湾湾，见她似乎也坐不住了，心情不怎么好，他对尉杰说："你先走吧，我和秦湾湾还有些话说。"

秦湾湾明显不知道他在说什么，微醺的一张脸上是迷惑的表情。

尉杰看向秦湾湾："是吗？"

傅之铭开口："你上次让我帮你的事，我有些信息没告诉你。"

听完这话，秦湾湾一下就明白他是什么意思了。刚想问是不是正缘的事，可尉杰就在一旁，她不愿意让他听到这些私密的事，于是点点头，让尉杰早点回去："叔叔阿姨待会儿等急了。"

"那你呢？"

傅之铭笑："我会送她回去的，她家不就在对面吗？"

见傅之铭连秦湾湾住哪里都知道，尉杰相信了二者的关系，放心离开了。

尉杰一走，秦湾湾就问傅之铭："你说的是关于我正缘的事吗？"

傅之铭抿了一口水："是的。"

"有什么新消息吗？还是有什么需要订正的。其实啊……傅师傅，你和我说的天秤座，我觉得不是很准。"

傅之铭听到"天秤座"这三个字后，眼底缩了一下："什么意思？"

秦湾湾想了想，将今天发生的事告诉他了。她喝了点酒，说话有些含糊，大着舌头吐着泡泡："……总之，如果真像你说的那样，我身边的正缘只剩一人了。"

"谁？"

"尉杰，就刚走的那人。"

傅之铭反驳："胡说。"

秦湾湾疑惑地盯着他："嗯？"

傅之铭凑到她跟前，看着她湿润的眸子，说："我也是天秤座。"

秦湾湾没反应过来，脑子转过弯后，她惊讶地捂住了嘴："难不成是你？！"

傅之铭没想到她会是这反应，多年行骗养成的自若脾性在此刻却消失，他竟然感到慌张，装作可笑地看了她一眼："说不定呢，未来的事，我们都说不准。"

秦湾湾抱住脑袋："那还不如尉杰呢。"她猛地抬头，看向傅之铭，"傅师傅，你真的没可能算错吗？说不定，我的正缘不是天秤座，又或者……我可能会孤独终老。"

傅之铭见她如此逃避，心里很不是滋味，阴恻恻地问："怎么，你觉得我不配做你的正缘啊？"

秦湾湾急忙摆手，说："我绝对不是这意思，我只是……没做好心理准备。"

她急得脸颊更红了："而且，缘分要是真来的话，我也挡不住的。"

"你知道就好。"傅之铭笑笑。

秦湾湾对他这笑感到疑惑，深吸一口气后，疑惑出声："不会吧，傅师傅，我们难不成真是一对吗？"

傅之铭从她的口中听到"一对"这个词语，竟莫名觉得愉悦。见她一脸不相信却不得不接受的无奈，他也感到有趣，于是忍不住再逗一逗她。

"这说不准的。"他逗她，注意力都在她身上，丝毫没意识到此刻自己的心脏跳得到底有多快。

秦湾湾想了片刻，突然想到什么，她跳起来："那都是你自己说的，你说是天秤座就是天秤座，你说是你就是你啊？你要是骗我怎么办？"

傅之铭笑了笑，挪开眼神，低声嘟囔："好像还不傻。"

秦湾湾听到了，凑到他眼前，皱眉质疑他："你什么意思？"

傅之铭纠结了一会儿，他看着秦湾湾的清澈眸子，最后还是决定亲自砸了自己的招牌："就算我算出来了，但我也有可能算错，任何东西都不是绝对准确的，你还是要靠着你的心去分辨。"

他盯着她看："只有你的心是最准确的，懂吗？"

秦湾湾似懂非懂地点点头，最后得出一个结论："所以说，天秤座不算数是吗？"

傅之铭点头："但钱还是不能退你啊。"

秦湾湾此刻正高兴，自然不会计较这些小钱："没事呀，那是你的辛苦费嘛。"

傅之铭觉得秦湾湾真的过分单纯。

而他多年行骗养成的铁石心肠，此刻竟也有些动摇，他在反思，自己是不是骗了她太多次了，甚至有些恐惧秦湾湾知道真相后的模样。

不过这一念头，很快就被他踢出大脑——

他不可能让秦湾湾知道真相。

两人又坐了一会儿，秦湾湾也开始犯困，摇摇晃晃起身，对傅之铭说自己想要回家。

傅之铭将桌上的饮料一口喝完："行，我送你回去。"

担心秦湾湾走着走着就摔倒在地上，傅之铭伸手握住她的胳膊肘，控制她的方向。

秦湾湾的胳膊肘捏着没什么肉，傅之铭无意识地嘟囔了句："好瘦。"

秦湾湾听到了："我吗？"

傅之铭点头，说话之余还在控制着秦湾湾行进的方向。

"看来最近减肥有所成效。只是今天生日，吃得可能有点太多了。"

傅之铭见她一脸懊悔，拉着她往前走："好好的，为什么要减肥？"

"想要更好看一点。"秦湾湾低声说。

傅之铭垂眸看了她一眼，淡淡说："其实，现在已经够好看的了。"

秦湾湾一愣，扭头看他："不行，我想要更好看些。"

傅之铭挑挑眉："行吧，注意身体。"

他不会去阻止秦湾湾做自己想做的事，而且今天是她的生日，怎么能教寿星怎么做事呢？

"你今天生日啊？"他问。

秦湾湾抬起头看他："你怎么知道？"

傅之铭觉得她真是不够清醒："你的八字都在我手里。"

"对哦。"

"生日快乐。"傅之铭移开视线，对着空气说出祝福。

骗人骗惯了，他发现自己竟只有在骗人的时候能够盯着别人的眸子，真诚的时候竟然会忍不住躲开对方的眼神。

秦湾湾盯着他，语气轻盈，很是感动："谢谢你啊。"

傅之铭忍不住低头看了她一眼，撞见她那诚恳柔软的眼神，他又迅速挪开目光，竟觉得有些不好意思。

两人走在路上，夜已经深了，但这条街道依旧热闹，路边有许多小摊贩，卖无骨鸡爪、卖十元一束的鲜花、现场手绘文身，还有卖女孩喜欢的小饰品的……

　　傅之铭瞥到一个首饰小摊。

　　摊子很小，只有矮小的一张桌子，桌面上铺了一张白布，布上铺满了琳琅满目的饰品，耳环、项链、手链还有一些精致的发饰。

　　也许是因为刚才秦湾湾拿着几只蝴蝶在他眼前晃悠，傅之铭竟一眼就看到了一个蝴蝶发卡。

　　这蝴蝶发卡比她那条项链更好看，至少他是这么认为的。

　　他甚至在脑海中想象出秦湾湾戴这发卡会是什么模样，会好看的。

　　于是他停住了脚步，秦湾湾也被拉住，停了下来。

　　傅之铭推着她到小摊前，然后利落地拿起那个蝴蝶发卡，将那只蝴蝶捧到秦湾湾眼前，问："喜欢这个吗？"

　　秦湾湾一愣，这蝴蝶凑得太近，她差点看成对眼，看清蝴蝶的模样之后，她惊喜地说："喜欢！"

　　傅之铭很满意："那你拿着吧，就算是我送你的生日礼物。"

　　秦湾湾吓一跳，感动地接过发卡："太谢谢你了，傅师傅。"

　　傅之铭被这甜言蜜语迷惑得只想赶紧把钱付了，扭头问了价格后，他的脸色僵住了。

　　虽然不算特别贵，但也超乎了他的想象。

　　他大方地开始砍价："便宜一点可以吗？"

　　摊主也十分老练，见秦湾湾喜欢得爱不释手，自然也不肯轻易松口："帅哥，你看你女朋友这么喜欢，就送她一个呗，也不是很贵嘛。"

　　傅之铭听此，立刻松开握着秦湾湾胳膊肘的手："她不是我女朋友。"

摊主有点尴尬："那你朋友这么喜欢,送她一个吧。你看她开心成这样。"

傅之铭扭头看秦湾湾,她已经将蝴蝶发卡戴到头上了,俨然一副她已经拥有了这东西的模样。

傅之铭叹了口气,也觉得骑虎难下,早知道就不头脑发热说自己要送她这个生日礼物了。

他在心里算了一下账,秦湾湾给他送的钱能买好多个发卡了。

这么想着,他就咬牙付了钱。

付完钱,摊主笑哈哈,嘴甜地夸了秦湾湾几句。

秦湾湾的脸颊红扑扑,眼睛湿润,她被摊主夸得笑得眼睛弯弯。

傅之铭看着她的笑颜,突然觉得这钱花得还算值。

…………

秦湾湾第二天醒来,看着桌上多出来的两个蝴蝶首饰,思忖片刻,戴上了蝴蝶项链。倒不是蝴蝶发卡不好,只是发卡有些大,而且她今天的风格和这发卡并不搭,如果硬要戴上,会显得不伦不类。

今天,她要和妈妈去爬山锻炼身体,穿着会比较运动风,甜酷发饰肯定是不怎么适合的,于是她将蝴蝶发卡收进自己的首饰盒里。

下午的时候,她发了一条去爬山的朋友圈,还配了几张自拍。

尉杰给她点赞评论:项链真好看,谁眼光这么好啊?

傅之铭只给她评论,问:为什么没戴我送你的发卡,你知道有多贵吗?

秦湾湾盯着这两条评论,无奈地挠了挠头,觉得他们俩都很幼稚,便装没看见评论。

可是过了没多久，傅之铭竟然直接找上她来兴师问罪：为什么没戴发卡？

秦湾湾解释：和我今天穿的衣服不搭。

以为这么说他就能理解了，但傅之铭还是缠着她，问哪里不搭了，他明明觉得很搭。

秦湾湾没想到傅师傅居然会这么幼稚难缠，又耐着性子和他解释了几句，他还是很不满意，最后甚至还和她说起她戴的那条蝴蝶项链。

傅之铭：为什么可以戴蝴蝶项链，就不能戴蝴蝶发卡，你是不是不把我当朋友？

最后一句质疑可给秦湾湾扣上了一个大帽子，她震惊得竟不知要说些什么。

他们是朋友吗？其实她一直都觉得两人只是交易关系。

如今他突然这样质疑，她倒觉得自己过于冷血无情，便对他存愧疚之情：你当然是我朋友，下次我一定戴蝴蝶发卡，你放心。

那头的傅之铭似乎终于满意了：以后多戴，真的很贵。

秦湾湾看着和他的对话框，偷偷弯了嘴角。

傅之铭比她想象中更加幼稚，不过此刻，他们的确成了朋友。

认定他是自己的朋友之后，秦湾湾不再将他看作是一个算命小师傅，对他也没了那么多拘束，两人偶尔也会约着见面吃饭，在网上也经常聊天拌嘴。

和傅之铭成为朋友之后，秦湾湾的确得到了一些好处。

她找傅之铭算东西的时候敢和他讨价还价了，虽然傅之铭一开始都不会同意，但被她磨一会儿，他便会答应下来。

甚至有些时候，她都没付钱。

在这种时候，她就会感叹有这样一个会算卦的朋友是很有好处的。

3

时间过得很快，她的高考成绩如期出炉。

就像傅之铭说的那样，她的成绩比她想象中的好上许多，最后被本地一个相对较好的大学录取上了，父母对此很满意。她偶尔在父母面前提起傅之铭，说他帮了自己许多，于是父母对风水师傅便更加信任了，碰见傅之铭的时候也会在风水师傅面前夸他好几句。

遇见傅之铭之后，秦湾湾总觉得自己幸运了许多。

但好景不长，秦湾湾开学后的运气并不是很好，开学的第一个月，她不是丢了东西就是会在无意间添上一些莫名的伤口，她着急地找到傅之铭说自己想要转运。

过了没多久，傅之铭说他已经帮她处理好了，让她平时耐心平静一点，还建议她每个月都去找他一回。

两人还在一个城市，平时见面并不难，但秦湾湾还是疑惑，问：*为什么每个月都要去找你？*

他回答：*给你做一次心灵洗涤。*

秦湾湾半信半疑答应下来。

第二个月，她去找他。

他带着她在他家附近的山上转了转，说这是洗涤心灵清除杂念的有效方法。秦湾湾一开始是不信的，但逛完一趟之后，她的确平静许多，两人在山道上聊了一会儿天，傅之铭还很大方地要请她吃饭。

这么一天下来，秦湾湾的确觉得受益颇多，之后的每个月便都准时去找傅之铭。

两人越来越熟，秦湾湾也越来越相信他，甚至带了赵霓去找他。

不过，傅之铭的谎言没多久就被戳穿了。

那天，尉杰约了秦湾湾出去买母亲节的礼物，他开着电动车来秦湾湾家里接她。可是要去购物的商场是新开的，甚至在新开发的片区，两人之前都没去过，尉杰也不了解路况，于是两人在路中间迷迷糊糊地就被交警拦下了。

交警见两人年纪不大，应该是大学生的身份，看起来也不是那种整日在街边晃荡的混混，对两人态度便也还算可以，告知二人，他们刚才开的这条道是不允许非机动车辆上路的，他们违规了。

尉杰和秦湾湾吓了一跳，尉杰吓得脸都白了，急急忙忙道歉，问应该怎么处理，他都能配合。

交警把他们的车扣下来："需要跟我去写一份保证书，之后注意一点就行了。"

尉杰和秦湾湾小鸡啄米一样点头。

到了交警亭，秦湾湾意料之外地见到了一位眼熟的人。

那交警记性不错，也一眼就认出秦湾湾："你……你就是去年高考在门口等着那小弟的人？"

秦湾湾点点头，尴尬地应下来，尉杰则是不明所以，问是怎么一回事。

秦湾湾还没来得及解释，这交警就大大咧咧地开口："就去年，我们突然接到求救，那小弟，就是给你送笔的那个小弟说自己高考要迟到了，我们一听，那怎么行！我临危受命，直接开了一辆摩托车，一路开道，急急忙忙赶到现场，结果那小弟只是下车给你送了东西，自己分明就不是高考生。不过我后来问了他，他说是为了你高考才撒了个小谎，也无伤大雅。"

想起这件事，交警似乎还觉得自己英勇，憨厚地笑了笑："你当时高考还成吧？考到哪个学校了？"

秦湾湾急忙感谢他："托您的福，我顺利考试了。"

交警笑笑，低了头开始忙自己的事。

尉杰听了这么一回事，惊叹："你高考的时候这么惊险啊？那小弟给你送什么了？"

秦湾湾："一支笔。"

尉杰疑惑："什么笔，需要这么大费周章地送过来？"

秦湾湾还没说话，刚才在讲故事的交警便抬起头来，像是捕捉到了他们的只言片语，自己也有话要说："说起笔，当时那小弟也真够奇怪的，都快到学校，他却突然叫我停下，在离学校两百米的一家超市里买了一支笔。"

尉杰听了，看向秦湾湾："超市里买的笔，你为什么这么看重？"

他本想从秦湾湾这里得到问题的答案，却发现身侧的秦湾湾神色僵硬。

她抬头看向交警，声音有些涩："您确定是在超市里买的吗？"

交警摆摆手："当然了，我停车后他跑下去买的，我怎么可能记错。"

秦湾湾继续问："他跑下去买的吗？他的腿不是有问题吗？"

交警皱眉："这个我也觉得有点奇怪，去超市买笔的时候他跑得可快了，一下车给你送笔的时候就一瘸一拐的了。"

秦湾湾想起傅之铭对她说的话，他说他这腿是着急给她送笔被撞了，还说他受伤是在给她挡灾，说她的高考一定会顺利。

她当时相信了，还十分感激他，甚至因为他的伤，对他感到愧疚。

可是如今，她倒不知道自己能信些什么了。

交警不可能说谎，那么说谎的人只能是傅之铭了。

他为什么要说谎，为什么要用普通的笔骗她？

——因为钱。

她想起她和傅之铭的交往前期都是围绕着钱的，高中时算适配度要钱，高考时买福袋要钱，高考后算正缘也要钱……

但因为当时两人的关系并不亲近，只是最普通的交易关系，她便觉得正常，对他的那些话，自己竟一点也没有怀疑。之后两人成了朋友，她更是没再怀疑过他。

如今想起两人过去的种种，其实一切都是有迹可循的。

痴傻呆笨愚蠢的似乎只有她一人。

傅之铭一直都是精明、唯利是图、城府极深的。

当初不熟时，他说什么，她信什么，傻傻给他送钱。之后两人成了朋友，他也绝口不提当初他骗她的这些事，依旧能够整日笑嘻嘻地和她做朋友。

秦湾湾不知道傅之铭为何能够如此大方，甚至是厚脸皮地和她继续相处。

也许当他看到她对他那副真诚的模样时，可能还会在心中取笑她。

尉杰见秦湾湾表情不好，知道应该是发生了什么事，他停下写保证书的笔，问她怎么了。

被他这么一叫，秦湾湾如梦初醒，回过神来说自己没事。

可是等他把保证书写完，她却说自己不舒服，可能没办法陪他去买母亲节礼物了。

尉杰见她不肯多说，便也没有强求，关切地问她需不需要送她回去。

秦湾湾摇头："我自己回去就好了。"

她现在不想回去，只想和傅之铭当面对质。

虽然她心中已经有数了，却执拗地想要听傅之铭亲口说。

她知道他家在哪里，之前傅之铭带她去过一次的。

那次两人本约好了去寺庙，可是天空突然落下大雨，两人正准备上山，手中没伞，在山脚下根本没有落脚的地方，傅之铭踟蹰了许久，最后只能先将她带去了他家。

他似乎是觉得自己的家太小、太破败，担心秦湾湾嫌弃鄙夷，所以才这般纠结。可秦湾湾却没露出一点嫌弃不悦的神色，她坐在客厅里的一张椅子上，也不胡乱打量他家里的装潢，只是乖巧地坐着，盯着窗外如瀑的大雨。

他给她泡了香飘飘的奶茶。那个下午，她捧着奶茶在他家里坐了许久，他和她聊天，直到窗外的雨停下。

如今，那段算得上开心的记忆也变得不够纯粹，脑海中曾经他看向她那般关切的眼神也染上了虚假的意味。

她直接打车到他家门口，想要直接将他叫出来对质，可即将落在门上的手又迟迟不敢落下。

她还是恐惧，不舍得放弃这段来之不易的友情。

上天似乎听见了她抽搐的心理，很慈悲地帮了她一把。

站在门口的她听见了屋内傅之铭和别人的谈话声，他应该是在和朋友聊天，还是许久不见的朋友。

傅之铭在向他叙说自己这些年是怎么过来的，说他跟着一个风水师傅，用一些小把戏骗到了不少钱。

他说这些话时，语气昂扬，还带着得意的笑意，惹得那朋友"哈哈哈"笑个不停。

秦湾湾沉默着，一颗心几乎坠到谷底。

她的心脏似乎破了一个大洞，原本想要自己伸手堵住的，最后却发现这已经不是她能补救过来的伤势了。

如今，她心中那最后的情分都已经消失，她也不想再和他体面下去了。于是她直接敲响了他那扇摇晃的铁门，过了一会儿，脚步声越来越近。

傅之铭打开门，和表情平静眼睛却发红的秦湾湾对视上，他一愣，握住门把手的手收紧，问："你怎么来了？"

秦湾湾冷静开口，可是声音就是止不住地颤抖："我们聊聊。"

傅之铭看她这副模样，大概知道发生了什么。想起刚才自己说的那些话，他不知道秦湾湾听去了多少，他迅速地在心中作出决断，思考自己到底能挽回多少。

可秦湾湾似乎知道他在想什么，她看破他了，所以看向他的眼神里没有一点期待。

她问："要在这里聊，还是去别的地方？"

傅之铭第一次如此慌张，他还没开口便觉得自己被判了死刑。他很清楚，自己没有翻身的机会了，因为他的确做了很多伤害秦湾湾的事。

如今虚假的求饶和辩解更是廉价、低贱，最后他深吸了一口气，做出了一个决定。

他决定不再撒谎也不辩驳了，向秦湾湾诚恳地道歉。

两人在经常去的山脚下摊牌。

傅之铭骗她太多，不知从何开始道歉，所以他等着秦湾湾说话。

秦湾湾盯着他看了许久，只问了一句："从一开始就是假的？"

见他沉默着没说话，她气得几乎掉眼泪，又问："全部都是假的？"

是的，从开始到结束，每一个相处环节都含着他对她不纯粹不真诚的想法，但最后一刻，他不想再骗她了，所以他承认："那些算命卜卦的都是假的。"

"那支笔呢？"

"假的，超市里买的。"

"为的是什么？"

傅之铭终于诚实地说出自己的欲望："为了钱。"

秦湾湾忍了许久，最终还是没抑制住眼泪，泪珠簌簌往下落。她又落了下风："好。"

她问："你还有什么想说的吗？"

傅之铭没想到她还会给他这样的机会。思忖片刻，他诚恳向她道歉："对不起。"

秦湾湾看着眼前他的模样，他似乎真在忏悔，可是他那么会演戏，十分钟前，他还在向朋友炫耀自己那些骗人的伎俩，十分钟后，怎么可能是诚心道歉的呢？

她将自己的心筑得更加坚实冷硬。

想起什么，她低头扯下头上戴着的那个蝴蝶发卡，瞪着他，再狠狠丢到他身上："还给你！"

昨晚下过雨，山脚的泥土还很湿。

见证着他们成为朋友的蝴蝶发卡落到泥泞的地上，他们这段友情也像这发卡一样掉进了肮脏的泥土里。

秦湾湾没再看这发卡，毫不留情地转身离开。

傅之铭那堵在喉咙的话，最后还是没说出口。

他想说，其实他们之间并不全是假的，比如这个发卡，还有那个雨天，抑或是他同她聊过的那些事，都是真的。

可这些对她来说，似乎已经不重要了。

他也没那个脸将她拦下来解释，他只能看着她越走越远，像只蝴蝶一样飞出了他的世界。

不知过了多久，她的背影早就不见踪迹，他才像是回过神一样，蹲下身子，捡起那个蝴蝶发卡。

本精致的蝴蝶上沾染了泥渍，他却毫不在意，小心翼翼地捡起后，攥到手里。

4

秦湾湾虽已经决定和傅之铭绝交了，可她的父母并不知道这件事，见她到了时间还没去上山，还催着她赶紧去。秦湾湾成功推拒了几次，可最后一次，她爸说顺路有空，不容拒绝地直接将她送到了山脚下，还自作主张地联系了傅之铭，让他带着她上山。

秦湾湾拒绝不了，只能看着已经绝交的朋友突然又出现在她面前。

两人已经有一段时间没见面，期间也从未联系过，秦湾湾还没原谅他，见到他自然也没什么好脸色。她站在原地，等着她爸驱车离开后，她看都不看他一眼，打算直接抬脚离开，傅之铭却挡住她离开的路，说："来都来了，不去转转吗？"

秦湾湾也知道骗人的只是他而已，迟疑了一会儿，她一言不发地转头上山。

傅之铭就这样不远不近地跟在她身后。

秦湾湾走在他前面，听着他的脚步声，觉得心烦意乱，爬山爬到一半停住脚步，她又反悔了，转身就想下山。

臭着脸经过傅之铭的时候，他抓着她的手腕拦住了她。

秦湾湾吓了一跳，挣脱开他的手之后，对他说："我们已经不是朋友了。"

傅之铭表情严肃，听了他这话之后，眸子微微一闪，最后还是松开了她的手。

秦湾湾又想下山，这次傅之铭又用语言让她停下了脚步。

他在她身后说："对不起。"

他早就向她道歉过了，当时的她觉得那是假的，如今秦湾湾依旧觉得他没安什么好心。

她头也不回："那我们也已经不是朋友了。"说完就下山去了，身后不再有脚步声。

她一直在往前走，傅之铭却停在了原地。

可是今天的秦湾湾很倒霉，被父亲送过来和绝交的朋友见面就算了，她刚到山脚下还没来得及打车，天又下起了大雨。她只能被迫停在山脚的亭子里等雨停。

雨还没停，傅之铭就带着伞出现了。

秦湾湾本就低落的心情如今几乎抑郁，可她没地方跑，只能往亭子的最角落里靠，毅然决然地摆出要和他分裂隔断的姿态。

傅之铭也很识相地坐在离她最远的地方，并不打算向她靠近，似乎只是想要陪着她等雨停。

秦湾湾等了一会儿，见他很安静，心情稍微好转些。

其实她很喜欢雨天的，湿润清新的空气能让人清醒，淅淅沥沥的雨滴声也很悦耳，也可能是雨天治愈了她，连带着对面的傅之铭看起来都没那么生厌了。

所以当傅之铭开始说话的时候，她并没有制止他。

她挪开眼神，装作没在听，但他说的每个字都一直往她的耳朵里钻，他的声音伴着雨声，一点点沁进她的心灵里。

他说了自己的遭遇，说他无父无母，从小就跟着年迈的爷爷一起生活，一老一少的生活过得很是艰苦，初中毕业之后爷爷去世了。他也遇见他的师父，师父见他命格孤苦，便将他收留了。

之后，他便跟着师父学本领，但他这人心静不下来，跟着师父好几年了，却没学到什么东西，只会些骗人的小把戏。可能是因为小时候穷怕了，所以就爱干些骗钱的腌臜事。

秦湾湾听完觉得有些难受，虽然不知他说的是真是假，但她却下意识地为他感到难过。她很矛盾，一边期盼着他是在骗她，他根本就没有这样凄惨的身世，一边又觉得他可恨，活该过得这样苦。

不知沉默了多久，亭外的雨势也渐渐变小，亭内起伏汹涌的情绪最终也慢慢消歇下来。

傅之铭将那把伞放到她脚边，最后看她一眼，最后说了一句："对不起。"

这是他第三次向秦湾湾道歉。

秦湾湾对此的感受似乎也有了很大的变化，当初那些愤怒不屑的情绪已经消失了。如今，她只感到悲伤。她似乎已经释怀，却也依旧无法说出原谅他的话。

她抬眼看他，嘴像是被粘住了一样，始终打不开。

他站在她跟前，和她对视："你真的很好。"

突然的夸奖让秦湾湾有些愣，可她却开心不起来。她有预感，这是一次认真的告别，他们的关系真要在此画下句号了。

他们平静又珍重，决心在此分道扬镳。

果然，傅之铭说："再见。"

秦湾湾的眼眶猛地发热，她仰头看他，死死盯着他。

终于，在傅之铭即将踏入雨幕的时候，秦湾湾那像是粘住的嘴终于打开了，她对着他的背影，说了句："再见。"

他脚步一顿，却没回头，踏入雨幕中。

过了一会儿，直到看不见他了，秦湾湾才收回视线，她垂眸，后知后觉地摸了摸自己眼睛，有些湿。

该是雨水吧，她这样宽慰自己。

他们自那天后就再没见过。傅之铭的师父，也就是她爸妈相信的那个风水师傅前段时间也离开这个城市。她爸妈一开始是很惋惜的，两天之后打听到一个更厉害的风水师傅，便把傅之铭的师父抛在脑后了。

自此，她和傅之铭的联系彻底断了。

之后，她跟赵霓说起她和小师傅的决裂，赵霓似乎觉得有些可惜。

赵霓说："如果他说的都是真的话，只要你原谅他了，他保证不再骗你，我觉得你们是可以继续当朋友的。"

秦湾湾却摇头："不能的，我也不知道怎么说……其实他对我来说，已经成为很重要的人了，但即使我现在原谅他了，我们还是回不到过去了。将这段关系整理干净，是最好的做法。"

赵霓问她偶尔会不会想起小师傅。

秦湾湾瞥了赵霓一眼："是大学生活不够精彩吗？为什么会想起一个骗钱的神棍。"

赵霓揶揄地看向她，明显是不信的模样。

秦湾湾懒得辩解，垂眸无奈地笑了笑。

心中想的是，大学生活可能真的不够精彩吧，她有时的确会想起傅之铭，无缘由地想起他，想起他们之间经历过的一切，甚至是那些被沾染上"谎言"的回忆，她也会时不时想起来。时间过得久了，她心中那些怨恨和愤怒也消散不见了，只会觉得小时候的自己太过愚笨——

傅之铭说的那些扯淡话，她居然全都信了。想到最后，她才后知后觉到，自己又想起傅之铭了。

一开始也会觉得苦恼，忧心自己为什么会一直想起他，之后就也释怀了，想就想了，反正又不会再见面了。

不过，她还是会在脑中想象傅之铭如今过的是什么样的生活。

应该不会再去骗那种不谙世事小姑娘的钱了吧？

不会吧……

这天，秦湾湾发现舍友三人围在一起讨论着什么，都很激动，跃跃欲试的模样。她问了才知道，舍友小婷在学校的帮帮墙上发现了一个很会算卦的神棍，很多校内大学生都在推荐这个师傅，说这师傅算得很准之类的，小婷昨晚便也顺手加上了。小师傅昨晚给她随意点拨了两句，说小婷最近几日会有意外之财，小婷本是毫不在意的，但刚才在回宿舍的路上，她打开手机微博，发现自己中了一部最近的苹果手机。

这准得……几乎吓人。

小婷立马就想起了昨晚神棍的话，意识到他是真的会算之后，她赶紧将这神棍的联系方式推给其他两个舍友。现在，三人正围着一部手机和那神棍聊天。

秦湾湾听了这样的故事只觉得有些好笑，她曾经就是这类事件的受害者，于是便忍不住劝了劝她们："可能只是巧合呢？"

小婷摇头："我觉得那师傅是真的会算，而且他长得挺帅的。"

秦湾湾摇摇头，低声念叨了句："不靠谱。"

她坐回自己的座位收拾了一会儿正准备休息，在一旁的三人又爆发不小的动静。

秦湾湾扭头看过去，小婷激动地和她说："这师傅说他晚上会到我们学校附近！"

秦湾湾问："你要去？"

"我们四个人晚上不是约好去学生街吃汉堡吗？要不要顺便去看看他？"

其他两人开心附和，秦湾湾也只能无奈点头，但她不想去凑热闹。

她想着到时候站在旁边看戏就好了，如果那个神棍说了太多离谱的话，她还会当面拆穿那个神棍，大学生的钱哪是这么好赚的？

晚上，四人在汉堡店，还没吃完，小婷便抬头对其他三人说："他好像已经到了，好多人都过去了，不知道我们现在去能不能见到他。"

秦湾湾质疑道："是什么明星吗？还要排队才能看见啊？"她也没意识到自己对这个素未谋面的神棍有着不浅的恶意。

小婷听此，反而高深莫测地说："我上次听一个见过他的学姐说，这师傅长得真的堪比明星。"

秦湾湾面上嗤之以鼻，却在下一秒不合时宜地想到了自己的一位熟人，但傅之铭的脸只是出现了一瞬间，就被她赶出了脑海。

"那他是骗子的可能性更大了。"

可能是因为自己之前吃过亏，于是对这样的人更加谨慎，或者，她只是把对傅之铭的气撒到这个神棍身上了？

她不知道，却也懒得深想。准确来说，她是不想再想起傅之铭了，虽然她总以为自己已经释怀，但在想起他的时候，她的胸口依旧会发闷，情绪也会变得低落。

不想自己再被他这么影响，于是索性逃避去想起他。她相信，再过一段时间，她迟早会将他彻底忘了。退一万步说，就算她忘不了他，她在想起他的时候也一定是心无波澜的。

对面三人为了去见小师傅，三下五除二就把汉堡解决了，秦湾湾被她们盯得无奈，也赶紧把汉堡吃完了。

小婷开开心心，站起来："我们走吧！"

三人走在前面，秦湾湾慢一步跟在她们身后，看着她们步履匆匆，穿过一整条学生街，最后来到街尾。

小婷往前面指了指："就是那里，你看，已经围了这么多人了。"

秦湾湾皱眉看过去，果然，前方不远处有一小堆人，他们正绕着一个人围成一圈，时不时还爆发出些惊讶的声音。

舍友三人十分激动，却也不忘回头拉上秦湾湾一起跑了上去。

于是四人一起加入那堆人群，秦湾湾挣扎半天，终于逃出了舍友的桎梏。见她们又是探头又是踮脚尖只是为了看清人群中心那人模样的样子，她无奈地扯了扯嘴角，然后便在一边的石凳子坐下，拿出手机百无聊赖地开始消遣时间。

过了不知多久，在她快要被风吹僵的时候，舍友三人竟还没出来。

她扭头看那堆人，发现竟比刚才更加庞大了，并且像磁铁一样，源源不断地继续吸引着更多的人。

担心自己会在这里冻僵，她起身，站在人群外，踮脚探头想要找舍友的存在，发现她们正在最里层的时候，她的心凉了半截，最后决定给她们发个消息就离开。

发完消息后，她在原地等了五分钟，并没有等到回信。知道她们一时半会儿并看不到她的消息，她也不想继续等了，转身打算离开。

就在她走了没两米的时候，她的身后传来洪亮的一声。

那人问："同学，你不算算吗？"

秦湾湾没意识到是在问自己的，她是听到舍友的声音，才知道这人是在问她。

舍友大喊："湾湾！师傅在问你！"

她一愣，莫名觉得烦躁，于是不耐地说道："我最不信的就是这种东西。"

她就是想要在所有人面前给那个所谓的师傅难堪，可当她转身，震惊到失语的人竟然是她。

小婷口中那个又帅又会算卦的师傅，真的就是傅之铭。

秦湾湾过去总是不愿意想起他，可是当他真出现在她面前时，她却体会到了影视剧或者是文学作品中那种一眼万年的复杂情绪。

他被许多人围在中间，站得笔直，透过许多人，他坚定地看向她。

许久不见，他的外形变了，可那种吊儿郎当的气质却没有改变。神棍似乎就是需要这样神神道道，不着调跳脱的模样才会让人更加信服。

可他看向她的眼神中有种类似于炫耀或者是期待的神情，他像是在用眼神告诉她，他已经变了。

秦湾湾愣了几秒，然后毫不客气地说："可是你算得很不准！"

傅之铭笑了："我现在算得很准。"

秦湾湾不想跟他绕圈圈："那我也不想算。"

周围还有那么多人正等着他，秦湾湾没兴趣在这么多人面前和他叙旧。

傅之铭说："好，那下次。"然后，他就这样定定地看着她，似乎等不到满意的答案便不会收回眼神。

秦湾湾只得在众目睽睽下微微点头答应了。

秦湾湾先回去了，她在无人的宿舍里回忆起刚才回眸的那一眼，心脏不由自主地加速。过了好一会儿，她才反应过来，自己似乎没有想象中那般怨恨他了。刚才看到他，她最大的感受竟然是惊喜，就算是现在，她也没从那种兴奋的情绪中缓过来。

她十分亢奋，甚至在脑中期待着傅之铭说的"那下次"。

她想，她似乎真的已经在不知不觉中原谅他了。如今重遇这个朋友，她真体会到了失而复得的喜悦，只不过，她不知道傅之铭是不是还像从前那般坑蒙拐骗……

舍友回来之后，对傅之铭赞不绝口，说他帅气又有风度，说话还很风趣，对每个人都很有耐心。

秦湾湾问："他收了你们多少钱？"

舍友反驳："他没收我们的钱，说是这些小事还不用收费。但他也不是谁都看的，他说，他只帮有缘人。"

·秦湾湾一愣，面上没说什么，却在心中感到丝丝愉悦。看起来，傅之铭真的变了。

秦湾湾本以为傅之铭最近应该会很繁忙，却没想到他第二天就联系了她，说想和她见见。

秦湾湾答应下来。

到了时间后，她来到和他约定的地点，惊讶地发现这里竟然是一间古着饰品店。

店名叫作"My butterfly"。

正想发消息问傅之铭是不是说错地方，傅之铭便从这间店里走了出来。

他看着她，说："来了？请进。"

秦湾湾边走边问："怎么约在这里？"

傅之铭在她身后将门关上："因为这是我的店。"

这家店坐落在学生街里，虽然店面不大，但装修风格不落俗套，就算仅仅是从门口经过，也会有一种想要进来一探究竟的冲动。

"你的店？"秦湾湾一副难以置信的模样，她用眼神将他上下打量过一遍后，还是不相信地皱了皱眉头。

"真的，要不要给你看营业执照。"傅之铭笑着，说着就像是真的要去里间给她拿。

"不用……"秦湾湾赶忙阻止，然后便抛下他，自顾自地在店里欣赏。

他这店里既卖古着，也卖一些首饰，还有一些古怪又可爱的小玩意儿。秦湾湾观摩了一圈，觉得有趣，她回头问他："你怎么突然这么有钱了？"

傅之铭靠在墙边，无奈地说："我们都两年没见了，我又不是无所事事，我也有赚钱的好吧？"

秦湾湾嘴快问道："又去骗人钱了？"说出口后她才觉得不妥。

可傅之铭脸色没变，眼底依旧带着笑容："不是，我正经学了功夫啊，你没听你周围同学谈起我吗？我现在都给你们学生免费算的，而且算得很准。"

见秦湾湾依旧怀疑的模样，他站直身体："我这两年真的学了很多功夫。"

看他十分真诚的模样，秦湾湾没再打趣他，又问他："为什么会开这种店啊？"

傅之铭低头扫了扫自己的衣服："我对时尚还算敏感，这几年也走南闯北淘了不少衣服，而且，总不能真的一直给人家算东西吧，不够稳定，也没交社保，之后找对象都不好找。"

他的确比之前成熟了，说的话虽然带着玩笑成分，但他的确考虑到自己的未来了。

秦湾湾笑了一下："很为你开心。"

她想了想，又问："为什么把店开在这里？"

傅之铭盯着她看："我们市里就你们这所大学有名一点，大学生才是我这家店的主要消费群体。"

还真方方面面都考虑到了。

秦湾湾赞许地点了点头。他又邀请她去里面坐一坐。

让秦湾湾感到意外的是他这家店前厅在卖东西，后厅居然有个露天小院子，还摆了一张桌子和几张椅子，看起来十分惬意。

两人坐在椅子上，像过去一样，聊了好一会儿天。

当秦湾湾不自觉地笑出声的时候，她才发现自己对他已经真的心无芥蒂了，也是真心在替他的成长感到高兴。

天很快就暗下来了，她也要回学校了。傅之铭送她出去，经过首饰区的时候，她才发现这里有专门一块区域来放蝴蝶的首饰，她想起店名，心突然一动，伸手拿起一只蝴蝶戒指，问："不会是因为我喜欢，你才找来这么多蝴蝶的吧？"

在她身后的傅之铭顿了一秒，才说："你说是就是喽。"

秦湾湾回头看他，他依旧是开玩笑的模样，可他的眼睛很亮，带着万分真诚。

她将那只蝴蝶戒指放下："那我改天过来，挑几只好看的回去。"

傅之铭话锋一转："小本买卖，不能白嫖。"

秦湾湾骂了他一句小气。

5

之后的几天，傅之铭忙着开业，便没有联系秦湾湾。不过秦湾湾还是能毫不费力地得知他的实时消息。

最近，他在她们学校里名声大噪。因为之前的免费算卦，很多同学都在学校里帮他宣传新店开业的事，都不需要他去花心思宣传。学生络绎不绝地涌进他的店里，加上他店里卖的东西并不贵，秦湾湾走在学校里，都能碰见好几个拿着他店里购物袋的学生。

知道他如今已经脚踏实地，她很为他高兴。

周末闲下来的时候，他便会像从前一样喊她来他店里玩，他们像几年前一样打闹嬉戏。

秦湾湾偶尔也会觉得恍惚，他们明明有一段时间没见了，可是一切似乎都没改变。但有时当她望着傅之铭的时候，她又会觉得，有些东西似乎变了，比如，傅之铭看向她的眼神比过去更加坚定深沉了。她总觉得他在私底下酝酿着什么，可他却不曾表露出来，她也只能装作什么都不知，惶恐又期待地等着他最后的坦白。

　　和傅之铭重逢没多久后，秦湾湾的生活中突然多了一朵桃花。

　　其实过去几年在大学里她也碰过不少桃花，但可能是高中时候被杨俊文伤得太深，她对情爱突然没了向往，那些桃花被她悉数回绝了。

　　不过眼下出现的这朵桃花，却比她想象中更加难缠。两人之前同是宣传部的干事，如今快要毕业了，这男的才向她深情表白，还说之前没说是担心影响两人的学习成绩。秦湾湾对这男生印象不好，立刻在网上委婉拒绝了他，他却不依不饶继续缠着她，每天都对她进行早午晚问候，甚至还在周末约她出去玩。

　　秦湾湾随便扯了个借口拒绝了。当天晚上，她正好去学生街的彩印店里打印些作业，还没回头，便听到那男生在她背后的声音。

　　他说两人在这里相遇很巧，问她要不要顺便和他去吃个晚饭。

　　秦湾湾吓了一跳："我已经吃过了。"

　　那同学不知是真听不出她的意思还是装听不明白："那我可以请你喝点东西。"

　　秦湾湾摇头，拿了自己打印的东西后便转身离开，却没想到那同学也一直跟在她身后，她在前方快步疾走，他在后面慢悠悠跟着。

　　她回头说："你别跟着我了！我约了朋友的！"

　　"你没必要说谎嘛，你明明就是出来打印东西的，我只是想请你喝点饮料。"

　　秦湾湾越走越急，不知不觉间，她就来到了傅之铭的店门口。

　　她将 my butterfly 当作是她的防空洞，但今天她的运气着实不是很好。

　　她抬头一看，发现门口挂着店休的牌子，大门上也挂着锁，扭头一看，那同学已经快靠近。正当她思虑着是要在大街上撒丫子逃跑还是鼓足勇气上前和他争吵的时候，她的左肩被人拍了一下。

她心脏一跳，转头，眼前出现了傅之铭疑惑的脸。

他看着她，问："来了怎么不说一声？"

看到他的这一刻，秦湾湾只觉得那颗揪紧的心脏倏然松开，她安定下来，甚至感到有底气了。

身后那男同学见秦湾湾身边突然出现个帅哥，两人还十分亲昵的模样，他一下兜不住脸了，笑着问："真是你朋友？"

"我刚才就跟你说我约了朋友。"秦湾湾不自觉地往傅之铭身后躲了躲。

傅之铭见状，也觉得不对。他将秦湾湾护在身后，毫不客气地问那人："同学，你跟踪她啊？"

那男同学听此有些慌张，但还是挺直腰板，否认道："你胡说什么啊，我们是同学，我想请她喝奶茶而已。"

"她不愿意了，你还一直跟，不是骚扰是什么？"傅之铭也不想和他多说，直接掏出手机，对着那同学的脸拍了两张照，"我也不找你们老师，我直接给你发到学校帮帮墙上，让大家评评理？"

那同学吓得用手将自己的脸挡住，嘴里骂着脏话，边吐脏字边往后退，最后甚至跑了起来，没多久就离开了两人的视线范围。

解决完这个烦人的存在后，傅之铭才回头看身后的秦湾湾，她脸色难看，一副惊魂未定的模样。

傅之铭走到店门口，将锁打开之后，才回头拉着她的手腕，将她牵进店里。

这时秦湾湾才稍微缓过来些。

"怎么回事？"他问。

秦湾湾大致解释了一下后，他感叹："你这桃花怎么这么烂啊？"

秦湾湾不服："那我有什么办法，就没碰上过什么好的桃花。"

傅之铭没说话，垂眸看向她脚上的拖鞋。

秦湾湾本来只打算印个东西就回宿舍吃晚饭的，自然也没怎么打扮，却没想到碰见这么个死缠烂打的同学。

见傅之铭盯着她的拖鞋看，她不好意思地将脚往后藏了藏。

傅之铭抬眸问她不冷吗，说着，他便走到柜台，从下面的柜子里抽出一双全新的袜子。递给秦湾湾的时候，他还大方地说："不收钱。"

秦湾湾自然收下，低头穿袜子的时候，她看见傅之铭拉开抽屉，正在整理自己的东西。抽屉里的东西是非卖品，她也从没见他拿起来过，今天也是第一次见，可是这么一瞥，她就看到了意料之外的东西。

是那年她生日时他送她的蝴蝶发卡。也是那个在决裂那天，被她丢到地上的发卡，她记得她看它的最后一眼。发卡裹着泥泞，被沾染得肮脏。可是，如今放在他抽屉里的那个发卡看起来却十分干净。

但这发卡看起来也绝对不是全新的，她知道大概是他捡起来后清洗过了。她突然感慨，下一秒却毫无防备地对上了他的眼睛。

他似乎意识到她已经看清了他抽屉里的东西，接着，他也像是不好意思一样，将柜子立刻关上。

两人对视着，莫名，气氛有些古怪。

秦湾湾有些尴尬地继续低头穿袜子，却用余光偷偷注意着傅之铭。

他在原地顿了几秒之后，竟然又将柜子打开了，甚至把那个发卡拿了出来。

秦湾湾动作微微一僵，然后抬头看向站在她跟前的傅之铭。

他手里握着那枚蝴蝶发卡，正垂眸看着她："既然已经和好了，这个也还给你吧。"

秦湾湾拿回自己的东西，捏着这只蝴蝶发卡的时候，她想起他的店名和店里数不清的蝴蝶物件，鬼使神差地就又问了一遍："这店真不是为我开的？"

本以为这次傅之铭也会像之前一样，用模糊不清的回答来敷衍她。可这回，他只是盯着秦湾湾看。

两人对视着，头顶是柔亮的顶灯，将两人的表情照得清晰，秦湾湾甚至能看清他眼底的纠结和犹豫，她的心跳也在这样的沉默中慢慢加速，就在她几乎差点喘不过来气的时候，傅之铭终于像是做了决定。

他认真地说："是的。"

傅之铭很少有这样严肃诚恳的时候。他过早进入社会，早就练得一身圆滑，说话做事都十分虚浮，他好像没有在乎的东西，也不会对任何人献出真心。不过之前，秦湾湾也见过他捧出真心的模样——那日他脱去那浮浪的掩饰，诚挚地向她道歉。

但这次应该和上次不一样了。当时的秦湾湾看着那样诚恳的他只觉得无奈失落，此刻，她却隐隐察觉到一些兴奋与期待，以及恐惧……她大概知道他这两个字意味着什么，也知道他接下来要做什么，可她的思绪却是一团乱麻，不知道自己是应该阻止他还是让他把想说完的话讲完。

最后她什么都没做，默认他继续。

"刚认识我的时候，你就一直在问我，你之后到底会和什么样的人在一起。

"当时的我不会算，之后的我不想帮你算。"

秦湾湾屏息："为什么？"

"因为我不想你和任何人在一起。"

接下来，不用秦湾湾再问为什么了，傅之铭便继续说："因为我喜欢你，所以我不想和任何人在一起。

"蝴蝶是因为你，把店开到这里也是因为你。"

他顿了顿："我很后悔当初骗了你，但同时，我又很庆幸我有这两年的时间来提升自己，让自己重新出现在你眼前。

"就算你之后再问我，你会和什么样的人在一起，我也不打算回答这个问题。因为除了我，我不希望你和任何人在一起。"

见她呆愣愣的模样，傅之铭眼底漾起淡淡的笑意，他伸手拿过秦湾湾手中的发卡，然后夹起她脸侧的碎发。

"我欠你很多，打算弥补你，如果你愿意的话，我会一直守护你的。"

他的声音很轻，望向秦湾湾的眼神也十分温柔。

秦湾湾此刻晕乎乎的，一下子没完全反应过来，她似乎听清了他的意思，但又完全没听清。她似乎有些什么想说的话，却又不知说些什么。她郁闷至极，心中情绪明明翻腾得厉害，可她表面上只是这样愣愣的，像是什么都没听清，什么都没想明白。

傅之铭并没有逼她的意思，甚至往后微微退了点："能跟你说出这些，我也是花了点勇气的，但并不是说，如果你拒绝我了，我们就打死不想往来。我现在说这些，只是因为情绪到了，就算你拒绝我了，我也和以前那样，我也希望你能和以前一样和我相处。情侣做不来，我们当朋友也挺契合的，是不是？"

秦湾湾沉默着，她在心中问自己，她到底对傅之铭是什么意思。虽然她总是在嘴上说傅之铭和尉杰一样，只是她的朋友，但她知道傅之铭和尉杰是不一样的，她很少在空闲的时候想起尉杰，却总是在无聊的时候想起傅之铭。就算当时他们绝交了，许久没见了，她还是会时不时地想起他。

傅之铭早就在不知不觉间渗入到她的生活中，甚至霸占了她脑海中的某个角落，即使他不出现在她眼前，她也会想起他。所以，和他重遇的那晚，她会兴奋得彻夜失眠。

她早就意识到傅之铭对她的特殊性了，只是，她不愿承认，甚至一直逃避。

朋友，一个曾经绝交过许久没联系的朋友，她怎么会喜欢他呢？

她无数次这样质问自己。

可此刻，她却发现她已经无法再欺骗自己了。

狂跳的心脏、发热的大脑以及亢奋的情绪……这些身体不由自主作出的反应，都在向她那一点理智抗议。

她就是喜欢他，在自己没意识到的时候喜欢上他了。

在心中承认了这样的事实后，一起都迎刃而解了，胸口那种窒闷的不适感也倏然消失。看着眼前他小心翼翼又暗自期待的模样，秦湾湾忍不住笑了一下。

傅之铭一愣，问她笑什么。

"我如果拒绝你了，你接下来会怎么做？"

傅之铭说："当作什么都没发生。"

"我如果接受你了呢？"

傅之铭皱了皱眉，认真思考着这个问题。几秒之后，他得出了答案，他看着秦湾湾，说："我可能会亲你。"

秦湾湾心脏一跳，从椅子上起来："那我还是不答应了。"说完就往前走。

可傅之铭反应很快，一下伸手握住她的手腕，没收住力，甚至不受控制地将她扯到怀里。

空气陡然安静，他见秦湾湾没挣扎，便僵着身体将她的身体翻过来，看到秦湾湾通红的脸颊后，他呼吸变急："你是什么意思？"

秦湾湾觉得他笨，盯着他的眼睛看了一会儿，问："你不懂吗？"

"好像懂，又好像……"他话还没说完，就被秦湾湾强制关机了。

女孩主动凑上来，笨拙又青涩地贴了贴他的唇，但只是碰了一下就退后。

两人都顶着一张红脸对视。

秦湾湾咬咬唇，正想说话，又被傅之铭偷袭了。

他突然压过来，一手揽着她的腰，一手摸着她的脖颈，几乎是将她锁在怀里索取。

唇舌滚烫，交换呼吸，两颗同样频率的心互相靠近，然后融在一起。

两人都是初吻，亲得脑袋都晕乎乎的时候，秦湾湾的身后传来一声巨响，两人吓得同时分开。秦湾湾深呼吸一口气，回头一看，不知怎么回事，他们俩居然把一排的首饰给碰倒了，闪亮精致的首饰落了一地，秦湾湾看着便觉得头大，还没来得及问傅之铭该怎么办，她的下巴便被人抓住了。

他将她的脸扭过去，继续亲。

秦湾湾两颊红红，见他投入的模样，也没忍心打断，只是继续生涩地回应着他。他将她压在椅子上，她微微仰着头和他接吻，她将手放到身后的桌子支撑着，却没想到掌心竟按到了一枚戒指。

她疼得一颤，眼泪也涌了出来。

傅之铭愣住，急忙举起她的手察看，秦湾湾眼睛红红，小声问："我们要不要收拾一下，首饰都掉地上了。"

傅之铭没回答这个问题，只是问她疼不疼。秦湾湾摇头。

下一秒，傅之铭将她拉起来："我们去后厅，这里太乱了。"

"那……东西不用收拾吗？"

"不用，我们还有别的事要做。"

…………

之后，秦湾湾去My butterfly拿戒指项链或者戒指，都不用再花钱了。

Extra 02

徐珠琳篇——一个人的恋爱

1

徐珠琳从小便是周围同学羡慕的对象。她学习成绩优异，性格大方坦率、做事利落、长得漂亮，偏偏家里条件还很好。老天爷几乎将所有的优秀条件都给了她，但空有天赋是不够的，她深谙自己的幸运，却也不曾放松过一刻。她知道停留在自己身边的这些幸运，随时都可能溜走，她需要用努力将它牢牢握在手中。

于是，她努力学习，上学期间将一门心思都扑在学习上，不浪费父母帮她找的任何一节补习课。父母二人生意做得很大，却也不曾忽视对她的教育，将她当作掌上明珠呵护爱戴着。徐珠琳就是在这种优异的环境下长大的。在她十岁的时候，她的母亲又怀孕了。年纪不大的她并不像其他同学那般，吵着闹着担心弟弟妹妹的出生会分走父母的精力，她反倒是很老成地对父母表示理解，也在心中期待着弟弟妹妹的到来。

不过不知是不是徐珠琳太过懂事，老天有些看不下去了，比徐珠琳小了十岁的徐家老二徐崇浩从小就是个不让人省心的。他一出生就比其他孩子闹腾些，长大了之后更是不学好，活脱脱一个小霸王。徐家父母年纪大了还要忙生意，平时也只是顺从着他的心意纵容他，但徐珠琳却不是个会让徐崇浩欺负的姐姐。

徐崇浩天不怕地不怕，只怕这个比他大了十岁的姐姐。他从小到大都被她管着，处处被她压制着，偏偏自己还真的很畏惧这个优秀至极的姐姐。不过，在他八九岁的时候，姐姐就去省外上大学了，两三个月才回来一次。他只需要每两三个月绷紧一次皮，在她回来的那几天，夹紧尾巴做人就行了。

这是他从小便深谙的"自卫"方法。

不过，当时还在上小学的他却也发现了徐珠琳上大学后的一点变化。

比如，姐姐看手机的频率比以前高了许多，以前姐姐是不会整日这样拿着手机不放手的。他请求用她的手机玩《贪吃蛇》的时候，虽然她总要说他两句，但也是会大大方方给他的。可是如今，他只要一提起借她的手机来玩玩，她就会板着一张脸看他，然后催他去学习看书。

当然，这只是他在姐姐身上发现的一点小变化而已。那时的他，完全没想过姐姐是恋爱了，只以为是姐姐出去一趟后看他更不爽了。

不过寒假，他就知道了姐姐整日揣着手机的原因，甚至还见到了整日和姐姐聊天发短信的人。

那年新年，父母和从前一样和几个叔叔阿姨约定好了出国旅行，但本答应下来的姐姐却突然变卦，推托说自己身体不舒服不想出去了。父母答应下来，他见状也跟着不肯出国了。虽然他很怕徐珠琳，却也从心底里依赖着她。从小到大，关心他照顾他的其实一直都是姐姐。

可他一开口说也要留下来，徐珠琳就臭着张脸让他跟父母一起出去，说他在家打扰她休息，没人会照顾他。

见姐姐这么嫌弃自己，他伤心得憋红了脸，躲到房间里甚至不出来吃晚饭。最后一家三口人都对他妥协了。

父母二人照常出国旅行，徐珠琳和他待在家里过只有两人的新年。

其实他一直都知道这个新年会有些不一样，因为徐珠琳的模样实在是太反常了，但他当时年纪小，并没有思索出什么结果来。

父母一走后，他就发现徐珠琳根本就没生病，她玩手机的时候容光焕发的。过年前那几天，她也只是整日待在家里，看看电视完成作业，偶尔也会和朋友约出去玩，和从前没什么差别，哪里有什么生病的模样。

时间过得很快，除夕那天晚上，和父母通话后，他开门去拿肯德基的全家桶外卖。这就是他的新年愿望，当初不跟父母去国外，肯德基也占了一部分原因。姐弟两人围着餐桌将一桶鸡吃完后，他缠着徐珠琳带他去外面玩一玩，徐珠琳不肯，说吃完饭就乖乖去看春晚："小屁孩，怎么那么多要求？"

知道姐姐脾气不好，恳求无果之后，他拿着可乐回到客厅，坐到沙发上去看春晚了。

姐姐也坐在他身边，不过很明显，姐姐是没在看无聊的春晚节目的。

她在玩手机，手指在手机屏幕上跳动的速度非常快。

他问："姐姐，你在跟谁聊天吗？"

徐珠琳瞥他一眼，不耐烦地说："看你的电视。"

徐崇浩委屈地闭了嘴，不知过了多久，在他犯困几乎要睡着的时候，身边的姐姐突然一激灵起身。

他也被吓得立刻精神起来，扭头看徐珠琳，问她怎么了。

徐珠琳坐起身来，捏着他的后脖颈，问他困不困，是不是该去睡觉了。

徐崇浩一听就知道徐珠琳是想打发他去睡觉，然后自己去偷偷摸摸做些大人才能做的事。

徐珠琳不止一次用"大人的事"来搪塞他，但他并不觉得有什么事是他不能做的，说来说去就是徐珠琳不肯带他一起玩罢了。

过了这个新年，他就长大了一岁，绝对不能让她这么轻易就得逞，于是他瞪大了眼睛，清醒地看着徐珠琳，说："我一点都不困。"

　　徐珠琳变了脸色，捏紧他的脖子："现在立刻去睡觉。"

　　徐崇浩见她要用强硬的方式甩开他，气急败坏地说："你要是丢下我出去玩，我就打电话给爸妈，说你不管我，打算丢下我一个人在家里！"

　　徐珠琳冷冷瞪他，最后还是拗不过他，答应带他去了。

　　她说她待会儿要去见一个同学，没让他说话的时候徐崇浩就不准开口，还让他不要问东问西，也绝对不准和父母说起这件事。

　　徐崇浩其实一直都觉得自己是和姐姐站在一起的，奈何过去徐珠琳总是觉得他年纪小，说他是小屁孩，做什么事都不肯带着他。如今徐珠琳主动将他划为一派阵营，他很没出息地感到满足，啄木鸟一样点头："我绝对不会说的。姐姐，我就跟在你后面，你让我干吗我就干吗。"

　　徐珠琳勉为其难地笑了一下，夸他乖巧。

　　穿上厚衣服之后，姐弟二人一起出门了。

　　徐珠琳带他来到附近最大的商场。今晚是除夕，吃过年夜饭后，很多人来到这里消食，十分热闹。小朋友最爱凑热闹，徐崇浩兴致高涨，被徐珠琳牵着走的时候，总是忍不住左顾右盼。徐珠琳带他来到广场的正中心，这里有一个很大的喷泉，许多人坐在喷泉边上聊天。得到徐珠琳的许可之后，徐崇浩走到喷泉边，打算去玩一下喷泉。

　　可这么一玩，就玩得有些忘我了。过了不知多久，他才想起姐姐是来见朋友的，于是他抬头，望向徐珠琳在的那个方向。

　　她已经不是一个人了，瘦高漂亮的姐姐身边站着一个比她高上许多的男人。男人戴着黑色帽子，身材颀长，穿得不多，倒是气质出众。两人正在说话，徐崇浩看向那男人的脸。

男人的头不大，面部轮廓清晰，五官凌厉。尤其是那双眼，是单眼皮，却有些狭长，眼珠很黑。即使是这样在一边偷看着，徐崇浩都能想象到如果被这男人直视的感受，他可能会觉得恐惧……

那男人好似会读心术，下一秒，男人就朝他这里瞥了过来。

果然，那一双眼看得徐崇浩直发怵，就算徐珠琳在那男人的身边，他却也紧张得不敢上前，只是绷直了身体站在原地。

徐珠琳和男人见他待在原地，一起朝他这个方向走过来。

徐崇浩紧张得不知道要说些什么，呆愣愣地看着两人走到他面前。

直到男人走到他面前，他才惊觉这个男人到底有多高，刚才远远看只觉得他比姐姐高上一点。

如今他仰着脖子看男人，才发现姐姐的这同学比他见过的很多人都要高。

徐珠琳伸手捏了捏他僵住的脸，问："怎么了？被这个……哥哥吓到了？"

徐崇浩问："姐，这是你同学吗？"

徐珠琳扭头看了一下身边的人，想了想："好像不算吧。"

男人伸出手摸了摸徐崇浩的脑袋，语气带笑，声音有些哑："我是你姐的男朋友。"

其他两人都被吓得够呛。徐珠琳瞪他，咬牙切齿问："有病？"

徐崇浩心脏狂跳："姐，真的吗？"

男人伸手牵住徐珠琳的手，替她回答："不行吗？"

徐珠琳哼哼两声就当承认了，她看向徐崇浩："不准和爸妈说。"

徐崇浩盯着两人握在一起的手，问："是因为你们早恋吗？"

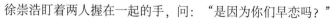

男人笑得歪了身体："我们已经是大人了，不能算早恋。"

徐珠琳甩开男人的手，蹲下身体，从口袋里掏出两张刚才在路边买的"米米卡"："封口费，你答应保密的话，我就送给你。"

徐崇浩想都不想就答应了："我答应。"说完就拿走了徐珠琳手上的"米米卡"，迫不及待地抠掉了密码封层，然后小心翼翼地将卡放到口袋里。

男人摸了摸他的脑袋，说："好聪明。"

徐珠琳在一边吐槽："就这方面聪明。"

后来具体发生了什么，徐崇浩有些记不得了，他到时间后就困得不行，没什么精神地跟在被徐珠琳牵着，在广场里胡乱走。十二点钟声敲响的时候，广场上一片喧嚣。这时他们三人正好走到一片人烟稀少的湖边，他被那巨大的声响吓得一激灵，正打算开口说话，他的眼前突然一片黑暗。

他的脑袋上被盖了一件衣服，是姐姐男朋友的衣服。

他一蒙，过了几秒才反应过来，伸手将衣服扯下来的时候，刚才在他眼前靠得很近的两人突然分开了，两人隔着一米的距离，脸色都有些古怪。他没反应过来，只是把衣服扔给男人，问："干吗盖我头上！"

男人看向他，声音发哑："借哥哥放一下。"

徐崇浩这才发现男人唇上有些诡异的红色，他敏锐地看向徐珠琳，姐姐唇上的色彩淡了一些。

徐崇浩一下就反应过来，也跟着羞红了脸："你们刚才是不是偷偷亲嘴了？"

还没等男人说话，姐姐就用手将他的脑袋往下按了按："胡说什么？再乱说，'米米卡'就还给我。"

徐崇浩揣紧了"米米卡"，鹌鹑一样缩了缩脑袋："不说了。"

见徐珠琳没再提这件事，他对姐姐撒娇："我们回去吧，我困了。"

其实不是的，他是想赶紧回去兑换"米米卡"。

徐珠琳有些愧疚地看向他："好，我们回去吧。"

徐崇浩看向男人，他的表情依旧淡淡，但眼里的不舍却很明显，落在姐姐脸上的眼神和电视剧里的那些男主角一样缠绵。

他那时候还小，不懂情爱，却莫名觉得这男人是真的喜欢他姐姐，很喜欢的那种。

徐崇浩长大后也在疑惑，当时的徐珠琳为什么会让一个几岁的小孩子帮她保守秘密呢？

两张"米米卡"虽然是一个大诱惑，但孩子的嘴根本就靠不住。

后来徐崇浩才知道，当时的徐珠琳并不是很在意这段初恋。她想的是，如果他不小心说漏了嘴，她就顺势分手。

后来，事情的确也这么发展了。

但十年后，徐崇浩发现那个高大男人竟然又出现在他姐身边了。这次他似乎会站得很稳。

徐崇浩没有阻挠，因为他发现郑望尘看向姐姐的眼神和当年几乎一样。

2

徐珠琳自觉懂事，却也不算乖巧。若是那些不相熟的人，甚至会觉得她冷酷反骨。

在面对陌生人时，她一般都一副"生人勿近"的模样，如果是不怀好意的异性，她便会变得更加尖锐。大部分异性都会被她那"无礼"的态度吓跑，但也会有些脸皮厚的异性继续来追求她。她处理这样的烂桃花时总是快刀斩乱麻，将话说得狠绝，甚至会用刻薄轻蔑的话警告对方不要再来纠缠自己。这是她用来保护自己的方法。

久而久之，她在男同学间流传的名声便不是很好听，中学的男生说她仗着家里有钱装清高，大学的男生说她高冷不合群……不过她倒不是很在意，她的目光从来都不会放到他们身上。

她的人生光明且顺坦，不该沾染上那些轻浮的尘泥。

高中毕业之前，她几乎每天都扎进学习中，偶尔会空出时间来看看自己喜欢的电影，看看自己喜欢的闲书。对了，她还喜欢跳舞，不是父母觉得优雅高贵的芭蕾，而是肆意狂放的街舞。但还在中学的她总是有意地压制着自己的喜好，就算放学的时候经过舞室，她也只会瞥上两眼就离开。她一直都知道自己当下应该做什么，也知道街舞会分走她在学习上的注意力。

一直这样忍耐了几年，她顺利完成自己定下的计划，成功跨过了人生的第一道槛，也决定开启新的生活。

大学开学后不久，她就去学校周围了解了附近的街舞机构，也幸运地碰到了自己喜欢的舞室。

舞室里的伙伴对街舞都怀揣着极大的热情，因为有着相同的爱好，徐珠琳很快就融进了这个集体。开学后不久，她开始享受在舞室中肆意跳动的时光。

舞室在学校附近的学生街里，虽然里间跳舞的地方够大，但舞室的店面却有些狭小，被挤在一众小吃店里，看起来有些格格不入。但，平时在学生街里来来往往的人要是路过了舞室，基本上都会侧头看向气氛火热的里间。

大部分学员是不畏惧被观赏的，他们大方地展示着自己的动作，挥洒着自己的热情和汗水。

这就是热爱的魅力。

徐珠琳每次从舞室走出来都会觉得神清气爽，身上的疲惫感都一扫而空。

因为舞室处在小吃街里，有些伙伴一结束就会冲去隔壁烧烤店大快朵颐，也有些朋友会迫不及待地去对面饮料店买杯饮料解渴。徐珠琳倒是不怎么爱吃外面的零食，结束后就会立刻回学校。

所以她也不知郑望尘是从什么时候开始注意到她的。

因为她从来没抬头看过舞室对面的那家奶茶店，自然也不知奶茶店里的那个瘦高服务生经常望向她。

开学几周后，徐珠琳迎来了大学的烂桃花，有几个脸皮还算薄，说了一遍就知道收敛。有一个男同学，却是装疯卖傻，不管她怎么拒绝，他都装作看不懂不明白。那天，他甚至追着徐珠琳来到了学生街，见她要去舞室跳舞，他跟在后面问："我之后也可以来这舞室吗？"

"你四肢太短，我们舞室是有门槛的。"徐珠琳毫不留情地数落他。

男同学脸色一变，忍了再忍："徐珠琳，我只是想和你当朋友而已，不用这么刻薄吧？"

徐珠琳停下脚步，扭头看他："朋友吗？"

她看着他身上的名牌服装，想起同学们都在私底下吐槽这男生喜欢借钱去买贵衣服来打扮自己，她皱皱眉："我交朋友也有门槛的。"

"什么门槛？"

"你得请我们整个舞室喝饮料。"

男生问："你们舞室有多少人啊？"

"你就买五十杯，好吗？"

男生眉尾微颤，在脑中做了一套算术题后，他答应下来："可以，我现在就去超市买。"

"不行。"徐珠琳一下就拒绝，她抬头环顾周围，最后伸出手指，指向不远处一家装修看起来最利索干净的奶茶店，"就去那里买吧。"

她边说着边走向那家奶茶店，走近了才发现偌大的店里空荡荡的只有一个人。那人穿着工服，戴着黑色的鸭舌帽，个子很高，身材瘦削，帽檐下一双眼睛黑黢黢的看起来很深。

徐珠琳随意瞥过他的眼睛，才发现他竟盯着自己看。

她皱皱眉，不是很舒服的感觉。

身后的男同学跟了过来，看了一眼头顶的价目表之后，他的呼吸都变重了，正苦恼着不知说些什么来反悔的时候，他看到了店里瘦高的那位店员。

"你看，店里只有他一个人，五十杯，估计得做好一段时间了。"

"没事，我们跳完舞喝，刚刚好。"徐珠琳轻飘飘地驳回了他的提议，然后再看向那位店员，"人家肯定是愿意做的啊，五十杯，他提成都能赚上好一笔了。"

男同学被逼得下不来台，只能咬咬牙同意了。

徐珠琳看着男同学，笑了一下："谢谢你啊，如果想做我朋友的话，之后可能得经常这样请我们舞室的人喝饮料了。"

"我们待会儿跳完了就过来喝，你就先在这里等一等奶茶？"

其实他们舞室根本就没有五十个人，不过没事，她可以带回去给舍友，或者是给隔壁宿舍的女生，还可以给舍管阿姨。

男同学面如土色，干笑了两声，最后说："你去吧。"

徐珠琳这才大步走向舞室。跳舞的期间，她抬头看向对面几次。一开始那个男同学都是站在奶茶店门口的，奶茶店里的店员也在埋头做奶茶。可过了约莫半小时后，她再抬头，便没再看到那同学了，店员也没再忙碌，只是站在门口发呆，有时候，她甚至觉得那店员好像也在望着她。

不过他戴着帽子，她看不到他的眼睛，只能大概凭着他身体的方向判断出他是在看她，可当她直直望向他的时候，他却依旧一动不动，不像是在看她的模样。

真是让人捉摸不透。

时间过得很快，结束之后，她穿上一件外套，走到奶茶店里询问情况。

那位店员似乎有些累了，腰背都微微佝偻，不过，这次徐珠琳看清了他的眸子。

他站在收银台后垂眼看她，墨色的瞳孔正锁着她。

徐珠琳问："刚才那个男的呢？"

"走了。"郑望尘答道，他看向边上的十五杯奶茶，"做到第十五杯的时候，他让我别做了，还让我等着你来付钱。"

徐珠琳听此，忍不住笑出声，低声问："所以他是跑了？"

郑望尘看着眼前的女孩："大概是吧。"

徐珠琳挑挑眉，低声嘟囔："算了，知难而退，算他识相。"

她抬头看他，问："多少钱？"

郑望尘报了个数字，徐珠琳付了钱之后，站在原地数了数舞室里的伙伴，应该只有十四个人。

她低头从袋子里拿出一杯奶茶，放到店员面前："这杯送你了。"

郑望尘微怔，没伸手也没说话。

徐珠琳知道这店员性子安静，便当他默认接受了，转身要离开的时候，店员突然开口说话。

他说："我没有提成。如果你要真为了耍那男生点了五十杯，我也不会感谢你。"

徐珠琳一愣，知道自己的伎俩被看穿了。可她是顾客，花了钱，他就应该为她服务。

"就算你不感谢我，你也得做那五十杯。"

两人之间的气氛变得剑拔弩张，徐珠琳觉得眼前这男人莫名对她怀有恶意，可她等了许久，那人也没再反驳什么。

她也觉得莫名其妙，最后呼朋唤友气哄哄地离开了。

之后，她才知道，那个男同学就是被郑望尘一句话点通的。

在她跳舞的时候，郑望尘跟那男同学说："舞室里最多只有十几个人，她为什么要点这么多？"

男同学一下子明白徐珠琳是在耍他，气得索性甩手离开："别做了！待会儿你找她付钱，跟我没关系。"

将奶茶分给舞室的伙伴后，徐珠琳回到宿舍里。睡前，舍友突然提起学生街的一家奶茶店，不过她们不是在讨论奶茶，而是在议论奶茶店里的店员。听着她们的描述，徐珠琳一下便想起刚才那个莫名其妙和她抬杠的店员。

她插话发表意见："可是那个店员很没礼貌啊！"

舍友说："正常啦，我打听了到了，他在隔壁大专读土木工程，好像是系草，在奶店里兼职而已。"

"就算是系草，也要有礼貌。"

"怎么了，他对你没礼貌吗？"舍友奇怪，"我们之前去买奶茶，他都不怎么和我们说话的，我们也不敢在店里偷看他太久，提了奶茶就走了。"

徐珠琳点头："没礼貌，而且很奇怪。"

想起那天奇怪的对话,徐珠琳觉得他可能是在恼怒她的那"五十杯"，他甚至是和那个被她耍的那个男同学共情了……

总之，他对她没好脸色，她也不会再去他的店里买奶茶了。

她甚至都不想再看见他。

不过她的舞室就在奶茶店对面，那店里似乎也只有他一个店员，她每周去跳舞都能看见他在对面店里忙碌的身影。

甚至，她每次离开舞室的时候，抬头都能撞见那店员的眼神，他直直地看着她，一点都不畏惧，那眼神带着探究，还有迷恋。

撞见一两次还算正常，但过于频繁，甚至是次次抬头都能撞见他的目光，徐珠琳便觉得有猫腻。

她想了想，最后得出一种可能——

他一直在关注着她。

所以初见时他那反常的模样，也很有可能只是为了吸引她的注意力罢了。

得到这样的结论后，他对她来说便变得普通多了。

只是一朵桃花而已，还是朵沉闷又幼稚的桃花。

他们之后不会有任何交集，她甚至不用去斩断它，左右这男的只是喜欢沉默地看着她而已，只要不打乱她的生活，她并不抗拒这样的目光。

当然，这只是她最初的想法，之后却不知为何竟鬼迷心窍地也向他靠近。

知道他可能喜欢自己后，徐珠琳面对他时便更加坦然了，大大方方地对上他的眼睛，甚至有时还会去店里买奶茶。她故意看他的眼睛，直到发现他耳根微微变红后，她才会移开眼神。

但除了身体上那些无法控制的变化之外，他对她从未逾矩，也不曾胆怯。他很喜欢盯着她看，就算耳郭通红了，也不肯挪开眼神。

只是那沉沉的落在徐珠琳身上的眼神，有时竟也会让徐珠琳觉得紧张。

这种隐晦的交锋让两人的关系变得莫名暧昧，表面上没什么交集，可男孩泛红的耳根和女孩微颤的眼神都透露出了两人之间的暗流涌动。

那天，徐珠琳为了扒一支刚出的舞蹈，在舞室里待到凌晨一点。

结束后，她转头一看，舞室里的伙伴都已经走光了，她又在舞室里休息了一会儿，离开舞室的时候已经将近一点半。

走出舞室后，她才发现门口的那些小吃店都已经关门了，本灯火通明的学生一条街此刻竟黑漆漆的一片，除了街边的路灯以外，再没有其他光亮。

她拢紧外套，准备抬脚离开的时候，却发现对面的那家奶茶店还没关门。店里虽然没开灯，但门依旧是打开着的。

门口也坐着一个人。

他脱下奶茶店的工服，穿着一身灰色运动套装，头上依旧戴着一顶帽子，看起来比工作时更有活力一些，却也依旧沉闷。

听见她的动静后，他的视线从手机上移开，他闻声抬头，然后直直地看向她。

徐珠琳莫名有一种强烈的直觉——

他是在等她出来。

事实证明，徐珠琳的直觉不会出错。

在这样昏暗的环境下，徐珠琳竟能看清他的眼睛。

他的眸子清亮清澈，街边暖黄的碎光落在他湿润的瞳孔里，如同余晖洒在平静无垠的湖面上，波光粼粼，美得令人窒息。

两人对视着，什么话都没说，徐珠琳却能从他的眼神中读出他的千言万语。

心脏莫名颤动得厉害，她用尽全力去恢复平静，最后却依旧是徒劳。不知挣扎了多久，最后，她走上前，走到他的面前。

她站着，他坐着，于是她垂眸盯着他的眼睛，呼吸几次之后，她出声问：“你在等我吗？

“……郑望尘。”

叫出他名字的那刻，眼前这双沉静的眸子还是忍不住颤了颤，他似乎感到惊讶。徐珠琳却有些想笑，他每次都将自己的工作牌大大咧咧地挂在胸前，稍微上点心就能看清他的名字了。而且他是隔壁学校的系草，不用她去打听，他的名字就会自动出现在她的耳边。

郑望尘伸手将帽子摘了，方便自己看清徐珠琳的表情。

他盯着她看了一会儿后，说：“嗯，徐珠琳。”

他也大方叫出她的名字，不扭捏，不躲避，不装傻。

两人的这场博弈应该是平局。

"等我啊？"徐珠琳想了想，又问，"如果我不来问你呢，等我走了之后，你就一个人回去吗？"

郑望尘点头。

徐珠琳沉默着思考，过了不知多久，她听见郑望尘的声音。轻轻的，带着一点笑意。

他问："你不会觉我是变态吗？"

徐珠琳一愣，她从没这么想过："喜欢一个人，怎么是变态呢？"

她毫无预兆地用轻松的语气说出他的秘密，本想看他惊慌失措出糗的模样，可说出口后，她才发现自己也有些失态。大脑突然开始发热，耳根子烫得几乎像是被火蒸烤着，热气一点点从鼻中散出，就连眸子都变得莫名湿润。

见他安静着不说话，为了隐藏自己的反常，徐珠琳又补充了一句："而且我这么漂亮。"

多的是喜欢她的人，郑望尘只是其中一个而已。

但是……又是比较特殊的一个。

听到这话，郑望尘不再僵着脸了，他望着她，眼里甚至浮起笑意。

"你说得对。"他终于承认自己对她的心思，也认同徐珠琳很漂亮的这件事。

徐珠琳不懂，明明是他喜欢她，是他在夸赞她，她却感到十分紧张，心脏"扑通扑通"跳着，仿佛是她在告白。可即使是在如此混乱复杂的情况下，她还是能辨清自己心底那种奇怪的想要靠近他的心理。

她想离他近一些，再近一些，甚至想要去握他的手，摸他的头发，听他的心跳声……

"你喜欢我？"她的声音莫名变得有些沙哑。

郑望尘盯着她，缓慢点头。额前的头发因为这细微的动作而晃动着，有几根发丝擦过他的鼻尖，徐珠琳的心脏却也像是被挠了一样。

"有很多人喜欢我。"

郑望尘说："我知道。"

徐珠琳问："为什么喜欢我？"

过去，徐珠琳从没主动给过男生机会告白。

到目前为止，郑望尘已经是最不一样的存在了。

郑望尘听此，眼神微闪，他看着她，似乎在思考着措辞，过了一会儿才开口。

"你很不一样，很耀眼。第一眼就能看到你，之后就挪不开眼睛了。"

徐珠琳很像小时候他和母亲一起逛街时，金碧辉煌的珠宝店门口摆的镇店珍珠。

只消一眼，就足够将他迷得晕头转向，无法再挪开视线。

他第一次注意到徐珠琳，是第一天来奶茶店做兼职的时候。

那天也应该是她第一次去对面的舞室。

他在店里，将对面她的模样看得很是清楚。

她小心翼翼，脸上又是新奇的表情，这里碰碰，那里摸摸，和舞室里的伙伴聊了一会儿之后便是一副嘻嘻哈哈松弛舒适的模样。可当她开始跳舞的时候，姿态又会变得大不一样，坚韧又有活力，像是一株正在迎着阳光炽烈生长的向日葵。

她很漂亮，但她又不只是漂亮的。她身上还有更多能够吸引到他的东西，比如尖锐高傲的性格和那无意间展露出来的可爱笑容。

郑望尘也不知自己为什么会被她吸引。

第一眼只是觉得她漂亮，之后却忍不住看她第二眼，第三眼……他甚至特意和老板申请了换班，只为了能在她固定练舞的时间来店里看她跳舞。

那天，徐珠琳和那男同学纠缠的时候，他其实就在店里看着。当徐珠琳伸手指向他的时候，他的心脏都骤停了。他看着两人朝他这个方向走过来，听着两人在他面前对话，也明白徐珠琳想要刁难那男生的意思，可那男生蠢笨，头脑一热甚至答应了下来。

等徐珠琳走后，他微微提醒了那男生一句，那男生才如梦初醒一般大彻大悟，气急败坏地离开，还让他找徐珠琳要钱。

当他看着从舞室出来的徐珠琳走向他的时候，他有些紧张，可他很会掩饰，依旧能够镇定地看向她，回答了她的问题之后，他忍不住又多说了两句。

但很明显，那两句话惹得眼前的女生不高兴了。她气哄哄地离开了，留下他一人僵在店里反省。

好在，她还是会来舞室里跳舞，他也能够在对面看她跳舞。

不知是不是自己的错觉，好几次，他都觉得她捕捉到了自己的眼神。

之后她抬眼看向他这里的频率也变高了许多，甚至她还会来店里买奶茶。虽然不会和他说什么话，可仅仅是对视也会让他变得紧张。

但他没想过和她表白，他清楚那些他心动的瞬间，都只是"他以为"的，是他单方面的。

徐珠琳从未对他发射过什么信号，她只是在"做自己"。可仅仅是这样，就已经足够将他迷得晕头转向。

可再怎么晕头转向，这也只是他的事而已。

徐珠琳什么都不知道。

直到她走到他面前叫出他的名字之前，他都是这么以为的。

但眼前的情形却让他发现，不是这样的，徐珠琳不是什么都不知道的。她知道自己很漂亮，知道他的名字，甚至知道他喜欢她。

听着他这样的告白，徐珠琳局促得不知该说些什么。

这是她第一次因为别人的告白而紧张，也是第一次被人夸赞得脸红心跳。

周围除了风声以外，再没有任何声音。

徐珠琳在这样的安静中盯着他看了一会儿，那句"你是什么样的人"最后还是被她咽回肚子里。

也没什么好问的。

虽然他们只知道对方的名字，但是在无数次无声的对视中，他们的灵魂已经在向对方靠近。

喜欢就已经足够了。这就是徐珠琳一直以来追求的"自由"状态。

她问他："你想和我在一起吗？"

郑望尘盯着她，"想。"

徐珠琳继续说："但是，话要说在前头，我有一个条件。"

"你说。"

"如果我说要分手，你不能挽留，不能纠缠，如果你答应这样的条件的话……我们就试试。"徐珠琳说这话时也很坦然，她追求完全的"自由"。这一番话、这个条件也是在为了自己之后的"自由"，她不喜欢将话说死，不爱被束缚，也习惯了给自己留许多条退路。

学习、工作是这样，恋爱自然也是这般。

郑望尘盯着她看，知道他被她放到最低的地方，是最轻易就能被放弃的那个。

但她能看见他，能给他在一起的机会，已经在他意料之外。

如今，他能做的当然是毫不犹豫地抓住她。

毕竟，他从没想过拥有漂亮珍珠。

他盯着徐珠琳，慢慢从椅子上起来，低声说："好。"

徐珠琳知道他会答应，却也没想到他会答应得这般快。还不知道要说什么呢，郑望尘就低头帮她整理好外套，动作娴熟暧昧。

他抬眼看她："走吧，我送你回学校。"

徐珠琳一愣，问："你知道我是哪个学校的？"

郑望尘握住她的手腕，拉着她往前走："我还知道你是哪个系的……"

徐珠琳跟在他身后："呃……其实我也知道你是哪个系的……"

两人的声音在无人的街道很是清晰，被风吹远了，之后又重新荡回两人的耳里。

3

说起来，两人是边恋爱边了解对方的，但奇怪的是两人越了解对方便陷得越深。

交往了一段时间后，徐珠琳知道他家里条件不好，知道他高考成绩是被英语语文拉了后腿，数学成绩很不错，还知道他为了养活自己找了三份工。几乎是和她完全相反的境况，可她却还是不可控地被他吸引。

郑望尘话不多，不会对她说那些甜言蜜语，这也正好符合徐珠琳的取向。

她不喜欢话多的人，也不爱那种黏黏糊糊的恋爱，安静内敛的郑望尘不管是性格还是外貌都完全符合她的审美。

他们每天都会约着见面，有时去徐珠琳的学校吃饭，有时去郑望尘的学校逛操场。徐珠琳在舞室里跳舞的时候，也习惯一抬头就能看见对面那人的眼神，知道他一直在望着她，会让她感到安心和幸福。

他们的进展甚至也很慢，恋爱一个月了还依旧停在牵手的阶段，可仅仅是牵着对方的手，都会让他们心跳加速。

他们的初恋就是这样青涩美好。

一个学期很快就过去，学期末尾的那几天，徐珠琳忙着收拾行李回家，便没怎么和郑望尘约着见面，不过两人还是在车站见了一面。

这时候的郑望尘刚从打工的地方出来，急得甚至忘了摘掉店里的帽子。徐珠琳看着他跑过来的着急模样，心脏一软，没忍住，主动上前抱住他。

这是两人的第一个拥抱。

她将脸埋进他的怀中，闻着他身上的味道，用力地抱住他："明年见。"

郑望尘也伸手抱住了她："明年见。"

这样郑重告别后，徐珠琳做好了两人一个多月不见面的准备，却没想到除夕的那天，他突然说要来找她。她又惊又喜，推了和父母出国旅行的行程，在家里期待着郑望尘的到来，却没想到徐崇浩也硬要留下来。

无奈之下，她只能答应，最后甚至将徐崇浩带去了和郑望尘约定见面的地方。

不过她没想到郑望尘会这么大胆，竟敢在徐崇浩面前亲她。

当时的她用了两张"米米卡"堵住徐崇浩的嘴，也料到徐崇浩把"米米卡"用完之后就会将自己的承诺忘到一边，甚至也知道自己和郑望尘不会走得很远。

可她却没想到，这一天来临的时候，她会这般动摇。

时间过得很快，他们一下就从大一新生变成即将毕业的大四生。

六月份，正是天气炎热的时候，周围所有人都无意识地陷入了对未来的迷茫，但同时又在心中隐隐期待新的生活。

而对徐珠琳和郑望尘来说，关于这个火热的夏天，最深刻的记忆应该是他们结束了他们的初恋。

徐珠琳的生日在五月末尾。那年的生日，她拒绝了郑望尘的邀请，特地跑回家里过。

生日这天，父母给她准备了一桌子的菜，徐崇浩也用零花钱给她买了一对好看的珍珠耳饰。

一家四口其乐融融地坐在桌上吃饭，可徐珠琳即将毕业，这次久违的团聚也不像之前那般轻松了，父母也不再像从前那样对她放任不顾。

父亲询问她毕业之后的计划。她说她前段时间收到了工作邀请，毕业之后就可以直接去上班了，工作一段时间后可能会和朋友一起创业。父亲点点头，放心下来。

母亲则是开始询问她的情感状况。徐珠琳这几年谈着恋爱都是瞒着家里人的，本以为徐崇浩会守不住秘密，却没想到他竟然也从没向父母透露过这件事。

不过，下一秒徐珠琳便知道他不是嘴巴严，徐崇浩只是忘了这件事。如今，她妈一提起这件事，徐崇浩就像是被点醒一样，猛地抬头看向徐珠琳。

他的嘴边甚至还沾着白色的奶油，懵懂又疑惑地说："姐姐有男朋友啊，之前新年的时候还来这里找她。"

他这话一说出口，桌上的其他三人都愣住了。

他看着徐珠琳愠怒的模样，才后知后觉自己竟然把秘密说了出来。

徐珠琳懊恼地闭了闭眼睛，对上父母探究的眼神后，她思忖片刻，还是说了实话。

"大学认识的，谈一段时间了。"

父母都是一愣，母亲先反应过来，问："同学吗？"

"隔壁学校的。"

"谈多久了？"

"三年多。"

母亲的嘴角抽了抽："谈了这么久，怎么都不和我们说说。"

"不够稳定嘛，而且……"也不是认真谈的。

父亲开口："都已经三年多了……有下一步计划吗？"

徐珠琳摇头："我们还是大学生嘛，还没想这么多。"

父亲不依不饶，盯着徐珠琳问："家里条件怎么样？"

徐珠琳脸色微僵，父亲一针见血地提出了她最不敢面对的问题。

不忍亲口说出两人的悬殊，她扯出个苦涩的笑容："没有，我和他就是随便谈谈。"见父母都在盯着自己，徐珠琳又说，"可能毕业就分手了。"

"不是马上就毕业了吗？"母亲问。

父亲沉默着，见徐珠琳没正面回答他刚才的那个问题，他便知道了问题的答案。本想多说两句，可是眼前徐珠琳的态度很是明确，从小到大她几乎没让他操心过，这次，他也相信她会处理好。

"嗯，你自己考虑好就行。你们现在还年轻，见过的人，遇到的事都太少了，不要给自己戴上镣铐。"他婉转地说出自己的想法，相信聪慧如徐珠琳，肯定知道他是什么意思。

一顿饭吃到最后也没了一开始的滋味，桌上的两位长辈都没再说话，徐崇浩知道自己闯祸后更是一言不发，徐珠琳强撑着笑容，魂却早就已经从饭桌上飘走了。

晚上临睡前，徐崇浩来徐珠琳的房间里道歉。

见男孩愧疚又恐惧的模样，徐珠琳没忍住笑了笑说没事，原谅他了。

徐崇浩惊喜："真的吗？"

"看在你用零花钱给我买了礼物的份上，我就不跟你计较了。"

她早就知道徐崇浩靠不住，能忍到现在才暴露，已经出乎她的意料了。仔细想想，她和郑望尘能恋爱三年多，甚至能说是托徐崇浩的福，如果他当时就说漏了嘴，她的初恋可能只会持续短短两月。

徐崇浩继续问："那你会和那个哥哥分手吗？"他能察觉到刚才餐桌上的沉重氛围，也能预感到姐姐和那个哥哥该是要分手了。

徐珠琳变了脸色："小孩别问那么多！"说着还将他推了出去。

徐崇浩还没来得及说话，身后的门便被"啪"的一声关上，吓得他心脏都要跳出来。

房间里的徐珠琳关上门口后转身看向被她扔在床上的手机。

手机屏幕亮着，郑望尘给她发了好几条消息，问她今天生日是怎么过的，还问她打算什么时候回学校。

徐珠琳挪开视线，想起父母刚才说的那些话，心中慌张的情绪并未完全消散。她镇定下来，摸索理清自己的思绪。

她发现在这段恋情已经偏离了自己当初的预想。

在父亲提出最现实的问题时，她下意识地逃避，甚至用违心的话来欺骗父母。

方才，她是真没想过和郑望尘分手，说的那些话也只是用来应付父母。可是，此刻，她冷静下来后，却在认真思考分手这件事。这几年和郑望尘过得很顺利，她忘了自己最初的想法，回头看看，她甚至忘了她最渴望的"自由"。

其实徐珠琳从没想过和郑望尘的以后，她对郑望尘的态度一直都是"玩玩而已"。可是不知不觉，两人竟然也已经走过了一段时间。在今天之前，他们都默认了会继续发展这样的关系。刚才父母的那番话就像是当头一棒，将她一下唤醒。

清醒过来后，她回忆起自己最初的想法。

她知道郑望尘和她之间的差距一时之间是无法消失的，她也没有那个勇气为了郑望尘放弃她现在拥有的任何东西。

就像父母说的那样，他们不够成熟，遇见的人碰见的事都太少，于是他们这段青涩的恋情注定也只能变成"玩玩而已"。

徐珠琳一直都觉得自己勇敢，可如今在面对着未来可预见的矛盾冲突时，她还是没有勇气继续前进。她想，既然她和郑望尘的未来一定是坎坷的，她为什么要去受这个苦呢？

作出决定后，她用力地吐了口气，紧绷的情绪却丝毫并未放松。

她拿起手机，郑望尘这时正好给她发了消息。

他问她毕业之后要不要去他从小长大的那个城市玩一玩，可以当作是毕业旅行。

徐珠琳看着屏幕里的这些话，清晰地感知到他正在憧憬计划着两人的未来，可这就是她最害怕的事。此刻的她甚至很畏惧去想象两人的未来。

她回复：我不想去。

郑望尘说：好，那你想去哪里玩？

她说：我哪里都不想去。

郑望尘：那你什么时候回学校？

徐珠琳思忖片刻，还是打下了那几个字。

过去她以为自己会很潇洒，可看着发送出去的那几个字，她的心脏却一阵阵地收紧，甚至难受得有些喘不上气来。

她说：我想了想，我们还是分手吧。

对面的人没有立刻回复，但徐珠琳知道他的回复会是什么，他会遵守约定。

最后，就像当初他答应她的那样，他一句话都没多问，只是说了个字：好。

反倒是徐珠琳站在原地，久久没有动弹。过了一会儿，他又说：生日快乐。

徐珠琳：谢谢。

说来荒诞，可她和郑望尘就是这样莫名其妙地结束了。

没有争吵，没有疑问，只有清楚的开始和结束。

生日这晚，徐珠琳稍稍流了些泪，但也只是几滴。因为后来徐崇浩又来找她了，他拿着笔记本电脑进来，说要和她玩游戏。徐珠琳本来不想开门，可这徐崇浩在门口不肯走，她也只能放他进来。

最后，她在游戏里几乎将他打趴下。看着徐崇浩不甘又不罢休的模样，徐珠琳笑得肚子都疼了，眼角也有些湿润。

　　总之，她幸福愉快地度过了这天的最后一秒。十二点过后，她催促着徐崇浩去睡觉，徐崇浩见她玩累的模样，乖乖地又提着笔记本电脑离开了。

　　徐珠琳回学校后没再去舞室跳舞了，临近毕业，她需要忙很多事。跳舞这件事，又被她冷漠地塞进了她生活的角落里，她就是这样清醒，也会努力完成自己的计划。

　　说起来，郑望尘是她人生中的第一个意外，但也仅仅是个意外而已。

　　最后，她还是回到正轨，做着自己一开始计划要做的事。

　　她不去舞室后，自然也没再见过郑望尘。

　　一直到毕业，不对，一直到她离开这个城市的时候，她都没再见过郑望尘。

　　他比她想象中更加洒脱果断，离开的时候一点都不拖泥带水。

　　刚分手的那段时间，她经常想起郑望尘，不过这样的情况只持续了一段时间而已。之后的她忙得几乎没什么休息的时间，自然也没有闲情逸致想起前男友。等她闲下来的时候，她发现她的眼前已经排了一长队的优质男人了。思考了一下自己的状态，她试着接触了几个男人。

　　随着年纪的增长，她做什么事都会思虑考量。最后她选中了一个男人，父母满意，家庭条件好，长得也周正。只是两人并不像情侣，更像是什么合作伙伴。后来分手了，三个月后，徐珠琳甚至忘了他叫什么名字。但是无妨，她的眼前又排了一长队的男人……

　　一开始，她谈恋爱之前都会对对方说出那一套关于"自由"的言辞，但之后她便不再说了。因为大家对成人之间的规则都心知肚明，玩玩还

是认真，看对方的眼神就能够明白。于是，再没有人像之前那样，认真地同徐珠琳说"好"了。

她意识到，成年人之间的恋爱不用承诺，不用事先告知。

他们轻松地开始，最后也轻松地结束。

总之徐珠琳走在自己预计的人生道路上，平稳前进着。但说实话，她没有忘记郑望尘，甚至，分手好几年后，她也会时不时想起她的初恋。

可能因为她是初恋，也可能是因为两人的这段恋情过于"无厘头"，但徐珠琳觉得最大的原因应该是……当初郑望尘兼职的奶茶店，如今竟然开得整个城市都是，走两条街就能看见一间连锁店。徐珠琳每次路过，回忆就会被翻出来一次，她也会无意识去看店里的店员，但那个高瘦的、站直得如松柏的店员却不会再出现了。

徐珠琳之后也看了不少青春电影，也接受了青春就是会遗憾的事实。

她的青春是郑望尘，郑望尘是她的遗憾。

4

就这样，一晃多年过去了。很多事都变了，一切都在变好，但徐珠琳发现生活中还是有些东西是不会变的，比如，徐崇浩那不着调的性子和扶不上墙的成绩。

不知徐崇浩是什么时候染上了网瘾，整日钻网吧，心思根本就不在学习上。父母一把年纪了，也没精力再去纠正他了。徐珠琳只能将这个责任揽过来，大家都叛逆过，她自然也觉得自己能引导他回到正途上。

她为了纠正他费了不少精力，但效果都不是很好。最后，她直接去找网吧老板了。

不过，之后闹了些乌龙，让她在网吧里碰到了原嘉铭。

看到他的第一眼，她就久违地体会到了一些悸动。这种感觉像是从很远很远的地方传来的，直直撞进她的身体里，撼动着她的心脏。

原嘉铭话少，瘦削，爱穿黑色，眼珠也那样漆黑，投入的时候也喜欢蹙眉咬唇。

不知为何，徐珠琳想起了郑望尘。

但眼前这人很明显不是郑望尘。他比郑望尘年轻，比郑望尘更加冰冷，而且，他看向她的眼神并不像郑望尘那般炽热动容，但她对原嘉铭还是存了几分欣赏的意思。

知道原嘉铭有那样的才华后，她稍微帮了他一把。

其实她并不善良，一般情况下也不会追在一个小屁孩身后硬要帮助他。一开始他不领情的时候，她觉得他不识好歹，但再看见他的时候，她还是想要帮他一把。

二十刚出头的年龄，以为自己单打独斗就能闯出一片天地。

她不忍看他受挫的模样。原嘉铭像郑望尘，也很像徐崇浩。

所以当徐崇浩说要开公司的时候，她顺便把原嘉铭算了进去，所幸，这次他没有过分执拗。

他答应加入公司，她松了一口气，甚至为他感到开心。

看着原嘉铭在公司里日夜颠倒拼命工作的模样，无数次，她都会突然想起郑望尘。

他们在二十岁出头的年纪分开。不知两人分开之后，郑望尘过着什么样的生活，会不会也像眼前的原嘉铭一样不分昼夜地工作呢？过去这么多年了，不知郑望尘现在是一副什么模样？

徐珠琳这才猛地发现，如今的她竟频繁地想起初恋。

见徐崇浩和原嘉铭的公司逐渐步入正轨之后，徐珠琳开始着手拓展其他方向的事业。和认识的朋友聊了一段时间后，徐珠琳打算投资朋友的建筑设计公司。

那天晚上，朋友攒了个饭局，打算把自己的合作伙伴都介绍给徐珠琳认识。

也就是在那个饭局上，徐珠琳和阔别多年的郑望尘重逢了。

徐珠琳若是知道她推开那扇门就能看到郑望尘，她一定会把自己打扮得再漂亮些。并不是为了在初恋面前显摆找回面子，只是，她想要在郑望尘面前一直耀眼。

她推开门后，一眼就看见坐在席中的郑望尘。

郑望尘是有些变化，他比以前胖了些，却不臃肿，而是看起来精神健康许多。那张曾经迷了不少小女生的脸添了些岁月的痕迹，他这几年过得应该很是疲惫，皮肤没大学那时候好了，眼角也添了些细纹。不过，他的五官依旧俊朗，这么几年不见，他褪去了大学时本就不浓的青涩稚嫩，变得更加成熟沉稳。

他们都长大了。

——这是徐珠琳和那锋利冷漠的眼神对视上时脑中唯一的想法。

见到她，郑望尘明显没有她惊讶。他只是看她一眼，然后就收回眼神，没开口也没起身，依旧稳稳当当地坐在自己的位置上。

徐珠琳也敛回自己的眼神，熟练地挂起笑容，笑吟吟地看向席上的人，落落大方地介绍自己。朋友将她引到席中的空位上，和郑望尘隔了好几个位置。徐珠琳坐下后，才开始不动声色地调整自己的呼吸。

不可否认，此刻的她很兴奋，也有些紧张，甚至总是不由自主地往郑望尘那个方向看。他比她想象中更加冷漠，席间喧闹，他却一言不发，只是吃吃东西或者抿几口饮料，没事做的时候就低头看手机。

似乎很忙的模样。

徐珠琳压住心中的躁动，努力忘记他的存在，和身边的朋友有一搭没一搭地聊天。饭吃得差不多了，朋友站起身来开始向徐珠琳介绍桌上的那些人。

一个一个轮过去，终于到了郑望尘。

"这是郑望尘，工程师，我们合作了很久，是我们公司的顶梁柱。长得帅，话还少，但是很能干。"

朋友话说完后，郑望尘适时抬起眸子，看了徐珠琳一眼，眼底冷漠，只是朝她点了点头。徐珠琳这才意识到，他是想要装作和她不认识，而且还是用这种拙劣的冷漠模式。

她收回"他已经长大"的话，他分明还很幼稚，这么多年不见了，还跟个小朋友一样和她闹脾气。她知道两人当时分开得匆忙，但是过去这么久了，也应该释怀了吧，难不成他真的恨了她这么多年？

徐珠琳笑了笑："脾气看起来不怎么好嘛。"

朋友尴尬地扯扯嘴角："他就是这样，脾气比那石头还硬。"

徐珠琳点点头，又问："脾气这么坏，应该没有女朋友吧。"调侃的意味明显，眼神也直直地黏在郑望尘的脸上。

话一说完，席间的朋友都开始起哄："对啊！没有女朋友，从没见过他身边有什么女人。"

"长得这么帅，拒绝人也很有一套。"

"我们都觉得他是想要孤独终老。"

郑望尘一直都是他们之中的异类，皮囊最好，能力也很出众，脾气却很差,对同事还好,若是些不相关的人,他仅凭一张臭脸就能将人吓走。

徐珠琳说这句话本来是想让郑望尘难堪的,却没想到听了他朋友的这些话,她的后背却隐隐地出了些薄汗。她正打算移开自己落在郑望尘脸上的眼神,却又对上他抬起来的眸子,于是她怔在原地,竟也不知自己应该做些什么表情。

郑望尘盯着她,眼底终于有了波澜,细细碎碎翻腾着波涛。徐珠琳还没来得及辨清,就听见他的声音。

"怎么,徐总是想要给我介绍吗?"

这是他们分手后,她第一次听见他的声音。他的嗓音有些低,带着游刃有余的淡淡笑意,徐珠琳的心脏就这么用力地颤了一下。

徐珠琳花了一秒找回自己的神,笑:"当然,郑工一表人才,一看就很适合当老公,我们公司里很多漂亮的女孩子,到时候,我物色几个帮你介绍介绍。"

谁不会阴阳怪气呢?徐珠琳在刻薄这方面从来还没输给谁过呢。

郑望尘看着她,嘴角微微抽动,说:"行,那麻烦徐总了,我喜欢漂亮的女孩。"

他抿唇:"要最漂亮的。"

徐珠琳笑了笑,点头应下来:"好啊,郑工放心。"

坐下后,她没再看他,埋头吃饭,有时会扭头和身边的朋友聊聊天。

其实她在这里坐得很不自在。换作平常,她早就找个理由遁走,可现在她竟舍不得走。

不远处的郑望尘牵扯着她的神经,他的一举一动都会吸引走她的注意力。可是两人在较着劲,她不想被他拿捏,于是忍耐着,她僵着脖子不肯转头,只是偷偷用余光捕捉着他的动静。

越烦躁，她拿起酒杯的频率就越高，最后，竟也不知不觉地往嘴里灌了不少酒。

饭局结束的时候，大家各自叫了代驾，纷纷离开。

徐珠琳也叫了，代驾给她打电话的时候，她起身，终于忍不住回头看郑望尘的那个方向。

椅子上的人已经消失了。他该是走了。

徐珠琳转回视线，低头收拾自己的东西，然后和席间的朋友告别："之后合作愉快哈，我先回去了，今晚很开心。"

徐珠琳走出包厢，扭头便看到正站在走廊尽头的郑望尘。

他一身西装笔挺，皮鞋也锃亮，后鞋跟都亮得发光。

徐珠琳盯着他的鞋，想起大学时，他穿的都是便宜又耐磨的滑板鞋。

她低头看向自己脚上的高跟鞋，优雅又精致，却不比平底鞋舒适，说起来，她的鞋柜里似乎只剩下这种美丽的"刑具"了。

对啊，其实他们真的都长大了。时间改变了他们生活的方式，在他们的身上留下痕迹烙印，他们都变了，不该再揪着过去不放。

她的视线慢慢往上移，最后对上他的眼睛。

两人隔着几米的距离对视。

不知过了多久，徐珠琳发现，有些东西并未改变。

比如，郑望尘看向她的眼神，和从前一样炽热。

比如，此刻她的心跳和他向她告白的那晚一样快。

呼吸蓦然变得急促，徐珠琳努力压抑着，让自己看起来冷静。

眼前的郑望尘一言不发，只是静静地看着她。

最后是徐珠琳先出声，她问："你在等我吗？"和那晚一样的问题。

说这话的时候，徐珠琳的声音都在颤抖。

郑望尘眼神一晃，几秒之后，他点头："嗯。"

徐珠琳望着他："可是我现在要走了，你要跟我一起走吗？代驾在打我电话了。"

郑望尘走上前："好。"

等郑望尘坐在徐珠琳的身边时，她才猛地意识到今晚到底发生了什么。

她和初恋再次相遇了，并且，两人此刻的状态极度暧昧。外面冷，车窗便紧闭着。车里闷热，徐珠琳喝的那些酒慢慢返上大脑。她有些昏沉，身体里像裹着一团火，烧得她口干舌燥，理智垂危。

可还没等她爆发，身边那人似乎就已经无法再忍耐。

他直直地盯着她看，眼神带着温度，将徐珠琳的脸都烤烫。

她忍不住笑了一下，下一秒，她的手被人握住。

她心脏一跳，扭头看他，见他的眼睛亮得逼人，心脏又收紧了一分。

"怎么了？"

郑望尘握紧了她的手："没怎么。"嘴上这么说，手指却在她手背上摩挲着。

徐珠琳手心都出了汗，抿抿唇，什么话都没说。

很快，他们就到了徐珠琳的公寓。

代驾离开后，两人并没有立刻离开，车里的空气依旧沉闷。

徐珠琳比刚才更加难受了，甚至觉得有些呼吸不上来了，她侧头看向郑望尘，正想说话，可对上眼的那一瞬，郑望尘便毫无预兆地凑过来。

动作敏捷，气息汹涌，压过来的唇也十分滚烫。

徐珠琳一下被他压制住，只能勉强地发出两个破碎的音节。

这个吻的意义很复杂，对他们来说，是相互和解，更是重新开始。

湿热的呼吸交缠着，两人动情地拥吻着。

情绪和气氛都已经到位，空气中充斥着汹涌炽烈的爱，理智都被抛到脑后，两人都没有能力停下。

之后，车内响起衣物摩擦的声音，郑望尘的呼吸声渐重。

徐珠琳摸着他的脸，手指揩下他额头上的薄汗，笑着说："真比以前差了？"

郑望尘用手捂住她的嘴，低声澄清："缺乏实战训练而已。"

徐珠琳看着他的眼睛，心脏变软："不是说要让我给你介绍漂亮的女孩子吗？"

郑望尘靠在她的脖颈处，重重地呼吸："最漂亮的不是你吗？"

徐珠琳笑出声来："好像是的。"

…………

后来她才知道，郑望尘从一开始就知道他和她之间的差距。和她分手后，他发了疯工作，用最短的时间考到专业资格证，之后也凭着自己的努力一步步地在这个行业里站稳脚跟。他用了七年时间来提升自己，希望自己能够有资格拥有那一颗最耀眼的珍珠。

不过他们的确长大了，知道时间宝贵，不肯再多浪费一分一秒。

虽然徐珠琳已经决定和郑望尘再续前缘了，但得知自己怀孕的那刻，她还是很慌张。

第一反应是想要舍弃。

不管过去多久，她人生中的第一位始终是自己的自由。怀孕不在她的意料之中，孩子的到来会打乱她之后所有的计划。但她知道她无法一个人决断孩子的去留，这个孩子属于她，也属于郑望尘。

她不想一个人去做产检，也不愿让家人多想，更不可能叫上郑望尘。

最后，她喊上了原嘉铭。他虽然年纪小，但也比同龄人成熟许多，是眼下她最能依靠的人。在医院里，他碰上了熟人，她和他聊了一会儿，听到他承认自己对那女孩的爱意时，她有些怔愣，像是看到多年前的郑望尘。

做了许久的心理建设，徐珠琳最后还是将这个消息告诉了郑望尘。

当时两人正躺在一张床上，听她说完后，郑望尘放在她腰间的手掌猛地收紧。过了不知多久，他才像是反应过来一样，将手掌挪动到她的小腹上。

他的气息落在徐珠琳的耳畔："真的吗？"

徐珠琳能从他的话中感受到他的喜悦和希冀，她闭了闭眼睛："真的，但是我还没考虑好。"

她顿了顿，问他："你怎么想的？"

她盯着他的眼睛，发现他眸子的光慢慢黯淡下来，她提起呼吸，下一秒，他凑过来亲了亲她。

"听你的。"他很真诚，嘴角带着温柔的笑。

"你喜欢小孩吗？"徐珠琳问。

"不喜欢。"

"胡说，你刚才眼里都有光。"

他盯着她，笑着说："那我现在眼里没光了吗？"又说，"我只喜欢你。"

徐珠琳不知该说什么。她本以为需要和他讨论一会儿，甚至还可能会发生争吵，但眼前的郑望尘似乎打算全听她的。

"别说这些甜言蜜语。"徐珠琳说，"我其实已经去过医院了，孩子还算健康。"

徐珠琳："你真的不喜欢小孩吗？"

郑望尘："我只喜欢你。"

"那你是同意我把他流掉了？"

郑望尘点头，唇擦过她的脸颊："你做什么决定，我都不会有意见。"

"你是不是不想负责啊？"徐珠琳疑惑。

郑望尘将她抱进怀里，低声开口："生下来的话，我和你都有责任去照顾他。但他现在在你的身体里，你有权利决定他的去留。"

他说的是真心话，他知道徐珠琳在想什么，也知道她顾虑孩子的出现会打乱她的生活。

而他，从没想过用孩子绑着她，甚至他也没想过让她为他驻足。

如今她能在他的身边，在他的怀中，他已经足够满足了。

徐珠琳没再说话，只是往他的怀里又钻了钻，几乎和他嵌在一起。

过了很久，徐珠琳才闷闷开口："你真好。

"我会认真考虑的。"她这样说。

郑望尘抱紧她，在她头顶吻了吻。

徐珠琳知道之后她的生活中还会出现很多让她艰难抉择的问题，但只要想着身边有着这么一个人，她似乎也不觉得畏惧了。当然，她依旧不知道两人的未来会是什么样子，不知道他们这段重新开始的热恋能够维持多久，不知道她会不会和郑望尘走到最后，但眼下，两人正在热烈

-278-

地相爱着就足够了。

于是，在徐珠琳见过许多人之后，兜兜转转，最后还是回到了最初的地方。

重逢之后，徐珠琳很喜欢和郑望尘分析两人的初恋，她总觉得两人相遇的时间不对，如果他们是在长大后相遇的，可能就不会绕这么大一圈了。

郑望尘却觉得不对，他说："我们相遇的每个节点都是正确的。没有当时的你，没有当时的相遇，就没有现在的我，就没有现在的我们。"

他相信一切都是正确的。

他们相遇是注定，他爱上她也是注定。

- 完 -

Postscript
一个梦

其实提笔写后记的时候，文章已经完结将近一年了。再回想它第一次出现在我脑海中，应该是 2020 年 9 月份，当时写了个开头就放着了，但我舍不得自己的任何一点灵感，所以一年半之后我又在稍微闲暇的时候重新将它捡了回来。

随着时间流逝，我经历了更多事，写了更多文字，所以我对故事的构思和理解肯定和最开始不一样了。我也不知这是好的还是坏的。

好的是文字和思想更成熟了，坏的是它不再那么原汁原味了。当然，坏处只有我能感受得到。

希望读者们都满意这个故事。

说回文章，这个故事里最先诞生的应该是最大却也是最虚无的概念：一个梦。这个梦将赵霓的生活搅乱，却又在关键时刻警醒她。这个梦是预知，也是警钟。最后，赵霓通过自己的努力扭转，改变了梦的结局，也领悟到了一个需要贯彻整个人生的道理——

爱人前要先爱自己。

赵霓的人生中出现了太多磨难：暗恋失败，初恋又遇人不淑，甚至还生病了。不过她一直没放弃，逐渐接受自己爱自己。

我很喜欢她的性格，勇敢热烈、坚强又很有骨气。对原嘉铭有好感的时候，她会直白地对他好，真诚赤热；被拒绝后虽然伤心，却没有怀疑自己，干脆利落地斩断；也在新的缘分出现的时候，尝试着去开始。虽然恋情的结局并不好，但她踩下的每一步都是正确的、问心无愧的。在原嘉铭向她告白时，她也顺从自己的内心，坦然地接受，毫不保留地和他热恋。

她的坏运气虽然无法避免，但她自己求来了好运气。

再说说原嘉铭的形象，开头就写到了——狗，很凶的狗。他神秘又"恶劣"，大多时候都是冷漠的，看起来百毒不侵，但贫困的家庭和细腻的心思注定了他不会是强大的，或者说，他无法天生就是强大的。

他在感情里会自卑，会瞻前顾后，会口是心非。所以他拒绝，会认为他和赵霓"很难"。

但所幸，爱会战胜万难。

不够成熟的两人在不恰当的时机遇见对方，产生了青涩的情感。虽然途中经历过挫折与疼痛，但他们之间那些纯真美好的情感都是切实存在过的，也是那些情感慰藉让他们排除万难，重新走到一起。

因为字数不够，我又补充了另外两个女孩的长长的番外，分别是富家大小姐秦湾湾和富婆姐姐徐珠琳。

正文中出现频率不高的她们也有自己的一段故事。三个女孩性格不同，经历不同，唯一的共同点是，都很爱自己。

希望看到这本书的你们也能够多爱自己。

爱人先爱己，不要放弃。

浪南花

夏雨忽至